危険な絆《きずな》

警視庁特命遊撃班

南 英男

祥伝社文庫

目次

第一章　一発屋の死

1

尾行されているようだ。

背中に他人《ひと》の視線が貼りついて離れない。暴漢に尾《つ》けられているのか。

風見竜次《かざみりゅうじ》は立ち止まった。ゆっくりと屈《かが》み込み、靴の紐《ひも》を結び直す真似《まね》をする。

世田谷《せたがや》区桜《さくら》三丁目の閑静な住宅街の表通りの歩道である。

十月上旬のある朝だ。まだ九時前だった。

すぐ近くに恋人の根上智沙《ねがみちさ》の自宅がある。風見は中目黒《なかめぐろ》に賃貸マンションを借りていたが、今春から智沙の生家で一緒に暮らしている。まだ入籍は済ませていない。

二十七歳の智沙は独《ひと》りっ子だ。今年の二月に母親が病死した。父親は二年あまり前に他界している。

智沙は実母がホスピス病院に入院するまで、翻訳プロダクションで働いていた。主にビジネス英語の和訳を手がけていたようだ。

母親は末期癌《まっきがん》だった。担当医に余命いくばくもないと告げられ、智沙は仕事を辞めて母の看病をしていた。

若くして両親を喪《うしな》った彼女は、いかにも心細げだった。風見はできるだけ智沙のそばにいてやりたかった。そんなことで、彼女と同居することになったわけだ。

二人の出会いはドラマチックだった。

およそ二年前、風見はたまたま銀座の裏通りで柄《がら》の悪い男に追われていた智沙に加勢した。その四ヵ月後に仕事絡《がら》みで彼女と再会し、恋情が芽生えたのだ。智沙は人目を惹《ひ》く美女で、とても気立てがいい。

三十九歳の風見は数多くの女性と関わってきたが、智沙には本気でのめり込んだ。来春には結婚する気でいる。

風見はしゃがんだまま、小さく振り返った。

すると、四十代前半の男が慌《あわ》てて物陰に隠れた。どことなく荒《すさ》んだ印象を与える。素《す》っ堅気《かたぎ》ではなさそうだ。

見覚えがあった。だが、とっさには誰なのか思い出せなかった。智沙の家を出たときから尾けられていたのかもしれない。

風見は、ごく自然に立ち上がった。ふたたび歩きはじめる。

歩道には、街路樹の病葉《わくらば》が点々と散っていた。前夜、風が強かったせいだ。めっきり秋めいてきた。嫌いな季節ではない。食欲が増し、酒がうまくなる。

風見は数十メートル進み、脇道に足を踏み入れた。

別段、尾行者に怯《おび》えたわけではない。相手の正体を確かめる気になったのだ。風見は少し歩き、路上駐車中の茶色いワンボックス・カーの陰に身を潜《ひそ》めた。

待つほどもなく四十二、三の男が脇道に走り入ってきた。

風見は息を殺した。男が駆け足で、ワンボックス・カーの横を抜けた。風見には気づかない。

男は十数メートル先で足を止めた。踵《きびす》を返し、引き返して来る。

そのとき、不意に記憶が蘇《よみがえ》った。尾行者は、かつて暴力団組員だった西垣隆行《にしがきたかゆき》に間違いない。左手の小指の先を落としているはずだ。

「あんただったのか」

風見はワンボックス・カーから離れた。西垣の表情が、にわかに険《けわ》しくなる。三白眼《さんぱくがん》が凶悪な光を帯びはじめた。

「てめえのせいで、おれの人生設計はすっかり狂っちまった」

「おれがあんたを殺人未遂容疑で検挙《アゲ》たことを逆恨《さかうら》みしてるようだな」

風見は警視庁の刑事だ。

職階は警部補である。一般警察官《ノンキャリア》だった。

風見は、組織犯罪対策部第四課に属していた六年前に西垣を現行犯で逮捕していた。

西垣は関西の極道たちが都内で覚醒剤を密売していることに腹を立て、反目していた組織の若頭補佐を日本刀で袈裟《けさ》斬《ぎ》りにし、さらに止《とど》めを刺そうとした。風見は偶然に事件現場を通りかかり、西垣に手錠を打ったのだ。

「おれは大阪の極道に仁俠道を教えてやっただけじゃねえか。そもそもおれたちは、法律の向こう側で生きてんだぜ」

「自分の犯罪を正当化したいんだろうが、日本は法治国家なんだ」

「そんなこと、わかってらあ。けど、おれたちの世界には仁義ってもんがあるんだ。縄張《シマ》り荒らしは掟《おきて》破りだ。てめえは余計なことをしやがったんだよ。逮捕《パク》られてなきゃ、いまごろ貫目《かんめ》を上げて、舎弟頭になってたにちがいねえ」

「五年ちょっと服役したんだったな?」

「ああ。仮出所したら、昔の弟分たちが準幹部になってた。おれは据《す》え置きのままだった。やってられねえよ」

「で、ほかの組に移ったのか?」

「そうだよ。けど、外様《とざま》だから、なかなか舎弟頭にもしてもらえねえ」

「で、腐ってしまったわけだな」

「おれはてめえをぶっ殺して、刑務所《ムショ》に逆戻りしてもいいと肚《はら》を括《くく》ったんだ」

西垣が喚《わめ》いて、腰の後ろから短刀を引き抜いた。黒ずんだ白鞘《しらさや》を水平に構える。

「あんたはチンピラじゃない。刑事《デカ》を逆恨みしても仕方ないだろうが！」

「うるせえんだよ」

「堅気になって、生き直せ。な？」

風見は諭《さと》した。

だが、無駄だった。西垣が鞘を払い落とし、芝居がかった所作《しょさ》で刀身を横ぐわえにした。刃渡りは二十四、五センチだ。

「西垣、冷静になれよ」

風見は諫《いさ》めた。西垣が黙殺して、刀身に舌を滑走《かっそう》させた。

刃を唾液《だえき》で濡らすと、滑りがよくなる。刃先は相手の腸《はらわた》まで貫《つらぬ》くだろう。

西垣が周《まわ》りを見回した。

通行人の姿は見当たらない。西垣が匕首《あいくち》を右上段に振り翳《かざ》した。光が乱反射している。

風見は身構えた。

外見は優男《やさおとこ》だが、軟弱ではない。柔道の高段者だ。射撃術は上級だった。

風見は、涼やかな目に凄《すご》みを溜《た》めた。別人のように顔つきが変わる。

西垣が一瞬、たじろいだ。だが、すぐに虚勢を張った。

「何か言い遺《のこ》したいことがあったら、早く言いな」

「おれを殺《や》れると思ってるのか？　だとしたら、甘いね」

「粋《いき》がんじゃねえ」

「早く仕掛けてこいよ」

風見は挑発した。

案《あん》の定《じょう》、西垣がいきり立った。前に跳《と》び、刃物を斜めに振り下ろした。刃風《はかぜ》は高かった。白っぽい光が揺曳《ようえい》する。

風見は半歩退《さ》がって、切っ先を躱《かわ》した。匕首は、西垣の手許《てもと》に引き戻された。

「やめとけよ、もう」

風見は忠告した。

西垣は口の端《はし》を歪《ゆが》めたきりだった。短刀を腰撓《だ》めに構えるなり、そのまま突進してきた。全身に殺意が漲《みなぎ》っている。

風見はサイドステップを踏み、横蹴りを見舞った。

スラックスの裾《すそ》がはためく。蹴りは西垣の腰を直撃した。肉と骨が鈍《にぶ》く鳴った。西垣は突風を喰《くら》ったようによろけた。

風見は肩で西垣を弾《はじ》いた。

西垣が横倒れに転がる。右手から刃物が落ちた。無機質な音がした。

風見は匕首をワンボックス・カーの下に蹴り込み、西垣の側頭部に踵落《かかとお》としをくれた。頭蓋骨《ずがいこつ》が軋《きし》み音を刻む。

西垣が体を丸め、長く呻《うめ》いた。

風見は西垣の脇腹をキックした。靴の先が深く埋まる。西垣が獣じみた唸《うな》り声を発し、転げ回りはじめた。

「あんた、妻子持ちだったな？」

「だ、だから、何だってんだよっ」

「家族を泣かせるなよ、もう若くないんだからさ。今回は何もなかったことにしてやろう。ただし、懲《こ》りなかったら、手錠《ワッパ》打つからな」

風見は言い捨て、表通りに戻った。

田園都市《でんえんとし》線の最寄《もよ》り駅に向かう。

風見は神奈川県の湯河原《ゆがわら》で生まれ育った。都内の中堅私大を卒業し、警視庁採用の一般警察官になった。民間会社に就職する気はなかった。

別段、青臭い正義感に衝《つ》き動かされて職業を選んだわけではない。

単に平凡な勤め人にはなりたくなかっただけだ。しかし、制服は苦手だった。ただ、なんとなく刑事には憧《あこが》れていた。

風見は一年ほど交番勤務をしただけで、運よく刑事に抜擢《ばってき》された。押し込み強盗を三度も捕まえたことが高く評価されたのだろう。そうしたケースは稀《まれ》らしい。

私服警官として第一歩を踏んだのは、新宿署だった。都内で最大の所轄署である。それも配属されたのは、刑事課強行犯《きょうこうはん》係だった。花形セクションだ。口には出さなかったが、幾《いく》らか誇らしかった。

強行犯係は、殺人や強盗など凶悪犯罪の捜査を担《にな》っている。職務は楽ではない。だが、極悪な犯罪者を追いつめるまでの緊迫感は実にスリリングだった。加害者の身柄を確保したときの達成感は最高だ。

風見は二十代のころに新宿署、池袋《いけぶくろ》署、渋谷《しぶや》署で一貫して強行犯係を務《つと》め、ちょうど三十歳のときに四谷《よつや》署刑事課暴力犯係になった。

荒っぽい事案《じあん》ばかりだったが、臆《おく》することはなかった。

風見は職務に励み、無法者たちを次々に検挙した。その功績が認められ、彼は二年後に本庁組織犯罪対策部第四課に異動になった。

組織犯罪対策部は、二〇〇三年四月の再編成で誕生した部署だ。刑事部の捜査四課、暴力団対策課、国際捜査課、生活安全部の銃器薬物対策課、公安部の外事特別捜査隊、さらに国際組織犯罪特別捜査隊などが一つにまとめられたのである。総勢千人近い。略称は組対《そたい》だ。

暴力団や外国人犯罪組織に目を光らせ、銃刀、麻薬などの摘発に従事している。組対第四課は暴力団担当だ。荒くれ者たちを相手にしなければならない。体格に恵まれた強面《こわもて》が圧倒的に多かった。

ソフトな面立《おもだ》ちの風見は、明らかに異色だった。外見から裏社会の人間に侮《あなど》られやすい。だが、風見は男っぽい性格だった。腕っぷしも強い。

風見は怒ると、表情が鋭くなる。武闘派やくざも視線を外すほど威圧感がある。

加えて風見は、自分に牙を剝《む》く相手は容赦《ようしゃ》なくぶちのめす主義だった。狡《ずる》い犯罪者には違法捜査も厭《いと》わない。

そんなことで、風見は筋者《すじもの》や同僚刑事に一目置かれるようになった。多くのアウトローを追い込み、幾度も警視総監賞を与えられた。たくさんの美女たちにも言い寄られた。何もかも順風満帆だった。

だが、風見は二年八カ月前に運に見放された。

内偵中だった銃器密売人に発砲され、つい逆上してしまったのだ。風見は相手に大怪我を負わせた。過剰防衛を問われ、特別公務員暴行致傷罪で告発されそうになった。

しかし、幸運にも懲戒免職にはならなかった。告訴を免《まぬか》れ、三カ月の停職処分に科せられただけだった。それまでの働きぶりが考慮されたようだ。

それはそれで、ありがたいことだった。

だが、風見は自宅謹慎中に虚《むな》しさに襲われた。暴力団係刑事が体を張って捜査活動に情熱を傾けても、闇社会の犯罪はいっこうに減らない。

組員数こそ全国で八万人を切ったが、彼らの累犯率《るいはんりつ》は高まっている。犯罪自体も凶暴化する一方だ。

自分の職務は無意味だったのではないか。徒労感がいたずらに膨《ふく》らみ、ひどく気が滅入った。

もともと風見は、警察社会の前近代性に危《あや》うさを感じていた。

どんな組織にも、ある程度の統制は必要だろう。だからといって、わずか千数十人の警察官僚《キャリア》が二十九万人近い巨大組織を支配することに問題がある。

まるで軍隊ではないか。階級社会は閉鎖的で、何かと息苦しい。伸びやかに職務を果たしにくいことは事実だ。

弊害《へいがい》ばかりが目立つ。ありていに言えば、腐敗の元凶になっている。

機構そのものを変えなければならない。改革は急務なのだが、一般警察官《ノンキャリア》はあまりにも無力だ。自分ひとりが煽《あお》ってみても、同調者は現われないだろう。

大半のノンキャリアは骨抜きにされて、イエスマンに成り下がっている。情けない話だ。

実際、風見は停職処分を受けたことで、依願退職して人生をリセットする気になった。

実際、密《ひそ》かに再就職口を探しはじめた。しかし、あいにく希望する仕事は見つからなかった。心が挫《くじ》けそうになったとき、人事異動の内示があった。

打診されたのは、三年四ヵ月前に結成された特命遊撃班だった。捜査一課に組み込まれているが、警視総監直属の隠密捜査機関である。

警察関係者以外は、その存在さえ知らない。本庁に設《もう》けられている特殊遊撃捜査隊『TOKAGE《トカゲ》』とは別組織だ。

司令塔は警視総監だが、チームに直《じか》に特命指令を下《くだ》しているのは桐野徹《きりのとおる》刑事部長だった。

現在、五十八歳の桐野は国家公務員Ⅱ種試験を通った準キャリアだ。Ⅰ種有資格者《キャリア》に次《っ》ぐエリートだが、気さくな人物だった。

チームの班長は、成島誠吾《なるしませいご》警視である。いまは五十六歳だ。前任は捜査一課の管理官だった。

捜査一課を仕切っているのは、もちろん一課長だ。捜査畑を踏んできたノンキャリアの出世頭がポストに就《つ》いている。

ナンバーツウは理事官だ。警察官僚が理事官になることが多い。

理事官の下には八人の管理官がいて、それぞれ各捜査係を束《たば》ねている。数こそ多くないが、ノンキャリアの管理官もいる。成島も、そのひとりだった。

捜査一課には、約四百人の課員がいる。理事官や管理官になれる者はごく少数だ。

成島警視は管理官時代に暴走した。連続殺人犯のふてぶてしい態度に憤《いきどお》りを覚え、思わず相手を張り倒してしまったのである。

そうした経緯があって、新設チームの班長になったわけだ。

事実上の降格だが、当の本人は少しも意に介していない。それどころか、昔のように現場捜査に携《たずさ》われることを喜んだ。

風見は、成島と旧知の仲だった。二人は年に四、五回、酒を酌《く》み交わしていた。世代は違うが、価値観はほぼ同じだった。

風見は、親分肌の成島を慕《した》っていた。しかも、成島が自分を引き抜きたがっていることを上司から聞かされていた。

風見は、敬愛する成島を支《ささ》えたかった。厚意には報《むく》いたい。

だが、ためらわせるものがあった。それほど当時の特命遊撃班は評判が悪かった。はみ出し者の吹き溜まりと陰口をたたかれていた。口さがない連中は〝墓場〟とすら嘲《あざけ》っていたほどだ。

自分は、まだ四十前である。死んだようには生きたくなかった。風見は辞表を懐《ふところ》に忍ばせ、特命遊撃班の刑事部屋を訪ねた。

と、メンバーの中に飛び切りの美女がいた。容姿が整っているだけではなかった。聡明で、色気もあった。

十一歳年下の美しい刑事は八神佳奈《やがみかな》という名で、東大法学部出の警察官僚だった。二十代で、早くも警視だ。地方の所轄署なら、署長になれる超エリートである。

それでいて、佳奈はまったく厭味《いやみ》な面がなかった。きわめて謙虚だが、どこか凜《りん》としていた。くだけた面もうかがわせ、ファッションセンスも光っていた。好みのタイプだった。

惚《ほ》れっぽい性質《たち》の風見は現金にも辞表を破り、特命遊撃班の新メンバーになった。それから、はや二年四ヵ月が過ぎている。

風見は美人警視とペアになり、冗談めかして口説《くど》きつづけてきた。しかし、そのたびに軽くいなされた。佳奈に嫌われてはいなそうだが、恋愛対象とは見られていないのだろう。

風見は、一昨年《おととし》の暮れに根上智沙と親密な間柄になった。そのせいか、最近は佳奈を異性として眺《なが》めなくなっている。年齢の離れた従妹《いとこ》に接しているような感じだ。そのくせ、たまに美しい相棒にちょっかいを出してみたくなったりする。

風見は無類の女好きだった。

だが、ただの好色漢ではない。根はロマンチストだった。理想の女性にいつか会えるような気がして、恋愛を重ねてきたわけだ。いまは、智沙をかけがえのない女性だと考えている。

班長の成島もそうだが、部下たちも異端者ばかりだ。

最年長の岩尾健司《いわおけんじ》警部は四十七歳で、四年四ヵ月前まで本庁公安部外事一課にいた。三十代のころにロシア漁業公団の下級船員になりすました大物スパイを根室《ねむろ》市内で捕捉《ほそく》するという大手柄を立てたのだが、その後がいけない。

岩尾はロシアの美人工作員の色仕掛けにあっさりと引っかかり、機密情報をうっかり漏《も》らしてしまった。その失態で、本庁捜査三課スリ係に飛ばされた。

言うまでもなく、厭《いや》がらせの異動である。上層部は、岩尾が依願退職すると考えていたにちがいない。

しかし、そうはならなかった。元公安刑事は黙々と職務をこなしつづけた。成島班長が岩尾をスリ係で終わらせるのは惜《お》しいと考え、チームに迎えたようだ。

佳奈は、かつて警察庁長官官房の総務課員だった。彼女はキャリアの上司の唯我独尊《ゆいがどくそん》ぶりをストレートに詰《なじ》り、警視庁捜査二課知能犯係に出向《しゅっこう》させられる羽目になった。

佳奈は出向先でも、理不尽な命令や指示には従わなかった。筋を通せる女性は、さほど多くない。

成島は、反骨精神の旺盛な人間を高く評価している。扱いにくいキャリアと見られていた佳奈を逸材《いつざい》と見て、特命遊撃班に入れたわけである。

美人警視は札幌《さっぽろ》出身で、父親は洋菓子メーカーの二代目社長だ。佳奈は社長令嬢なのだが、親の財力に甘えることなく我が道を歩んでいる。そういう生き方も好ましい。

五カ月前まで岩尾とコンビを組んでいた佐竹義和《さたけよしかず》巡査部長は以前、本庁警務部人事一課の監察係だった。警察官の品行や犯罪を摘発する立場にありながら、彼は警察学校で同期だった所轄署風紀係刑事の収賄《しゅうわい》の事実を握り潰《つぶ》した。監察係失格である。

ただ、その動機は人間臭かった。佐竹の同期の刑事は両親が生活苦に喘《あえ》いでいることを知り、風俗店やストリップ劇場に手入れの情報を流して、数十万円ずつ謝礼を受け取っていたのだ。歪《ゆが》んだ形だが、親孝行をしたかったのだろう。

お人好しの佐竹は、ついつい情《じょう》に絆《ほだ》されてしまったにちがいない。本来なら、職を失っていただろう。

幸か不幸か、前年度の懲戒免職者が多かった。そうした裏事情があって、佐竹は刑事総務課預かりになった。

だが、職務は何も与えられなかった。陰湿な制裁と言えるのではないか。惨《むご》い仕打ちである。俠気《おとこぎ》のある成島班長が見かねて、佐竹を自分の班に引き取ったらしい。

その佐竹は、いま蒲田《かまた》署生活安全課少年係の主任として働いている。三十三歳で主任のポストに就けたわけだから、栄転と言えるのかもしれない。

佐竹の後釜《あとがま》として、橋爪宗太《はしづめそうた》という二十七歳の巡査長がチーム入りした。

池袋署刑事課で強行犯係を数年務めただけなのだが、いっぱしの捜査員気取りだ。所轄署で多少の手柄を立てたことで、うぬぼれるようになったのだろう。

見込みはありそうだが、生意気そのものだ。自信家で、まだ学生気分が抜けていない。

風見は、年上の岩尾警部が教育係を兼ねて橋爪とコンビを組むと思っていた。ところが、成島班長は現場捜査に馴《な》れた風見に橋爪の面倒を見てくれと言いはじめた。

風見は、美人警視と離れ離れになりたくなかった。

しかし、班長の頼みを断るわけにもいかない。こうして風見は、特命遊撃班入りしたルーキーの教育係を務めることになった。

筋は悪くないのだが、橋爪はまだまだ未熟だ。この先も苛々《いらいら》させられるにちがいない。

目的の私鉄駅に着いた。

風見は改札を通り抜けた。

2

地下鉄駅から地上に出る。

警視庁本部庁舎の通用口は、有楽町線《ゆうらくちょうせん》桜田門《さくらだもん》駅の斜め前にある。本部庁舎は地上十八階建てで、地下四階だ。

屋上にはヘリポートと二層構造のペントハウスがある。ペントハウスは機械室になっていた。

風見は通用口に足を向けた。

アプローチをたどっていると、背後で走る足音がした。叩きのめした西垣が追ってきたのか。警戒心が膨《ふく》らむ。

風見は体を反転させた。駆け寄ってきたのは、元チームメイトの佐竹巡査部長だった。

「やっぱり、風見さんでしたか。後ろ姿でそうじゃないかと思ったんで、追ってきたんですよ」

「そうか。久しぶりだな。蒲田署でうまくやってるかい？」

「ええ、なんとか。でも、少年課の事案の捜査はちょっと物足りないですね」

「そうだろうな。しかし、佐竹は主任なんだから、部下に士気《しき》を示さないと……」

「もちろん、職務に手は抜きませんよ。その後、チームのみなさんは？」

「変わりないよ」

「そうですか。新メンバーの橋爪巡査長はどうです？」

「少しは頼りになるようになったよ。それより、きょうは何だい？」

風見は訊《き》いた。

「本庁《ホンブ》の少年一課に協力を要請してる事案があるんですよ。暴走族《マルソウ》の総長やってた十九歳の坊主が脱法ハーブに大麻樹脂を混ぜて売《バイ》してたんですが、買い手の無職少年が軽四輪を商店街で暴走させて……」

「通行人を怪我させたんだな？」

「ええ、十日前に。死者が出なかったんで、事件のことは全国紙の都内版に小さく扱われただけですけどね。元総長はとんでもない奴で、万引き癖のある女子中高生の弱みにつけ込み、売春を強《し》いてたんです。それだけじゃありません。その娘《こ》たちを使って、獣姦ＤＶＤを制作し、ネット販売してたんですよ」

「元総長のバックにどこかの組が控えてそうだな」

「その通りです。城南地区を縄張り《シマ》にしてる仁誠会《じんせいかい》が元総長の用心棒《ケツモチ》をして、売上の十五パーセントをはねてたんです」

「そうか」

「別件容疑もありますんで、蒲田署《うち》と本庁《ホンブ》で仁誠会を合同で家宅捜索《ガサイレ》することになったんですよ。その打ち合わせで、こっちに来たわけです」

佐竹が言って、遠慮がちに腕時計に目をやった。あまり時間がないようだ。

風見は目顔《めがお》で佐竹を促《うなが》した。

二人は本部庁舎に入り、エレベーター・ホールに急いだ。高層用エレベーターが六基、中層用が同じく六基、低層用が三基ある。ほかに人荷兼用エレベーター二基と非常用が二基あった。

　本部庁舎では、約一万人の警察官や職員が働いている。利用するエレベーターが異《こと》なれば、めったに顔を合わせることはない。したがって同じ本庁勤めであっても、誰とも面識があるわけではなかった。

　風見たちは中層用のエレベーターに乗り込んだ。

　特命遊撃班の刑事部屋は六階にある。少年第一課のあるフロアは十一階だ。

　函《ケージ》が上昇しはじめた。

「佐竹、帰りに古巣に顔を出せよ。班長はもちろん、岩尾さんや八神も喜ぶと思うぜ」

「みんなの顔を見たい気持ちはあるんですけど、やめときます。里心がつきそうだし、後釜の橋爪巡査長を困惑させるでしょうからね」

「優しい奴だな」

「自分、普通ですよ」

　佐竹が照れて、長身を縮《ちぢ》めた。

「そういうことなら、そのうち個人的に飲もう」

「ええ、ぜひ誘ってください。仁誠会の手入れが終われば、いつでもオーケーですんで」

「わかった。佐竹に電話するよ」

「待ってます。風見さん、自分とばったり本庁《ここ》で会ったことは成島班長たちには黙っててくださいね。そのほうがいいと思うんです。古巣に寄らなかったら、水臭い奴と思われるでしょうからね。でも、新メンバーの気持ちを考えると、やっぱり……」

「おまえは、いい奴だな。思い遣《や》りがありすぎるんで、刑事としては優等生とは言えないんだろうが、佐竹みたいな男は好きだよ」

風見は佐竹の肩を軽く叩いた。

そのとき、エレベーターが停まった。六階だった。扉が左右に割れる。

「それじゃ、またな！」

風見は片手を挙げ、ケージを出た。背後で、エレベーターの扉が閉まった。

六階には、刑事部長室、刑事総務課、捜査一課、組織犯罪対策部第四・五課の刑事部屋、捜査一課長室などがある。

特命遊撃班の刑事部屋は、奥まった場所にあった。給湯室《きゆうとうしつ》の並びだ。

プレートは掲《かか》げられていない。

ドアにも、室名は記《しる》されていなかった。九階の記者室に詰めている報道関係者に覚《さと》られたくないからだ。

風見はチームの小部屋に入った。

二十五畳ほどの広さだ。手前にスチール・デスクが四卓置かれ、正面の奥に班長席がある。その斜め手前にソファ・セットが据《す》えられている。ソファは布張りで、五人掛けだった。

成島班長は自席につき、両耳にヘッドフォンを当てている。いつものように志《し》ん生《しょう》の古典落語のテープを聴《き》いているのだろう。

神田《かんだ》で生まれ育った成島は、典型的な江戸っ子だ。

何よりも粋《いき》を尊《たっと》び、野暮《やぼ》を嫌っている。事実、いなせな面があった。さっぱりとした性《しょう》分《ぶん》で、義理と人情を大事にしている。

物欲はなく、実に気前がいい。権力や権威に屈《くつ》しないことが男のダンディズムだと心得ている節《ふし》があった。ジャズと演歌の両方をこよなく愛しているユニークな五十男だ。

好漢そのものだが、外見は冴《さ》えない。

ブルドッグに似た面相で、ずんぐりむっくりとした体型だ。短く刈り込んだ頭髪は、だいぶ薄い。

酔いが回ると、べらんめえ口調になる。鼻持ちならない男がいれば、すぐに喧嘩《けんか》を吹っかける。しかし、暴力をふるったりはしない。

江戸っ子らしく、ひとしの使い分けができなかった。だが、そのことを絶対に認めようとはしない。その点は呆《あき》れるほど頑固《がんこ》だった。東京育ちは負けず嫌いなのだろう。

成島は他人に媚《こ》びることはなかった。めったに部下を誉《ほ》めたりもしない。しかし、温《あたた》かみがあった。頼りになる上司だ。

で暮らしている。二人の子供と文京区本郷三丁目にある分譲マンション《ぶんきょうくほんごう》で暮らしていた。二十八歳の息子は予備校講師だ。二十六の娘はフリーのスタイリストである。

成島警視は、日比谷《ひびや》にある馴染《なじ》みの日本料理店『春霞《はるがすみ》』の友紀《ゆき》ママに好意を寄せていた。和服の似合う美人女将《おかみ》は三十代の半《なか》ばで、まだ独身だ。ママのほうも、成島のことは憎からず想《おも》っている。

だが、どちらも恋愛下手だった。

風見は焦《じ》れったくなって、デートの御膳立《おぜんだ》てをしたことがある。成島と友紀ママは一度洋画を観《み》に行ったのだが、どちらも緊張してデートを愉《たの》しめなかったようだ。その後、二人の距離は縮まっていない。

岩尾警部は自分の机に向かって、分厚い単行本の頁《ページ》を繰《く》っていた。元公安刑事は読書家で、博学だった。哲学者めいた風貌だ。学者と称しても、疑う者はいないだろう。

真面目な生き方をしてきた岩尾は、まったく女擦《ず》れしていない。だから、女スパイのナターシャの色香に惑《まど》わされてしまったのだろう。

岩尾は金髪《ブロンド》美女との浮気を妻に知られ、我が家から追い出された。やむなく彼は、ビジネスホテルやウィークリー・マンションを転々と泊まり歩いていたそうだ。サウナで朝を迎えたこともあったらしい。

そんなことから、岩尾警部のことをホームレス刑事《デカ》と呼んだ者もいたようだ。知り合ったばかりのころの岩尾は、ひどく陰気だった。容易には他人《ひと》を寄せつけないような気配を漂《ただよ》わせていた。

風見は、ロシアの女スパイに欺《あざむ》かれたことで岩尾が人間不信に陥《おちい》ったのだと勝手に思い込んでしまった。偏屈《へんくつ》な男だと早合点したのだが、そうではなかった。後《のち》に岩尾が単なる社交下手だとわかった。

岩尾夫婦はしばらく別居していたが、ひとり娘の計《はか》らいでよりを戻すことができた。娘は両親に離婚する気はないと感じ取り、意図的《いとてき》に無断外泊をした。

父母はうろたえ、協力して愛娘の行方を追った。ひとり娘は、父方の伯母宅に身を寄せていた。岩尾夫妻は娘の仕組んだ芝居にたやすく引っかかり、元の鞘に納まったわけだ。現在、岩尾は妻子と穏《おだ》やかな日々を送っている。

佳奈はソファに腰かけ、橋爪とブラックジャックに興《きょう》じていた。俗にドボンと呼ばれるトランプゲームだが、美人警視はめったに負けることがない。博才《ばくさい》があるのだろう。賭《か》けていれば、橋爪はたちまち無一文にされるにちがいない。佳奈はブラックジャックでは、まさに無敵だった。

美人警視は麻布十番《あざぶじゅうばん》にある賃貸マンションに住んでいる。独身の警察官は原則として、待機寮と呼ばれる単身用官舎に入らなければならない。キャリア用の単身住宅は、一般警察官用の官舎よりも立派だ。

それでも、官舎にはさまざまな規則がある。窮屈《きゅうくつ》な生活を嫌って、もっともらしい口実で民間のアパートやマンションに移る者が多い。

風見は、早い時期に待機寮から賃貸マンションに引っ越した。佳奈も警察庁で働いていたころに官舎を出たはずだ。まだ俸給の少ない橋爪は、都内の待機寮で寝起きしている。

「色男、きょうも重役出勤だな」

成島がヘッドフォンを外して、明るく厭味を言った。

「登庁途中にちょっと人に絡《から》まれたんで、遅れてしまったんですよ」

「とか言ってるが、朝から誰かさんとしっぽりと濡れてたんじゃないのか？」

「おれが女なら、もろセクハラだな。班長、ちょっと欲求不満じゃないんですか？　友紀ママに大胆に迫っても、拒《こば》まれはしないと思うがな。ママも成島さんのことは嫌いじゃないんだから」

「風見、そういう腥《なまぐさ》いことは言わないでくれ。ママは、中高年の常連客のマドンナなんだ。谷間の百合《ゆり》なんだよ。イメージが壊れる」

「童貞の坊やみたいなことを言ってると、ほかの誰かにママを横奪《ど》りされちゃいますよ。そうなったら、泣くに泣けないでしょ？」

「そんなことはさせないっ」

「だったら、積極的に友紀ママに求愛しないとね」

「余計なお世話だ」

「臆病だな。ま、いいか。今朝《けさ》も、志ん生の落語を聴いてたんでしょ？」

「いや、息子の志《し》ん朝《ちょう》のテープを聴いてたんだ。親父《おやじ》さんに負けないくらいの名人芸だね。若死にした志ん朝が生きてりゃ、親のレベルに達してただろう。本当に惜《お》しいよ」

「どの落語も下げはわかってるのに、よく笑えますね」

「それが笑えるんだ、聴くたびさ。話術が巧《たく》みだからなんだろう。古典落語は面白いぞ。志ん生のカセットを全部貸してやるから、一度聴いてみなよ」

「せっかくですが、遠慮しておきます」

風見は自分の席に坐った。佳奈が笑顔を向けてきた。

「智沙さん、また翻訳プロダクションで働きはじめたんでしょ？」

「ああ、先々月からな。仕事をするようになったら、なんか若々しくなったよ」

「おのろけですか」

「八神、ジェラシーか。少し待っててくれ。智沙が急死したら、そっちを必ず後妻にしてやるから。おれたちは赤い糸で結ばれてるんだから、どーんと構えてろって」

「赤い糸なんかで結ばれてませんよ！　その笑えないジョーク、いい加減にやめてほしいわ」

「聞き飽《あ》きたか」

風見は微苦笑した。橋爪が上体を捻《ひね》って、にやにやと笑った。

「橋爪、そんな余裕ある顔をしててもいいのか？」

「えっ、どういうことっす？」

「表向きはドボンに金は賭けてないってことになってるが、本当はそうじゃないんだ。年末に負けた分を八神に払わなきゃならないんだぜ」

「ほ、本当っすか⁉」

「ああ、もちろん！」

「レートはいくらなんすか？」

「かなり負けたようだな。橋爪、安心しろ。おまえをからかっただけだよ」

風見は言って、キャビンをくわえた。ちょうどそのとき、岩尾が目で挨拶した。風見は、こころもち頭を下げた。

「またニーチェの哲学書を読んでるんですか？」

「いや、アメリカの犯罪心理学者が書いた本だよ。犯罪者の心理メカニズムは想像以上に複雑なんだね。人間の深層心理を汲《く》み取ろうとすると、なんか迷路に入って身動きできなくなる感じだよ。でも、興味深いね」

「岩尾さんは勉強家なんだな。少し見習わなきゃ。おれは、エロい小説しか読まないからな」

「きみには少し露悪《ろあく》趣味があるが、充分に知力も体力も備《そな》えてる。羨《うらや》ましいよ」

「岩尾さん、キャバクラにご招待しましょうか」

「何も下心なんかないよ」

岩尾が真顔《まがお》で応じ、ふたたび開いた単行本に視線を落とした。憮然《ぶぜん》とした表情だった。

風見は当惑した。生真面目な岩尾には冗談が通じないことがあった。佳奈のように冗談のキャッチボールはできない。

風見は煙草《たばこ》に火を点け、深く喫《す》いつけた。

特命遊撃班は常時、捜査活動をしているわけではない。アジトで特命指令を待つことも仕事の内だった。

特に登庁時刻は定められていないが、メンバーはたいがい午前九時前後にはアジトに顔を出している。これといった職務がなくても、平日は必ず夕方まで小部屋で待機しているわけだ。

都内で殺人など凶悪な犯罪が発生すると、所轄署刑事課強行犯係と本庁機動捜査隊初動班が真っ先に臨場《りんじょう》する。本庁捜査一課強行犯捜査殺人犯捜査係員たちや管理官も、オブザーバーとして現場に駆けつける場合が多い。

初動捜査に当たるのは、地元署と本庁機動捜査隊初動班だ。双方は聞き込みを重ね、目撃情報を集め、被害者の身内、友人、同僚などに会って事件の真相を探《さぐ》る。

初動捜査は、たいがい数日と短い。わずかな間に加害者を特定できることは稀《まれ》だ。

警視庁は所轄署の要請に応じて、捜査本部を設置する。ほとんどの場合は、地元署の会議室や武道場に捜査本部が設営されている。

警察関係者は、捜査本部が設けられることを帳場が立つと表現する。捜査一課強行犯捜査殺人犯捜査係の刑事たちが捜査本部に出張《でば》り、所轄署員たちと力を合わせて、第一期捜査に当たる。

通常、第一期捜査は三週間だ。本庁から派遣《はけん》される刑事は十数人である。第一期捜査で真犯人が逮捕されれば、特命遊撃班の出番はない。

風見たちのチームは、第二期捜査に入ってから出動指令を受けている。

その時点で、所轄署の刑事たちはそれぞれの持ち場に戻ってしまう。つまり、第二期捜査以降は本庁の捜査員だけで事件を解決しなければならないわけだ。

当然、第二期からは捜査員が追加投入される。難事件になると、延べ百人以上の刑事が送り込まれる。

ちなみに、捜査費用は全額、所轄署持ちだ。同じ年に管内で二件も殺人事件が起きたら、年間予算が吹っ飛んでしまう。

本庁としても、早く事件を落着させないと、沽券《こけん》にかかわる。そのため、警視総監の発案で特命遊撃班が生まれたのだ。

チームは、これまでに十五件の捜査本部事件の犯人を割り出した。

だが、風見たちの活躍が公《おおやけ》にされることはない。いつも手柄は、正規の専従捜査員たちが立てたことになっていた。

特命遊撃班のメンバーは、〝黒衣《くろこ》〟に甘んじている。

しかし、不満を洩らす者はひとりもいなかった。誰もが支援捜査をすることに意義と誇りを持っていた。一様に上昇志向はない。

キャビンが短くなった。

風見は卓上の灰皿を引き寄せ、煙草の火を揉《も》み消した。その数秒後、班長席で警察電話が鳴った。

成島班長が頭からヘッドフォンを外し、素早く受話器を摑《つか》み上げる。すぐに顔が引き締まった。電話をかけてきたのは、桐野刑事部長だろう。

九月中旬のある晩、渋谷署管内で三十八歳の元俳優が何者かに刺殺された。事件現場は空き家だった。所轄署に捜査本部が置かれたのだが、第一期捜査では容疑者は絞れなかった。数日前に第二期捜査に入っていた。

「出動要請だ。揃《そろ》って刑事部長室に行こう」

成島班長が電話を切るなり、部下たちに告げた。

風見は真っ先に椅子から立ち上がった。

3

水色のファイルが配られた。

捜査一課の理事官が集めてくれた初動及び第一期捜査資料である。特命遊撃班の五人は、横一列に坐っていた。刑事部長室だ。

応接ソファ・セットは十人掛けだった。桐野と成島班長はコーヒーテーブルを挟んで向かい合っていた。

風見は、成島のかたわらに腰かけている。その横には、岩尾、佳奈、橋爪の順に坐っていた。

「みんなも憶《おぼ》えてるだろうが、九月十四日の夜に渋谷区神南《じんなん》の空き家で刺殺された結城主《ゆうきけい》輔《すけ》、享年《きょうねん》三十八は十五年前に話題になった青春映画の主演男優だった。風見君は同世代だから、被害者のことはよく記憶してるんじゃないのかな?」

桐野が問いかけてきた。二カ月前に満五十八歳になったはずだが、実年齢よりも若く見える。ただ、髪はロマンス・グレイだ。知的な風貌である。

「結城のことはよく憶えてますよ。彫《ほ》りの深い顔立ちで、身長は百八十二、三センチだったんじゃないかな。アルバイトをしながら、小劇場で舞台俳優してたんだが、オーディションでいきなり主演に抜擢されたはずですよ」

「そうだったらしいね。出演した映画の興行収入は悪くなかったようだが、その後はパッとしなかった」

「そのころの週刊誌情報によると、結城圭輔は共演した女優が妊娠すると、中絶を強《し》いたみたいですよ。そのことが芸能週刊誌に大きく取り上げられたんで、ファンが一気に離れてしまったようです。特に女性ファンがね」

「その真偽はわからないが、一発屋役者で終わってしまったことは間違いないんだろうな」

「ええ、そうなんでしょう。所属してた劇団が解散してからは、舞台にも出なくなってましたから。役者では喰《く》えなかったんだろうから、結城圭輔はサラリーマンにでもなったんでしょうね」

　風見は刑事部長に顔を向けた。

「いや、サラリーマンにはならなかったようだよ。ホスト、トラック運転手、建設作業員と職を変えながら、三年前からは自宅マンションを事務所にして、便利屋をやってたようだ」

「買い物や墓参りの代行、それから簡単な家のリフォームとか独居老人の話し相手になってたんですか？」

「そうした地味な仕事じゃ、恵比寿《えびす》の家賃の高い賃貸マンションには住めないだろう。おそらく結城は、裏便利屋めいたことをやって高収入を得てたんだと思うね」

「一発屋スターだった被害者《ガイシャ》は、麻薬《ヤク》の運び屋でもやってたのかな」

成島班長が話に加わった。

「これまでの捜査によると、被害者は暴力団関係者とつながりはないようなんだ」

「桐野さんが言った通りなら、結城圭輔が裏社会の下働きをしてたとは考えにくいな。しかし、地味な仕事をこつこつとこなしてても、高級なマンションなんて借りられないでしょう。家賃は月にいくらだったんです？」

「管理費と駐車代を含めて二十八万円だね。個人営業の便利屋じゃ、そんな高い家賃は払っていけないはずだよ」

「被害者は、ペニスと右耳を切断されてたんですよね？」

「そうなんだ。痴情《ちじょう》の縺《もつ》れによる犯行《ヤマ》なんだろうか」

「その線が濃そうだな。ハンサムだった結城は出張ホストというか、恋人の代役めいたことをやって、経済的に余裕のある人妻や独身女性から上手に銭《ぜに》を引っ張ってたのかもしれませんよ」

「そうなんだろうか」

「ちょっといいっすか」

　橋爪が口を挟み、桐野と成島の顔を交互に見た。桐野が橋爪に視線を向ける。

「きみは、どう筋を読んだのかな？」

「被害者はイケメンだったわけだから、女にはモテモテだったんだと思うっすね。でも、同性からも好かれてたんじゃないっすか？」

「橋爪、その喋《しゃべ》り方は軽すぎるだろうが。相手は刑事部長なんだぞ」

　風見はルーキーを窘《たしな》めた。橋爪が頭を掻《か》いた。成島が風見に同調する。岩尾と佳奈も呆《あき》れ顔だった。

「ま、いいじゃないか。きみの読み筋を聴かせてほしいな」

　桐野が橋爪に言った。

「被害者《マルヒ》の性器と右耳が切り落とされてますけど、偽装工作とは考えられないでしょうか。ペニスが切断されてることから、つい女性の犯行と推定しがちですよね？」

「そう考えやすいな」

「過去の有名な猟奇殺人事件では、犯人の女が被害者の男根《だんこん》を切断して持ち去ってます」

「阿部定《あべさだ》の事件のことだね？」

「ええ、そうです。でも、本件の加害者は切断した性器と右耳を持ち去っていません。ペニスを被害者の胸の上に、耳は額に乗せてます」

「それだけ犯人《ホシ》は、被害者に憎しみを感じてたんじゃないのか。数こそ少ないが、女性が彼氏を殺害して手脚《てあし》をバラバラに切断した事案もあるじゃないか」

「桐野部長のおっしゃる通りなのですが、切り取った性器や耳をわざわざ死体の上に置いた事例は珍しいはずですよ」

「そういえば、そうした事件はなさそうだね」

「犯人は、結城圭輔に一方的にのぼせてたゲイなんではないっすか。あっ、いけない。ゲイなのではないでしょうか？」

「いちいち言い直さなくてもいいよ」

「は、はい。被害者は同性には、まったく興味がなかった。むしろ、ゲイには嫌悪感さえ覚えてた。だから、色目を使った相手に結城は侮辱的な言葉を投げつけたのではありませんかね？」

「で、犯人が逆上して、犯行に及んだ？」

「自分、そう推測したんです。推測というよりも、直感ですね。池袋署にいたころ、自分の直感はたいていてい的中してました」

「橋爪君……」

岩尾が顔をしかめた。自慢は慎《つつし》むべきだと言いたかったのだろう。

「はったりじゃないんすよ。的中率は八割以上だったんす」

「能ある鷹《たか》は爪を隠すものよ。橋爪という姓だからって、やたら爪を出さないの」

佳奈がやんわりと叱《しか》った。橋爪が首を竦《すく》める。

「八神警視に女性の心理を教えてもらおうか。今回の犯罪《ヤマ》は猟奇殺人の色合が濃いんだが……」

桐野が言った。

「ええ、そうですね」

「犯行動機は痴情の縺れと思われるんだが、女性の仕業《しわざ》とは考えにくいだろうか」

「正直に申し上げて、わたしには判断つきかねますね。性別による特性というものはあるんでしょうが、いろんなタイプの女性がいますでしょ？」

「そうだね」

「惚れ抜いた男性の性器をほかの女性には触《ふ》れさせたくないと考えて、切断したシンボルを持ち去る者もいるでしょう。反対に相手に烈《はげ》しい憎しみを感じていれば、切り取った生殖器や他《た》の肉片を事件現場に放置する人間もいると思います」

「そうだろうね。橋爪君の筋の読み方についてはどう思う？」

「あながち見当外れではないような気もしますが、同性愛者の偽装工作だという根拠もないようですので」

「そうだな」

「解剖所見書の写しにざっと目を通したんですが、被害者は大型ナイフで十三ヵ所も深く刺されてます。何か被害者に強い恨みを抱いてたんでしょう」

岩尾が桐野に話しかけた。

「そうなんだろう。死因は、刺傷による失血死だった。死亡推定日時は九月十四日の午後九時から十一時の間とされた」

「ええ、そうですね。凶器は現場に遺《のこ》されてなかったわけですが、傷口から大振りのナイフが使われたと断定されたんでしょう？」

「そう。アメリカからネットで取り寄せたと思われるんだが、買い手の特定はできなかったんだ。刃渡り十七センチの刀身には犯行前に白色ワセリンが塗りつけられてた。犯人は、確実に結城を刺し殺したかったにちがいない」

「刀身にワセリンが塗ってあれば、女性でも深く刺すことは可能ですね」

「ああ、可能だろうな。しかし、一般女性が殺しのテクニックを学んでから、犯行に走るとは考えにくいんじゃないのか？」

「ええ。そう考えると、男の犯行なんでしょうか」

「まだ何とも言えないな。初動と第一期捜査で結城が仕事で何かトラブルを起こしてないか調べたんだが、特に揉《も》め事はなかったらしい。独身の被害者はかなり女出入りが激しかったようなんだが、スマートな遊び方をしてたみたいで、特にトラブルに巻き込まれてないんだよ」

「そうですか」

「しかし、被害者は何かダーティーなことをやってたのかもしれないね。そうした裏仕事で何か利害が対立したんで、殺されたとも考えられるな」

「そうなんでしょうか」

「いや、捜査に予断は禁物だな」

桐野が自分に言い聞かせた。

風見は膝の上で、ファイルを開いた。フロントページとカバーの間に、鑑識写真の束《たば》が挟まっている。上の五葉《ごよう》は死体写真だった。

結城圭輔は、古びた洋館の応接間らしき部屋の床《ゆか》に仰向《あおむ》けに倒れていた。

上半身は血みどろだ。血糊《ちのり》で、衣服の半分は見えない。胸部と腹部に傷痕が目立つ。

端整な顔は傷つけられていなかった。だが、右の外耳はそっくり削がれていた。

傷口が生々しい。なぜ犯人は、結城の右耳まで切断したのか。深い意味はないのだろうか。死者の瞼《まぶた》は閉じられていない。見開いた両眼は、恨めしげに虚空《こくう》を睨《にら》んでいる。

胸に置かれた血に染まったペニスは、どことなく茄子《なす》に似ていた。むろん、色は違う。

股間は赤褐色《せっかっしょく》だった。血の色素が沈み、黒ずんで見えるのだろう。

チノクロス・パンツのファスナーは半分ほど下げられているが、切断面は判然としない。陰毛はポスターカラーを連想させる血糊に覆《おお》われていた。

遺体の下の血溜まりは、畳二枚分はありそうだ。その周囲には、加害者の物と思われる靴痕が幾つか見られる。

「加害者の遺留品は発見されなかったようですね？」

岩尾が桐野に問いかけた。

「そうなんだよ。現場の足跡《ソク》から加害者が二十六センチの靴を履《は》いてたことは明らかになったんだが、全国で二万足以上も販売された短靴なんで……」

「靴から容疑者を割り出すことは不可能でしょうね？」

「そうなんだ」

「事件現場の洋館の所有者と結城には何も接点はないんですか？」

「そう、ないんだ。所有者は六年前に病死した貿易商だったんだが、妻は十年以上も前に亡《な》くなってるんで、二人の息子が相続を巡って係争中だという話だよ。所有権を持ってた老人は、長男と次男に遺産のすべてを譲るという直筆《じきひつ》の遺言状を渡してたそうなんだ」

「なぜ兄弟喧嘩の種《たね》を蒔《ま》くようなことをしたんでしょう？」

「故人は、息子たちが親の遺産を当てにしてると感じ取ってたんじゃないのかね。そのことを苦々しく思ってたんで、倅《せがれ》たちに少し意地悪をしたのかもしれないな」

「そうなんでしょうか」

「そんなことで、犯行現場の洋館はずっと空き家状態だったらしい。門の錠と玄関ドアは何者かに壊されてしまって、ホームレスたちが無断で侵入してたそうなんだ。だから、加害者は結城を洋館に連れ込んで、犯行に及んだんだろうね」

桐野が言って、脚《あし》を組んだ。風見は短い沈黙を突き破った。

「刑事部長、鑑識写真をひと通り見ましたが、埃《ほこり》を被ったソファやサイドテーブルは置かれた位置から大きくは動いてないようでした」

「ああ、そうだったな。被害者は、犯人と争う前に不意を衝《つ》かれる形でナイフでめった刺しにされたんだろう。ほとんど抵抗する間もなかったにちがいない」

「ええ、そうなんだと思います。洋館の家具や調度品はそのままですが、不用心ですんで、電気やガスは使用できないようにしてあったんでしょう?」

「理事官の報告では、そうだったね」

「ということは、結城圭輔は暗がりの中で殺されたわけだ」

「そういうことになるね。犯人《ホシ》は、殺し屋《プロ》だったのかもしれないぞ。ナイフに予《あらかじ》めワセリンを塗って滑りをよくしてるからね」

「桐野さん、ちょっと待ってください。殺し屋《プロ》の犯行《ヤマ》なら、結城を十数回も刺さないでしょう? 心臓、喉、首といった急所に大型ナイフを手早く突き立てて、短時間で現場を去るはずです」

「そうか、そうだろうね。十ヵ所以上も刃物を突き立てたのは、それだけ憎悪や恨みが強かったからにちがいないな」

「だと思います。犯人《タマ》は、結城を真っ暗な洋館の中に誘い込んでますよね。被害者が警戒心を抱かない人物であることは間違いないでしょう」

「風見さん、そうとは言えないっすよ」

　橋爪が会話に割り込んだ。

「軽い！」

「はあ?」

「おまえの喋り方だよ。さっき注意されたばかりだろうが！」

「そうっす。ああ、そうでした。気をつけます。話が少し逸《そ》れましたけど、加害者は大型のナイフで威嚇《いかく》して、結城を空き家に強引に連れ込んで刺し殺したとも考えられますでしょ?」

「その可能性はゼロとは言えないな。しかし、そうだったとしたら、被害者《ガイシャ》はなんとか逃げようとしただろう。電灯の点かない古ぼけた洋館に連れ込まれたら、何か危険な目に遭《あ》うと本能的に嗅《か》ぎ取るだろうからな」

「そう言われちゃうと、反論できなくなっちゃうっすね。いえ、できなくなります」

「結城は特に抵抗した様子もないようだから、加害者はよく知ってる人間だと考えるべきだろう」

「風見君、犯人が男だと絞らないほうがいいぞ。男が被害者の性器を切り落とすとは思えないんだ。加害者が女性で、男物の二十六センチの靴を履いて犯罪《ヤマ》を踏んだとも……」

成島がいったん言葉を切り、言い継《つ》いだ。

「そういう可能性もあるな。刀身にワセリンを塗って滑りをよくしたのは、女性の力は弱いからだったんじゃないのかね」

「班長に加担するわけじゃありませんけど、女性の犯行ということも考えられますよ」

佳奈が前屈《まえかが》みになって、風見の顔を覗《のぞ》き込んだ。

「班長や八神の読みが外れてるとは断定できないが、一発屋俳優だった被害者は性器を切断され、右耳を切り落とされてたんだぜ。そこまでやる女はいないと思うがな」

「わかりませんよ。いまは何事もボーダーレスの時代なんですから、固定観念や先入観に囚《とら》われてると、判断ミスをするんじゃないかしら？」

「キャリアの八神がそう主張すると、妙に説得力があるな。いいだろう、白紙からスタートしようじゃないか」

風見は折れた。一拍置いて、桐野が誰にともなく言った。

「そうしてくれないか。第一期捜査を担当した殺人犯捜査八係の日高勉《ひだかつとむ》係長たちと渋谷署の連中は地取《じど》りと鑑取《かんど》りに励んでくれたんだが、容疑者の特定には至らなかった」

「凶器もまだ見つかってないんでしょ？」

成島が確かめた。

「そうなんだ。日高係長は大人だから、特命遊撃班に敵愾心《てきがいしん》は持ってない。むしろ、チームの側面支援に感謝してるようだ」

「日高はそういう男です。桐野さん、第二期から第五係の文珠敦夫《もんじゅあつお》係長たち十三人が投入されたんでしょ？」

「成《なる》さん、そうなんだよ。十係の連中を渋谷署に出張《でば》らせるつもりだったんだが、あいにく高輪《たかなわ》署のＯＬ惨殺事件を受け持つことになったんで、やむなく五係の文珠班を……」

桐野が済まなそうに言った。

日高と文珠は警部で、ともに四十四歳だった。日高は温厚な性格で、特命遊撃班に辛く当たったことは一度もない。

しかし、自尊心の強い文珠警部は風見たちチームを目の敵《かたき》にしている。専従捜査員の面子《メンツ》を特命捜査班に潰《つぶ》されたと被害妄想に陥っているようだ。

特命捜査に取りかかる前にチームは必ず捜査本部に挨拶に出向き、それなりの仁義を切る。しかし、文珠は陰険《いんけん》なことをしてきた。

捜査会議中だと嘘をつき、故意に特命遊撃班のメンバーを一時間近く廊下で待たせる。それだけではなかった。部下に命じて、特命捜査の妨害をしたことさえあった。

専従捜査員と風見たちチームは、競《きそ》い合う形になる。捜査本部の刑事だけで事件を解決したい気持ちはわからないではない。

しかし、特命遊撃班は殺人犯捜査係たちの手柄を別にかっさらっているわけではない。側面捜査をして、彼らに手柄を立てさせてあげているのだ。感謝されてもいい立場だ。

少し狭量ではないか。だが、文珠と同じようにチームを敵視している係長は少なくない。

所轄署に派遣されるのは、第三係から第十係のいずれかだ。そのうちの約半数の係長が特命遊撃班のことを快《こころよ》く思っていない。邪魔者扱いされることが多かった。

「五係を率《ひき》いてる文珠は、やりにくい奴ですね。しかし、八係の日高君はうちのチームには感謝してくれてるから、文珠に勝手な真似をさせないでしょう」

成島が桐野に笑いかけた。

「もしも文珠が成《なる》さんのチームの捜査を邪魔するようだったら、別の班とチェンジさせるよ」

「桐野さん、そこまで心配してもらわなくても大丈夫ですよ。風見君はちょっと血の気が多いですが、文珠を半殺しにするようなことはないでしょう」

「殺さなきゃ、文珠をかなり痛めつけてもかまわないよ。文珠が人事一課監察室に駆け込んだら、逆にあいつを懲戒免職に追い込んでやる。わたしも、あの男が大っ嫌いなんだ」

「懲戒免職は無理だとしても、文珠を降格させることはできるよ。それはそれとして、捜査資料をじっくり読み込んだら、さっそく支援捜査に取りかかってほしいんだ」

桐野が組んだ脚をほどいて、自分の腿《もも》を平手で叩いた。風見たちは相前後し、水色のファイルを手に取った。

「刑事部長……」

五人は刑事部長室を出て、その足でチームのアジトに戻った。

4

捜査資料を読み終えた。

風見は低く唸《うな》った。自席だ。まだ筋が見えてこない。

班長と三人の仲間は自分の机に向かって、捜査資料に目を通している。結城圭輔を刺殺したのは、男だったのか。それとも、女の犯行だったのだろうか。資料では、その判断がつかなかった。

最大の謎は、加害者が性器だけではなく、右の外耳もそっくり削ぎ落としたことだ。

なぜ犯人は、被害者の耳まで切り落としたのだろうか。それを故人の額の上に置いた理由は何だったのか。深い意味はなかったのだろうか。

風見は紫煙《しえん》をくゆらせながら、考えてみた。

しかし、わからなかった。加害者は変質者の犯行に見せたくて、わざわざ結城の片方の耳まで切断したのだろうか。

死体を切り刻むことに歪《いびつ》な快感を覚える異常者なら、首や四肢《しし》を胴体から切り離しただろう。ペニスのほかに片方の耳だけを削いだことがどうしても理解できない。

被害者は三年前から恵比寿の高級賃貸マンションを自宅兼オフィスにしていた。地味な便利屋の仕事で高い家賃を払えるわけがない。結城は何か後ろめたいことをして、高収入を得ていたと考えられる。

被害者は、およそ二年前から三人の女性と親密な間柄だった。要するに、三股をかけていたわけだ。

その三人の職業はＯＬ、コーラスガール、宅配便ドライバーである。いずれも結城に高額を貢《みつ》ぐほど稼いでいるとは思えない。被害者と婚約している女性もいなかった。

三人とも、結城とは大人の関係だったのだろう。だとすれば、痴話喧嘩の末に犯行に走ったとは考えにくい。

少し気になる女性は、十五年前に結城の主演映画に恋人役として出演した八木沢志帆《やぎさわしほ》だ。志帆は共演をきっかけに結城と親しくなり、彼の子を孕《はら》んだ。彼女はスカウトされて結城の相手役を務めただけで、女優になりたがっていたわけではなかった。

志帆は妊娠したことを結城に告げ、逆プロポーズした。結城は志帆の求愛をしりぞけ、人工中絶を強要した。絶望した志帆は多量の睡眠薬を服《の》み、自殺未遂騒ぎを起こした。そのことが芸能週刊誌に書き立てられ、結城は映画界から消えたのである。志帆のほうも芸能界を去り、十年前から大手化粧品会社に勤めている。現在は、商品開発企画室の主任だ。すでに三十四歳だが、独身である。

「十五年前に結城に棄《す》てられた八木沢志帆を洗い直してみよう」

成島班長が風見に声をかけてきた。

「こっちも八木沢志帆のことがちょっと気になってたんです。でも、第一期捜査で、彼女は結城と別れて以来、一度も接触してないことがわかってるんですよね」

「そうだな。しかし、八木沢志帆は好きになった男に裏切られてしまった。そのとき、何か女心をひどく傷つけられたのかもしれない」

「そうだったとしても、もう昔のことです。十五年も前に縁の切れた結城を恨みつづけてたとは考えられないでしょ?」

「八木沢志帆は大手化粧品会社に勤めて、安定した暮らしをしてるようだ。晩婚時代と言われてるが、独身主義者じゃなければ、結婚したいと思ってるんじゃないのか?」

「そうかもしれませんね」

「志帆が結城の子を堕《お》ろしたとき、妊娠できない体にされてしまったとしたら……」

「年齢《とし》を重ねるたびに、結城を恨む気持ちが強まるんじゃないかってことですね？」

　風見は確かめた。

「ああ、そうだ。未婚の女性にとって、妊娠能力がないことはハンディになるんじゃないかね。そういう負い目があったら、どうしても恋愛に積極的になれないんじゃないのか？」

「古風な考え方を持つ女性は、そうでしょうね。しかし、子供を産《う》むことだけが女の役目じゃないでしょ？　ちゃんとした男なら、相手がそうであっても、結婚すると思うな」

「そうなんだろうが、女性の側はやっぱり引け目を感じるんじゃないかな。お嬢《じょう》、どうかね？」

　成島が佳奈に意見を求めた。

「班長は、わたしに喧嘩を売ってるんですか？　そういう呼び方はやめてほしいって、何度も頼みましたよね。わたしは、ただのケーキ屋の娘です」

「でも、社長令嬢なわけだからさ、お嬢と呼んでもいいと思うがな」

「いやなんですっ」

　佳奈が語気を強めた。

「わかった。ごめん、ごめん！　ところで、八神の考えを聞かせてくれないか」

「仮に八木沢志帆さんが中絶手術の失敗で妊娠できない体になってしまったとしても、結城圭輔だけが悪いとは思わないでしょ？　バースコントロールにしくじったのは、男女双方の責任ですから」

「それはそうなんだが、相手の男が避妊に気を配ってくれてればと恨めしく思う女性もいるんじゃないのか？」

「ええ、そういう女性もいるでしょうね。しかし、十五年前に別れた相手を……」

「もしかしたら、聞き込みが甘かったのかもしれないぞ。八木沢志帆は何年か前に被害者とたまたまどこかで再会して、また交際するようになったんじゃないのか。しかし、結局、結城に去られてしまった。そんなみっともない話は、八木沢志帆もさすがに周囲の人たちにも言えなかったのかもしれない」

「そうだったとしたら、八木沢志帆に殺害動機がないわけじゃないっすね」

　橋爪が班長に顔を向けた。

「そうなるな」

「でもっすね、八木沢志帆が結城圭輔をめった刺しにして、男のシンボルを切り落とすことはわかるっすよ。本件被害者は志帆の体にしか興味がなかったわけでしょうから。だけど、右の耳まで削《そ》ぎ落としたりしないんじゃないっすか？」

「それが謎なんだよな。結城が加害者と共通してる秘密を誰かに漏《も》らしたことを恨んでるんだったら、口をナイフで切り裂くか、唇を削ぎ取りそうだがね」

「そうっすよね。確かに不可解だな」

「班長、切断された性器と右耳に何か関連性があると考えないほうがいいのではないでしょうか」

沈黙を守っていた岩尾が、控え目に発言した。

「特に関連はないんだろうか」

「わたしは、そう思いました。生殖器と耳では何もつながりがありませんでしょ？」

「そうだね」

「犯人が誰であれ、犯行動機を捜査当局に読まれたくないんで、右の外耳まで切断したのではありませんか。血みどろの耳を被害者の額に乗っけたのも、特に意味はなかったんでしょう」

「男のシンボルを腹の上に置いたのも、そうだったんだろうか」

成島が下唇を突き出した。考えごとをするときの癖だった。

「加害者が結城圭輔を強く憎んでたことは間違いないでしょう。十三カ所も大型ナイフで刺してますからね」

「そうだな」

「犯人は怨恨《えんこん》による犯行と見破られることを恐れて、異常犯の仕業に見せかけようとしたのかもしれません。それで、被害者の性器と片方の耳を削いだ可能性もありそうですね」

「そっちの読み通りだとしたら、犯人は男とも女とも考えられるわけだ」

「ええ、そうですね」

「無駄になるかもしれないが、岩尾・八神班は、改めて八木沢志帆の友人、血縁者、職場の同僚に当たってみてくれないか。焼けぼっくいに火が点いてたとしたら、八木沢志帆は疑わしくなってくるからな」

「わかりました」

岩尾がうなずいた。成島が風見に顔を向けてきた。

「風見と橋爪は、吉祥寺《きちじょうじ》にある結城の実家にまず行って、故人のおふくろさんに会ってくれないか」

「了解！」

「それから、結城の馴染《なじ》みの居酒屋の店主の谷岡篤志《たにおかあつし》からも情報を集めてほしいんだ。店はJR恵比寿駅の近くにあるんだったな。えーと店の名前は何だったか」

「確か『磯繁《いそしげ》』です」

「そうだったな。早めに昼食を摂《と》ったら、四人で渋谷署に顔を出して、一応、捜査本部《チョウバ》の連中に仁義を切ってくれないか」

「そうしましょう」

「例によって、五係の文珠係長が厭味を言うだろうが、聞き流しておけよ」

「桐野さんは、文珠をとっちめてもいいと言ってたがな」

「堪忍袋の緒《お》が切れたら、そうしてもいいさ。でも、できるだけ堪《こら》えてくれ。桐野部長なら、文珠を降格させることはわけないだろうが、煩《わずら》わしい思いをさせるのはちょっと気が引けるからな」

「わかりました。それじゃ、任務に取りかかりましょう」

風見は椅子から腰を浮かせた。

岩尾、佳奈、橋爪の三人が風見に倣《なら》う。

風見たち四人は特命遊撃班の小部屋を出て、エレベーターで一階の大食堂に下《くだ》った。まだ午前十一時を回ったばかりだった。

食堂は割に空いていた。四人は中ほどのテーブルに落ち着き、おのおの好みのメニューを選んだ。風見は親子丼を食べた。岩尾と橋爪はランチセットを平らげた。佳奈はミックスサンドを上品に口に運んだ。

食事を済ませると、四人は地下三階の車庫に降りた。

岩尾と佳奈が灰色のプリウスに乗り込む。運転席に坐ったのは、美人警視だった。佳奈のハンドル捌《さば》きは鮮やかだ。車の運転そのものが好きなのだろう。

階級の低い岩尾がステアリングを握るのが常識だが、佳奈はいつも率先して運転席に入る。助手席の岩尾は、そのたびに恐縮していた。

「自分が運転するっす」

橋爪が黒いスカイラインのドライバーズ・シートに腰を沈めた。風見は助手席に乗り込んだ。

先にプリウスが発進した。橋爪が黒色の覆面パトカーを穏《おだ》やかに走らせはじめた。

二台の捜査車輛は一気にループ状のスロープを登って、本部庁舎を出た。最短コースをたどって、渋谷をめざす。

渋谷署に着いたのは、二十数分後だった。

四人は覆面パトカーを地下車庫に置き、エレベーターで七階に上がった。捜査本部は七階の大会議室に設けられていた。

最年長の岩尾警部が捜査本部のドアを開けた。応対に現われたのは、殺人犯捜査八係の三十代半《なか》ばの刑事だった。

岩尾が日高、文珠両係長に面会を求める。待つほどもなく八係の日高係長が姿を見せた。にこやかな顔つきだった。

「きょうから、我々がお手伝いさせてもらうことになりました。目障《めざわ》りでしょうが、よろしくお願いします」

岩尾が三つ年下の日高警部に頭を下げた。

「こちらこそ、よろしくお願いします。岩尾さんたちチームが動いてくれると、実に心強いですよ。過去に手柄を譲っていただいたことに感謝してます。いいとこ取りしてるようで、なんだか気が引けますけどね」

「いや、いや。特命遊撃班《うちは》は、あくまでも助っ人チームですから、そんなに気を遣《つか》わないでほしいな」

「本当にみなさんのご支援はありがたく思ってるんです。岩尾さんたちの活躍がなかったら、わたしが担当した事案は迷宮入《オミヤい》りになってたでしょう」

「そんなことはないと思うな。ところで、第二期に入ってから、何か進展は？」

「残念ながら、有力な手がかりは依然として摑めてないんですよ。被害者《ガイシャ》が性器を切断されてたんで、さんざん利用された女の犯行《ヤマ》と踏んでたんですけどね」

「結城圭輔と親しくしてた三人の女にはアリバイがあるようだが、関係者に偽証してもらった疑いはないんですか？」

　風見は日高に問いかけた。

「三人とも、友人や知り合いに口裏を合わせてもらった気配はまったくうかがえなかったんだ」

「そうですか。三人の女のうちの誰かが、第三者に結城を殺《や》ってくれと頼んだ可能性はどうなんです？」

「数十万円で殺人《コロシ》を請《う》け負《お》う人間はいないだろう。被害者と親密だった間柄の三人は、それほど金銭的に余裕はなさそうなんだ」

「二、三十万の金で人殺しを引き受ける日本人はいないでしょうね。しかし、不法残留の中国人、タイ人、フィリピン人の男が数十万円の報酬で殺人《コロシ》をやった事例は過去に数件ありますよ」

「そうなんだが、三人の女性には不良外国人とのつながりはなかったんだよ」

「そうなのか。なら、被害者が三股をかけてた彼女たちはシロなのかもしれないな」

「ああ、そう思うね」

「日高さん、結城圭輔が十五年ほど前に映画で共演した八木沢志帆さんのことなんですが、被害者の子を中絶したときに手術はうまくいったんでしょうか？」

佳奈が訊《たず》ねた。日高が怪訝《けげん》そうな顔をした。

「言葉が足りませんでしたね。堕胎《だたい》手術に失敗して、子供を産めない体になってたとしたら、被害者に対する恨みを持ってるかもしれないと考えたんです」

「そういう意味でしたか。聞き込みで、そういう話を耳にした者はいませんね。中絶手術がうまくいかなかったとしても、それから長い歳月が流れてる」

「ええ、そうですね。でも、何年か前に二人が何かでよりを戻して、ふたたび志帆さんが結城圭輔に裏切られてたとしたら……」

「これまでの捜査で、二人の恋が再燃したなんて情報は誰もキャッチしなかったな。元俳優は事件前まで三人の女性と掛け持ちでつき合ってたんです。昔の彼女とまた熱い仲になってたとしたら、遊びでつき合ってた三人とは切れてたんじゃないのかな」

「ええ、多分ね」

佳奈が口を閉じた。すると、橋爪が日高に質問した。

「五係の文珠係長は、捜査本部《チョウバ》にいらっしゃらないんすか？」

「いるよ。でも、聞き込みに出た部下から電話があって、報告を受けてる最中なんだ」

「そうなんすか」

「きみは新メンバーだったね？」

「そうっす。いいえ、そうです。自己紹介が遅れましたが、橋爪宗太といいます。まだ巡査長ですけど、池袋署の強行犯係でしたんで、殺人捜査は手がけたことがあるんですよ。六月の特命捜査では、新宿署管内で発生した美人経済アナリスト絞殺事件の真犯人《ホンボシ》も突き止めさせてもらいました。もちろん、自分ひとりで加害者を割り出したわけじゃないっすけどね」

「それはわかってるよ」

日高が苦く笑った。

風見は、相棒の靴を軽く踏んづけた。無言だった。橋爪がきまり悪そうな表情で、小さく顎《あご》を引いた。

「みなさんが来られたことは文珠係長に伝えておきます」

日高が岩尾に告げた。

「しかし、文珠警部にも挨拶しておいたほうがいいんじゃないかな。あとで自分は仁義を切ってもらってないと言われるかもしれないからね」

「そんなことは言わないと思いますよ」

「もう少し待つことにしよう」

岩尾が応じた。

その直後、五係の文珠係長が捜査本部から姿を見せた。不機嫌そうな顔つきだった。

「また特命遊撃班《うちち》に出動命令が下《くだ》ったんですよ。それで、挨拶に伺《うかが》ったわけです」

岩尾が文珠に一礼した。だが、文珠は会釈《えしゃく》もしなかった。それどころか、岩尾の顔さえ見ようとしない。

「おたく、警視に昇進したのかな？」

風見は文珠に突っかかった。

「おまえ、何を言ってるんだ!? おれの職階が警部《オブケ》と知りながら、からかってるつもりなのかっ」

「年上の岩尾警部が謙虚な態度で挨拶してるんだから、ちゃんと礼を尽くせよ」

「きさま、警部補《ホ》の分際《ぶんざい》で生意気だぞ」

「警部がそんなに偉いのかい？　うちの八神は、キャリアの警視なんだ。階級に拘《こだわ》ってるんだったら、おたくこそ態度がでかすぎるな」

「風見！」

「職階を云々《うんぬん》する警察官《サツカン》で優秀な奴は見たことないな」

「な、なんだと!?」

「殴り合ってもかまわないが、どうする？」

「おれはガキじゃない」

文珠が鼻先で笑った。風見は文珠を睨みつけ、拳《こぶし》を固めた。

「二人とも、大人げないな」

佳奈が仲裁に入った。

「八神、引っ込んでてくれ。文珠係長は礼を欠いてるだろうが！」

「ええ、少しね」

「だいぶだよ。文珠警部、我々は仁義を切ったからね」

岩尾が、いつになく硬い声で言った。内面の怒りを懸命に抑《おさ》え込んでいるにちがいない。

「せっかく来てもらったけど、もう真犯人《ホンボシ》に目星がついたんですよ。だから、おたくらの力を借りなくても、事件《ヤマ》は落着するでしょう」

「えっ、そうなのか⁉」

日高が驚きの声をあげ、かたわらの文珠を顧《かえり》みた。

「さっきの部下の報告で、おれが重参（重要参考人）と目《もく》してる奴の物証が摑めそうなんだ」

「文珠、犯人《タマ》は誰なんだい？」

「まだ確証を得たわけじゃないから、そいつの名は明かせないな」

「特命遊撃班は、まったくの部外者ってわけじゃないんだ。重参の氏名を明かしたっていいじゃないか」

「まだ教えられないな」

「文珠！」

「日高、おまえにはプライドがないのかっ。特命遊撃班に先を越されたら、屈辱も屈辱じゃないか」

「岩尾さんたちのチームは隠密捜査機関だが、同じ捜一《そういち》の仲間じゃないか。妙なライバル心を持つのはおかしいよ」

「日高とおれは考え方が違うんだ。おれはな、特命遊撃班にしゃしゃり出られると、不愉快でたまらないんだよ」

文珠が言い放ち、捜査本部に駆け戻った。

「すみません。文珠は人一倍、プライドが高いんでね。岩尾さん、なんとか堪《こら》えてやってください」

「きみが謝《あやま》ることはないさ」

「そうですよ」

風見は、岩尾の語尾に言葉を被《かぶ》せた。

「しかし、文珠は器《うつわ》が小さすぎる。手柄を立てて、早く警視正まで昇級したいんだろうが、焦《あせ》りすぎだよ」

「おれも、そう思うな。それはそうと、日高さん、文珠係長が言ってたことは……」

「はったりなんだろう。部下から新情報を掴んだという報告が上がってきたことは嘘じゃないと思うが、重要参考人と見てる人物がいたんなら、得々とみんなに喋るはずさ。文珠は、そういう男だからな」

「おれたちが真犯人を先に割り出しても、どうせ捜査本部の手柄になるのに、どうしてあれほど張り合う気持ちになるのかな」

「自分らこそ殺人捜査のエキスパートだという自負心があるんで、きみらのチームに出し抜かれることが癪《しゃく》なんだろうね」

日高が風見に言って、岩尾に目をやった。

「文珠の態度が腹立たしいでしょうが、どうか力になってください」

「ベストを尽くします」

「こちらも頑張りますんで……」

「では、これで失礼するよ」

岩尾が目礼し、エレベーター・ホールに足を向けた。

すぐに風見たち三人は、元公安刑事の後を追った。

第二章　おいしい裏稼業

1

神南に入った。

オフィスビル、マンション、ラブホテル、一般住宅が渾然《こんぜん》と並んでいる。割に静かだ。

渋谷署を後《あと》にして、十分そこそこしか経《た》っていない。風見は結城圭輔の実家を訪ねる前に事件現場を踏みたくなって、若い相棒に行き先を変えさせたのだ。

「意味があるんすかね？」

橋爪がステアリングを操《あやつ》りながら、低く呟《つぶや》いた。

「犯行現場に寄るのは、時間の無駄だと言いたいんだな？」

「自分は、そう思うっすね。現場検証で何か見落とすなんてことはないでしょ？」

「いや、それがあるんだよ。捜査員たちが小さな遺留品《リユウ》を見落としてた例がな。たとえ手がかりになるような物を見つけ出せなくても、腐っちゃいけない。だいたい捜査というものは、無駄の積み重ねなんだ」

「案外、風見さんは先輩たちの経験則《けいけんそく》を大事にしてるんすね。昔と違って、いまは科学捜査の時代なんす。いちいち臨場しなくても、これまでの捜査情報があれば、任務は進められると思うけどな」

「確かにDNA鑑定なんかで容疑者を科学的に追い込むことはできるようになった。でもな、小さな遺留品を見落としただけで捜査が迷走したりする」

「それはわかるっすけど……」

「現場百遍とは言わないが、最低一回は犯行現場をつぶさに観察しておく必要はある」

「自分、別に風見さんの指示に逆《さか》らうつもりはないっすよ。でも、事をスピーディーに運ぶほうがいいと思っただけっす」

「橋爪、功を急ぐなよ。せっかちに動いたら、何かを見落とすことが多いんだ」

風見は言いながら、何やら気恥ずかしくなった。

先輩風を吹かすことは好きではなかった。しかし、誰かが歯止めをかけなければ、根拠のない自信を持ちつづけている若者の頭を冷やすことはできないだろう。

少し先の右側に朽《く》ちかけた白い洋館が見えてきた。ブロンズカラーの門扉《もんぴ》の前に、四十歳前後の男がたたずんでいた。

大きな花束を抱え、二階建ての洋館を仰《あお》いでいる。打ち沈んだ様子だ。

「橋爪、車を路肩《ろかた》に寄せてくれ」

「はい」

橋爪が言われた通りにした。スカイラインから事件現場までは三十メートル弱しか離れていない。

四十年配の男は茶系のスーツを着込み、モスグリーンのネクタイを締めている。中肉中背だった。

「殺された元俳優の知り合いなんすかね？」

「年恰好《としかっこう》から察すると、被害者《ガイシャ》の友人っぽいな。もう少し様子を見てから、彼に声をかけてみよう」

風見は口を結んだ。

男は花束を門柱に凭《もた》せかけると、屈《かが》み込んだ。合掌して間もなく、肩が震えはじめた。声を殺して泣いていた。風見は胸を衝《つ》かれた。

「結城が死んで一カ月近くなるのに、まだ悲しみにくれてるんだから、故人とは親友《マブダチ》だったのかもしれないっすね」

「そうなんだろう。行くぞ」

「いま車を出すっす」

橋爪がシフトレバーに手を掛けた。風見は首を横に振り、先に助手席から出た。橋爪が急いで運転席を離れる。

二人は肩を並べて歩《ほ》を進めた。しゃがんでいた四十年配の男がゆっくりと立ち上がった。ハンカチで涙を拭《ぬぐ》う。

「失礼ですが、亡くなった結城圭輔さんのご友人ですか？」

風見は男に訊《たず》ねた。

「ええ、あなた方は？」

「警視庁捜査一課の者です」

「刑事さんでしたか」

相手が風見と橋爪を等分《とうぶん》に見た。

風見はFBI型の警察手帳を呈示《ていじ》した。表紙を見せただけで、顔写真付きの身分証明書は開かなかった。相棒も同じだ。二人は姓だけを教えた。

「我々は第二期から捜査本部に詰めて、結城さんの事件の再聞き込みをしてるんですよ」

風見は、もっともらしく言った。

「それは、ご苦労さまです。一日も早く結城を成仏《じょうぶつ》させてください。申し遅れましたが、樋口稔《ひぐちみのる》といいます。若いころ、結城と同じ劇団に所属してたんですよ」

「あなたが樋口さんでしたか。第一期捜査資料に目を通してますんで、樋口さんに関する予備知識はあります。ちょうど四十歳で、親父さんが経営されてた調査会社の二代目社長になられたんでしたよね？」

「ええ、二十八のときに。結城と一緒に芝居をしてた劇団が解散したあと、別の演劇集団に移って役者の勉強をしてたんですが、父親が心不全で急死したんで、仕方なく興信所の仕事を引き継いだんですよ」

「二十代で調査会社の社長になられたんだから、たいしたもんですよ」

「『東都《とうと》リサーチ』なんて大層な社名ですが、スタッフ十二人のちっぽけな興信所なんです。もっぱら浮気調査を引き受けてるんですよ。わたし自身は親の会社を畳んでもいいと思ってたんですが、母親が連れ合いの会社をどうしても存続させたいと譲らなかったんで、渋々ながら……」

「兄弟はいらっしゃらなかったのかな？」

「そうなんですよ。妹がひとりいるんですが、もう嫁いでましたんでね。できることなら、ずっと芝居をつづけたかったですね。役者で喰《く》えたかどうかわかりませんでしたけど」

「あなた方が所属されてた『青《あお》い麦《むぎ》の会《かい》』は、十四年ぐらい前に解散したんですよね？」

「ええ。劇団の主宰者は英文学者で、小劇場演劇の理解者だったんです。若い劇団員が芝居だけで生活できるよう常設の劇場を持とうと、その建設費用を捻出《ねんしゅつ》するために自宅を担保にして、知人と健康食品会社を共同経営しはじめたんですよ」

「でも、事業はうまくいかなかったんすね？」

橋爪が、風見よりも先に口を開いた。

「そうなんですよ。劇団主宰者の植草《うえくさ》仁《ひとし》先生は三億数千万円の負債を抱え込むことになってしまい、奥さんと無理心中を……」

「気の毒だな。それで、『青い麦の会』は解散することになったんすか」

「ええ。その前の年に結城がいきなり青春映画の主役に抜擢されたんで、劇団は大きく伸びると期待してたんですがね。でも、結城は共演した女優との恋愛沙汰を芸能週刊誌にスキャンダラスに書きたてられてしまったんで、役者生命を絶《た》たれてしまったんです」

「結城さんが共演者の八木沢志帆さんの妊娠を知って、お腹の子を強引に中絶させたことは本当だったんすか？」

「ええ、事実ですね。志帆さんは芸能界には未練がなかったようで、早く結城と結婚したかったんでしょう。ですが、結城は俳優として大きく羽ばたきたかったんです。本人がはっきりとそう言ってましたから、間違いありませんよ」

「これからってときに共演女優が結城さんの子供を産んだりしたら、夢は潰《つぶ》れちゃう。だから、故人は八木沢さんに堕胎手術を強引に受けさせたんだろうな」

「それは確かです。結城の肩を持つわけじゃありませんが、当時、彼は二十三だったんですよ。結婚を迫られたら、たいていの男は焦《あせ》るでしょ？　薄情な奴だと詰《なじ》られても、赤ん坊を産めとは言えないでしょう。八木沢志帆さんには同情しますけどね」

「樋口さん、生前、故人が八木沢志帆さんと何かのきっかけで、よりを戻したなんて話を洩らしたことは？」

　風見は訊いた。

「そんな話は聞いたことありませんね。渋谷署の刑事さんに言ったことですが、二人は別れてからは一度も会ってないはずです」

「それなら、八木沢志帆さんが昔のことで結城さんを恨んでて、事件を起こしたなんて考えられないだろうな」

「ええ、それはね。結城はモテまくってたから、彼を刃物で刺し殺して大事な部分を切断したのは……」

　樋口が言い淀《よど》んだ。

「犯人は女だと思ってらっしゃる？」

「ええ、多分ね。男の犯行だったら、シンボルを切り取ったりしないでしょ？」

「いや、わかりませんよ。恋人か妻を結城さんに寝盗《ねと》られた男がいたら、ペニスを削ぐ可能性もあるでしょ？」

「そうか、そうですね」

「ついでに確かめておきたいんですが、被害者は両刀遣い《バイセクシュアル》じゃなかったんでしょ？」

「結城は女性にしか興味がありませんでしたよ」

「そうですか。劇団が解散してからも、被害者とはちょくちょく会ってたんですか？」

「結城がいろんなバイトで喰いつないでるころは、年に数度しか会わなかったですね。彼が役者として再起できそうもなかったから、会うのが辛かったんですよ」

「そうだろうな」

「結城がしばしば連絡してくるようになったのは、便利屋になってからですね。雑多な頼まれごとを引き受けても、遣り繰りが大変な月があったようです。そんなとき、結城は浮気調査の仕事を手伝わせてほしいと言ってきたんですよ」

「で、どうされたんです？」

「わたしが尾行や張り込みの仕方を教え込んで、月に何回かアルバイト探偵として使ってやりました。日当四万から五万しか払えませんでしたけど、少しは生活の足しになるようで、感謝してくれてましたよ」

「故人が借りてた『恵比寿レジデンシャルコート』は、管理費や駐車料を含めて月の家賃は二十八万円ほどでした。しかも、マイカーはBMWの5シリーズだったんでしょ？」

「ええ。結城はわたしには言いませんでしたけど、出張ホストめいたことをやってたのかもしれませんね。ハンサムだったし、話も上手だったんで、とにかく女性に好かれてたんです。金銭的に余裕のある女性たちの〝代理恋人〟を演じて、高い謝礼を貰ってたんじゃないのかな」

「そうなんですかね」

「もうよろしいですか。そろそろ事務所に戻らなければならないんですよ」

「ご協力に感謝します」

風見は礼を述べた。樋口が一礼し、数十メートル先の路上に駐《と》めてある白っぽいシーマに向かって歩きだした。

「樋口氏は、二つ下の結城圭輔を弟のようにかわいがってたみたいっすね」

橋爪が樋口の後ろ姿に目を当てながら、呟《つぶや》くように言った。

「そうだったんだろう。でも、兄弟みたいなつき合いをしてたんだったら、被害者《ガイシャ》はどんな裏仕事でおいしい思いをしてたのか樋口稔に打ち明けてもよさそうだがな」

「アルバイトで月に何度か探偵の仕事をさせてもらってたんで、裏便利屋で荒稼ぎしてることは言いづらかったんでしょ？」

「そうなのかな。結城が裏仕事で高収入を得てたんだとしたら、アルバイト探偵なんかしなくてもよかったと思うんだが……」

「裏仕事の依頼は、けっこう波があったんじゃないっすか？　だから、探偵のバイトもしてたんでしょう？」

「ああ、そうなのかもしれないな」

風見は合点がいった。

シーマが走りはじめた。風見は古ぼけた洋館の門扉《もんぴ》を見た。チェーンが掛けられ、南京錠でロックされていた。

「忍び込むぞ」

風見は相棒に声を掛け、先に石塀《いしべい》を乗り越えた。少し遅れて、橋爪が敷地内に飛び降りる。

「おまえは庭の隅々まで検《しら》べて、遺留品と思われる物があったら、拾い集めてくれ。両手に布手袋《ぬのてぶくろ》を嵌《は》めてな」

風見は橋爪に指示を与え、傷《いた》みの目立つ洋館に近づいた。白かったはずの外壁は薄茶に変色している。窓の桟は欠損していた。

ポーチが驚くほど広い。優《ゆう》に六畳ほどの広さはあるだろう。玄関ドアは封じられている。細長い板がぶっ違いに打ちつけてあった。

風見はテラスに移った。ガラス戸が破れ、ベニヤ板が貼られている。片側を引き剝《は》がし、土足で室内に入った。

応接ソファや飾り棚には見覚えがあった。家具や調度品は、鑑識写真と同じ位置に据えられている。三十畳ほどの洋室だった。

窓から外光が入り、それほど暗くない。

風見は中腰になって、足許の分厚いペルシャ絨毯《じゅうたん》に目を凝《こ》らした。血溜まりの痕《あと》がうっすらと残っている。

風見は屈み、周辺に視線を投げた。少しずつ移動し、同じ要領で床を仔細《しさい》に観察する。

だが、加害者が落としたと思われる物は何も見当たらない。

階下には食堂とキッチンのほかに四室あった。残りの三室をチェックしてから、風見は階段を上がった。ステップの一段は崩落していた。階段を踏むたびに軋《きし》む。

二階には三つの寝室、浴室、トイレ、納戸《なんど》があった。廊下の壁面には、埃《ほこり》に塗《まみ》れたリトグラフが等間隔《とうかんかく》に並んでいる。

風見は全室に足を踏み入れた。

しかし、徒労に終わった。虚《むな》しさを味わいながら、館の外に出る。

橋爪が這《は》いつくばって、伸び放題の西洋芝を両手で掻《か》き分けていた。

「おれのほうは収穫なしだったよ」

風見は若い相棒に声をかけた。

「自分も同じっす。鑑識係たちの大変さがよくわかりました。遺留品捜しは地味で、根気が必要っすね。自分、早くも腰が悲鳴をあげてるっすよ」

「まだ若いのに、ちょっとだらしがないぞ」

「もう何も見つからないと思うな」

「切り上げるか」

「はい！」

橋爪が嬉しそうに笑って、素早く身を起こした。風見たちは石塀を乗り越え、ほぼ同時に手袋を外した。

スカイラインを駐《と》めた場所まで引き返し、車内に乗り込む。橋爪が覆面パトカーをスタートさせた。

吉祥寺南《みなみ》町二丁目の外れにある結城の実家を探し当てたのは、およそ五十分後だった。七、八十坪の敷地の奥に洋風住宅が建っていた。二階家だ。庭木に囲まれている。

「被害者の実家には、六十五歳の母親が長男夫婦と住んでるはずっすよ。兄夫婦は、ともに公立中学の教諭だったっけな」

橋爪が小声で言い、門に近づいた。インターフォンを鳴らすと、故人の母親の咲子《さきこ》が応答した。風見は殺人犯捜査係を装って、来意を告げた。

「再聞き込みに回ってらっしゃるんですか。息子のために、ご足労をおかけしまして。すぐそちらに参ります」

咲子の声が熄《や》んだ。それから間もなく、玄関のドアが押し開けられた。

結城の母は銀髪で、美しかった。若いころは多くの男たちを振り向かせたことだろう。

母と息子は、目許《めもと》がそっくりだった。

風見たちは警察手帳を短く見せ、どちらも苗字だけを名乗った。

「圭輔の母親です。ご苦労さまでございます」

咲子が折り目正しい挨拶をして、低い門扉を大きく開けた。

「捜査に大きな進展がないもんで、捜査本部に追加投入された我々が再聞き込みをさせてもらってるんですよ」

風見は言い繕《つくろ》った。

「さようですか」

「お母さん、何か捜査員に話されてないことがあるんではありませんか？」

「別に隠しごとなどしていませんよ、わたくし」

咲子が、にわかに落ち着きを失った。

「息子さんは三年前から恵比寿の自宅マンションで便利屋をやってらしたんでしたね？」

「え、ええ」

「個人営業の便利屋で家賃の高いマンションを借りられますかね？　ストレートに言いましょう。亡くなった息子さんは、少し後ろめたい裏仕事で稼いでたんではありませんか。

そう考えるのは下種《げす》の勘繰りでしょうか」

「息子は、圭輔は法に触《ふ》れるようなことはしていなかったはずです。亡くなった夫もそうでしたが、圭輔の兄も教員なんです。身内に肩身の狭い思いをさせるようなことはしてなかったはずです」

「お母さん、このままでは未解決事件になってしまうんですよ。それでは、息子さんは浮かばれないでしょ？　死者の名誉は守るようにしますんで、捜査に協力してほしいんですよ。お願いします」

風見は深く頭を下げた。慌《あわ》てて橋爪が腰を折り曲げた。

「そうおっしゃられても……」

「お母さん、息子さんがどんな裏仕事をしてたとしても、決して他言はしません。約束しますよ」

「そうしてくださいね。警察関係の方にはずっと黙っていたんですけど、圭輔は〝別れさせ屋〟をしてたらしいんです。奥さんや愛人と別れたがってる会社経営者、医師、公認会計士、商店主などの依頼でターゲットの女性たちを虜《とりこ》にして、離婚や別れ話に追い込んでたみたいなんです。成功報酬は一件に就《つ》き三百万円前後だったようです」

咲子が、ようやく明かした。

「その手の裏商売があることは知ってます。元ホストが裏会社の人間と手を組んで、女好きのリッチマンの依頼でそうした色仕掛けで荒稼ぎしてるんですよ。そういう裏仕事をしてれば、高い賃貸マンションに住めるわけだ」

「その話が事実なら、親として面目がありません。恥ずかしいし、情けないわ」

「お母さん、いまの話は誰から聞いたんです？」

「息子がよく飲みに行ってた恵比寿の居酒屋の大将に教えていただいたんです」

「『磯繁』の店主の谷岡篤志さんか」

「ええ、そうです。息子の葬儀が終わって数日後に恵比寿のマンションの部屋を引き払ったんですよ。その帰りに『磯繁』に寄って、息子が谷岡さんにお世話になったことのお礼を申し上げたんです。そのときに谷岡さん、圭輔が〝別れさせ屋〟をしてたことをこっそり教えてくれて、息子は罠に嵌めた人妻か愛人に恨まれて……」

「命を奪われたんじゃないかと谷岡さんは言ったんすね？」

　橋爪が早口で咲子に訊《たず》ねた。

「ええ、そうです」

「圭輔さんの恵比寿のマンションにあった物は、実家に運ばれたんすか？」

「家具や電化製品の多くはリサイクル・ショップに引き取っていただいたんですけど、圭輔が使ってた衣服、靴、パソコン、本、ＣＤなんかはこちらに運んで、息子の部屋にまとめてありますけど。ただ、パソコンのＵＳＢメモリーやスマートフォンなんかは捜査本部にお貸ししたままなんです」

「お母さん、引き取った息子さんの持ち物をちょっと見せてもらえませんか。何か手がかりが見つかるかもしれませんので」

風見は相棒を手で制し、被害者の母親に頼んだ。

咲子が快諾《かいだく》して、室内に立った。風見たちコンビは、咲子に従った。

2

床に積み上げた靴箱が崩れた。

相棒がうっかり尻《しり》で押してしまったせいだ。風見は舌打ちしそうになった。

しかし、橋爪は故意に靴箱を倒したわけではない。顔をしかめたら、器《うつわ》が小さすぎるだろう。

「すみません。チェック済みの靴箱をすぐに重ねますんで……」

「おれがやろう。おまえは、本の間をよく見てくれ」

風見は橋爪に言って、散乱した靴を拾い集めはじめた。

どれも未使用の靴だった。結城は履物《はきもの》に凝《こ》っていたらしい。ネット通販で取り寄せたらしいアメリカ製の高級短靴だった。

一足ずつ箱に戻していく。四番目の紐靴を摑み上げると、奥から小さく折り畳まれた紙片が覗いていた。

風見は、それを引っ張り出した。紙片を押し開く。

アパートの賃貸借契約書だった。元俳優は一年七カ月前に目黒区下目黒《めぐろしも》五丁目にある『下目黒コーポ』の一〇五号室を借りていた。

風見は、小さく折り畳まれた賃貸借契約書が入っていた黒革の靴の中に右手を差し入れてみた。すると、指先に何か金属が触れた。

抓《つま》み出す。どうやら借りたアパートの鍵らしい。

「橋爪、こんな物が見つかったよ」

風見は、若い相棒にアパートの賃貸借契約書を手渡した。

「被害者《マルヒ》は、こっそり借りたと思われるアパートの部屋に裏仕事に関する物をすべて隠してあったんではないかな。疚《やま》しさがあるから、賃貸借契約書や一〇五号室の鍵を未使用の靴の中に隠してあったんでしょ？」

「そうなんだろうな」

「風見さん、どうします？　アパートの賃貸借契約書と部屋の鍵らしい物を見つけたことを結城のおふくろさんに話して、一〇五号室を検《しら》べさせてもらいます？」

橋爪が訊いた。

「おふくろさんに立ち会ってもらうのが筋だろうが、キーだけを無断拝借しようや」

「それ、まずくないいっすか？」

「よくはないだろうな。しかし、おふくろさんは息子の裏仕事のことを具体的に知ったら、かなりショックを受けそうだ」

「なんか都合のいい解釈をしてないっすか？」

「橋爪の言う通りだ。違法捜査になるよな。でも、そうしたほうが双方にとっていいんじゃないのか？」

「そうかもしれないっすけど……」

「このキーは、おれが独断で勝手に借りた。橋爪、いいな。そうすれば、問題になっても、そっちは責任を問われない」

風見は銀色の鍵を上着の右ポケットに落とし、相棒の手から賃貸借契約書を引ったくった。元通りに畳み、靴の中に戻す。

「自分、違法捜査の共犯者になってもいいっすよ。反則技を使ってでも、五係の連中には負けたくないっすから。態度のでかい文珠警部に恥をかかせてやりたいんすよ」

「無理すると、おまえ、所轄に戻されることになるぞ。いや、下手したら、奥多摩《おくたま》あたりの交番《ハコ》に転属させられるな」

「えっ!?」

「おれが無断で、キーをくすねたってことにしよう」

「いいんすか？　それじゃ、なんか悪い気がするっすよ」

「いいんだ。早く後片づけをして、『下目黒コーポ』に行ってみよう」

「はい」

橋爪が周《まわ》りにある本やCDを手早くまとめはじめた。風見も後片づけを再開した。

ほどなく二人は、故人が使っていた八畳の洋室を出た。二階の南向きの部屋だった。

階段を下《くだ》ると、玄関ホールに咲子が待ち受けていた。

「何か手がかりになりそうな物は見つかりました？」

「残念ながら、何も見つかりませんでした。息子さんの部屋にあった遺品は元通りにしておきましたから」

風見は言った。

「わたしが片づけましたのに。いま、コーヒーでも淹《い》れますんで、居間のほうにどうぞ」

「せっかくですが、まだ再聞き込みをしなければならないんですよ。お母さん、もう少し待ってください。圭輔さんを死なせた犯人は必ず捕《つか》まえますんで」

「よろしくお願いします。なんのお構いもできませんで、ごめんなさい」

咲子が玄関ホールの端に寄った。

風見たちは靴を履き、結城宅を辞した。捜査車輌に乗り込み、下目黒をめざした。

『下目黒コーポ』に着いたのは、午後三時四十分ごろだった。

コーポという名称が気恥ずかしくなるような木造モルタル造りのアパートだ。築後三十年は経《た》っていそうだった。ベージュの外壁は色褪《いろあ》せ、鉄骨階段は赤錆《あかさび》だらけだ。

スカイラインを『下目黒コーポ』の近くの路上に置き、風見たちは一〇五号室に急いだ。未使用の靴の中に入っていた鍵は、やはり被害者が密かに借りていたセカンドルームの物だった。ロックを解《と》き、入室する。

間取りは1DKだが、家具らしい物はほとんど見当たらない。奥の六畳の和室に折り畳み式のベッドが置かれているきりだ。寝具はなかった。

「結城は、この部屋で寝泊まりすることはなかったようっすね。倉庫代わりに使ってたんじゃないのかな」

橋爪が言って、ベランダ側のカーテンを十五センチほど横に払った。サッシ戸越しにベランダを覗き込む。

「ベランダには何も置かれてないっす」

「そうか」

風見は押入れの襖《ふすま》を開けた。上段は空っぽだった。

畳に片膝を落とし、下段を見る。奥に黒いスポーツバッグがあった。風見は両手に白い布手袋を嵌めてから、スポーツバッグを押入れから引き出した。

「中身は何なんすかね？」

橋爪が近づいてきた。

「素手でスポーツバッグに触《さわ》るなよ」

「あっ、傷ついちゃうな。自分、サラリーマンじゃないんすよ。ずっと強行犯係だったのに」

「わかってるよ。いいから、手袋をしろって」

風見は相棒を急《せ》かせ、スポーツバッグのファスナーを開けた。

帯封の掛かった札束が重なっていた。橋爪が小さく口笛を吹いた。

風見は札束を取り出し、畳の上に横に並べた。八束だった。

「総額で八百万円っすね。〝別れさせ屋〟で稼いだ金なのかな」

「そうかもしれない」

「どうして恵比寿のマンションに保管しなかったんすかね？」

橋爪が首を傾《かし》げた。

「自宅マンションに置いておけない事情があったんだろうな」

「どんな事情があったんすかね？」

「そこまではわからないが……」

風見は、スポーツバッグのインナーポケットが膨らんでいることに気づいた。マジックテープを剝《は》がし、手を差し入れる。

インナーポケットに入っていたのは、七通の預金通帳と同じ数の銀行印だった。通帳と印鑑を鷲摑《わしづか》みにして、風見は取り出した。

どれも他人名義の通帳だった。それぞれ法人や個人から五百万円から一千万円が振り込まれているが、入金日から一週間以内に全額引き出されていた。七通とも、残高は百円未満だった。

風見は懐から職務用携帯電話を取り出し、七通の通帳の表紙と全ページを写真に撮《と》った。ついでに、八個の札束も携帯電話のカメラに収める。

「いちいち写さなくても、通帳と札束をアジトに持ち帰りましょうよ」

橋爪が言った。

「そうしたいとこだが、そうするわけにはいかないだろうが。おれたちは裁判所から家宅捜索令状を取って、この部屋に入ったわけじゃないんだ」

「そうでした。札束を持ち帰って鑑識に回せば、結城を〝別れさせ屋〟に仕立てた奴の指《し》掌紋《しょうもん》が出るかもしれないと思ったんすけどね」

「スポーツバッグの中身をそっくり持ち帰れたら、楽だろうな。しかし、そうしたことが後で発覚したら、成島さんと桐野さんが窮地に追い込まれることになる」

「そうでしょうね」

「橋爪、現金《ゲンナマ》は〝別れさせ屋〟の数件分の成功報酬だと思うよ。しかし、他人名義の口座に振り込まれた五百万から一千万は、結城が人妻や愛人たちを口説いて男女の関係になった謝礼じゃないな」

「そうなんでしょう。結城のおふくろさんが『磯繁』の店主から聞いた話だと、〝別れさせ屋〟の成功報酬は一件に就き三百万円前後だと言ってたっすからね」

「そうだったな。おそらく結城は、女房か愛人と別れたがってたリッチな依頼人を強請《ゆす》ってたんだろう。アンフェアな方法で妻や妾《めかけ》と縁を切ったことを表沙汰にすると脅迫すりゃ、弱みのある依頼人は五百万から一千万程度の口止め料を払う気になるんじゃないのか？」

「でしょうね。金に困ってない連中にとっては、一千万円以下は大金じゃないんだろうから、おとなしく口止め料を払うだろうな」

「そう思うよ」

「でも、いくら富裕層でも際限《さいげん》なく口止め料をせびられたら、トータルで何億も毟《むし》られることになるでしょ？」

「だろうな」

「風見さん、奥さんか愛人をわざと結城に寝盗《と》らせたリッチマンのうちの誰かが被害者を殺《や》ったんじゃないっすか？」

「結城の力を借りて妻か愛人と別れた連中は、確かに疑えるな。それから、結城のナンパ作戦にまんまと嵌まり、夫かパトロンと別れざるを得なくなった女たちも怪しい」

「そうっすね。どちらかの中に犯人《ホシ》がいそうだな」

「橋爪、そう絞るのはまだ早いな。結城の過去の女たちにも犯行動機がないわけじゃない」

「ええ」

「それとな、結城を〝別れさせ屋〟に仕立てた人物も捜査対象から外せない。そいつが主犯で、結城は従犯だったのか。それとも、二人は共謀して、人妻や愛人を色仕掛け《ハニー・トラップ》に嵌めたのかどうかわからないが、分け前のことで揉めたとも考えられるじゃないか」

風見はそう言い、官給携帯電話を上着の内ポケットに仕舞った。数秒後、着信音が響きはじめた。

風見はモバイルフォンを取り出し、着信履歴を確かめた。発信者は成島班長だった。

「少し前に八神から報告があったんだが、八木沢志帆は被害者と別れてからは、一度も会ってないな」

「それじゃ、焼けぼっくいに火が点いて、ふたたび女心を傷つけられたなんてことはあり得ないわけだ」

「そうですね。八木沢志帆は捜査対象から外しましょう」

「風見・橋爪班は何か摑んだのかな？」

「少し収穫がありましたよ」

風見は経過を詳しく伝えた。

「居酒屋の店主は被害者とは友好的だったようだから、わざわざ結城を貶《おとし》めるような話を母親に明かさないだろう。結城はただの便利屋ではなく、裏で〝別れさせ屋〟をやって、かなりおいしい思いをしてたんだな」

「そうした裏収入がなきゃ、恵比寿の高級賃貸マンションには住めないでしょ？」

「ああ、そうだな。『下目黒コーポ』の一〇五号室は、ダーティー・マネーの隠し場所だったんだろう。風見、なぜ結城は裏収入を自宅マンションに置いとかなかったんだろうか」

「多分、恐喝容疑で警察が動きだすかもしれないと予想して、言い逃れできるようにしてたんでしょ？　スポーツバッグに大金が入ってても、それだけでは人妻や愛人を騙《だま》して、まとまった出演料をせしめてたことは立証できません」

「そうだな。女房か愛人と汚い手で別れた依頼人たちの弱みにつけ込んで多額の口止め料を脅し取ってても、それを裏付ける材料はない。結城は何らかの方法で他人の通帳と銀行印を手に入れ、その口座に口止め料を振り込ませてたにちがいない」

「ええ、そうなんでしょう。ちょっと前までは暴力団関係者がホームレスやネットカフェ難民から安く買い取った銀行口座を危ない橋を渡ってる奴らに結構な値で売りつけてたんだが、最近は他人になりすまして日本に入国した不良中国人たちが十万円程度で自分の口座を日本人犯罪者に譲ってる。それから、長いこと失業してる日本人の男たちが自分名義の銀行口座や保険証を売るケースが増えてます」

「そうだな。だから、結城が他人の預金通帳や銀行印を入手することはたやすかったはずだ」

「ええ。結城は警察に怪しまれたときのことを考えただけではなく、裏仕事を回してくれてた人物も欺《あざむ》いてたのかもしれません」

「風見、もう少し説明してくれないか」

成島が言った。

「わかりました。裏仕事の首謀者か共犯者に内緒で、結城はこっそり妻か愛人と別れることに成功したリッチマンたちの弱みにつけ込んで……」

「そういう連中を内緒で強請ってたのかもしれないと言うんだな?」

「ええ、そうなのかもしれませんよ」

「そうだったとしたら、結城は〝別れさせ屋〟で儲けさせてくれた恩人を裏切ってたことになるな。風見、結城は背信を覚《さと》られて、裏仕事の世話をしてくれた人間に殺害された可能性があるぞ」

「そうですね」

「ちょっと整理してみよう。怪しいのは結城のナンパ作戦に引っかかって夫かパトロンと別れる羽目になった女たち、そして彼女たちの元旦那と元情人、さらに被害者を〝別れさせ屋〟に仕立てた奴だな」

「その中に捜査本部事件の加害者がいると見てもいいでしょう」

「きっとそうだよ。七通の預金通帳を携帯のカメラで撮ったと言ってたな?」

「ええ」

「その写真メールをこっちに送信してくれないか。振込人の法人や個人名から、七人の恐喝被害者を割り出してみるよ。その連中が女房か愛人と別れてから、結城に強請られたことはほぼ間違いないよ」

「そうですね。これから班長のパソコンに写真メールを送りますが、スポーツバッグに入ってた現金と預金通帳を捜査本部には内緒でアジトに持ち帰るのはまずいでしょ?」

風見は一応、確かめてみた。

「非合法な手段で証拠物を持ち出すのは、問題があるな。専従捜査員たちと特命遊撃《うち》班は敵対関係にあるわけじゃないから、反則技を使ってまで出し抜くのは避けたいね。フェアじゃないからな」

「ええ」

「でも、桐野さんにちょっと相談してみるよ。とにかく、先に写真メールを送信してくれないか。後で電話するよ」

「了解！」

風見はいったん電話を切り、成島のパソコンに写真メールを送った。

携帯電話を懐に戻し、札束、通帳、銀行印をスポーツバッグに入れる。すぐに橋爪がスポーツバッグを押入れの下段に収めた。

風見は両手の布手袋を外し、上着の左ポケットに突っ込んだ。そのすぐあと、成島から風見に電話がかかってきた。

「写真メール、届いたよ。刑事部長は少し迷った末、きょうはスポーツバッグを元の場所に戻して、一〇五号室を出たほうがいいとおっしゃってた」

「そうします」

「数日中に正式に家宅捜索令状を取って、捜査本部の連中に『下目黒コーポ』の一〇五号室にある結城の遺品を回収させると言ってたよ。そのほうがフェアでいいんじゃないか」

「ええ、そうですね。文珠班が先に本件の犯人《ヤマ》にたどり着いたら、個人的には面白くないが、手がかりをうちのチームで抱え込むのは後ろめたいですから」

「そうだな」

「おれたち二人は、これから恵比寿の『磯繁』に回ります」

風見は通話を切り上げ、相棒と一〇五号室を出た。部屋の鍵は当分、無断で預かることになるだろう。

3

客の姿は目に留《と》まらない。

営業開始時刻の午後五時を数分過ぎたばかりだった。『磯繁』である。

店はJR恵比寿駅の近くにあった。飲食店ビルの一階だ。

右手にL字形のカウンターがあり、左手にはテーブルが六卓あった。産地直送の活魚を売り物にしているようだ。

奥の巨大な水槽の中で、鯵《あじ》、鰯《いわし》、鯛《たい》、黒鯛《くろだい》、鯒《こち》が泳いでいる。

底部には、魴鮄《ほうぼう》、鰈《かれい》、鮃《ひらめ》がへばりついていた。側面ガラスに吸いついているのは、大振りの鮑《あわび》だ。栄螺《さざえ》や帆立貝《ほたてがい》も見える。

「いらっしゃいませ！」

二人の板前と配膳《はいぜん》係の女性が声を揃えた。三人とも三十代に見えた。

「悪いね。我々は客じゃないんですよ」

風見は女性従業員に歩み寄った。

「失礼ですが、どちらさまでしょう？」

「警視庁の者です」

「えっ」

相手が緊張した面持《おもも》ちになった。

「単なる聞き込みなんですよ。オーナーの谷岡さんにお目にかかりたいんですが、いらっしゃいます？」

「はい。大将は奥の事務室兼休憩室におります。取り次ぎますんで、少々お待ちください」

「よろしく！」

風見は軽く頭を下げた。配膳係の女性が奥に向かった。

「この店、駿河《するが》湾と相模《さがみ》湾で獲《と》れた魚ばかり出してるみたいっすよ。値段は割にリーズナブルだな。機会があったら、プライベートで一度来てもいいっすね」

橋爪が言いつつ、壁に貼られたメニューを目でなぞった。

「彼女と来るんだな」

「自分、彼女なんかいないっすよ」

「女嫌いってわけじゃないんだろ？」

「ノーマルっすよ、自分は。けど、なんか面倒臭いことを言う娘《こ》たちが多いでしょ？　高校や大学で一緒だった奴らも、自分と同じようなことを言ってるっすね」

「でも、合コンには顔を出してるんだろ？」

「たまにつき合いでね。けど、本気で恋愛相手を探す気はないっすよ。自分らは生まれたときから世の中の景気がよくなかったんで、男はあまり結婚願望はないんす。女子の中には、適齢期を気にしてるのがいるみたいっすけどね」

「そんな感じじゃ、晩婚化に拍車がかかりそうだな」

「そうっすね。好景気になれば、自分らの世代の男女も結婚する気になるんでしょうけど、いまの国会議員や官僚は本気で暮らしやすい社会にしようと思ってないみたいっすから」

「もっぱら風俗店で性的エネルギーを発散させてるわけだ？」

「想像にお任せするっすよ」

「うまく逃げたな。風俗嬢の世話になってるだけじゃ、なんか味気ないだろうが。結婚はともかく、恋愛はしろよ」

風見は勧めた。

「自分、草食系ってわけじゃないんすけど、恋愛には積極的になれないっすね」

「そう数は多くないだろうが、逞《たくま》しい警察官《サツカン》が大好きって娘《こ》もいるようじゃないか」

「そういう肉食系女子は苦手なんすよ、自分」

「そうか。おまえよりも一個上だけど、八神なんかどうだい？」

「八神さんは完璧《かんぺき》すぎて、たいていの男は気後《おく》れしちゃうでしょ？　二人っきりになったら、何を喋ればいいのかなんて悩みそうっすから」

「恋愛対象にはならないか」

「ま、そうっすね。第一、自分なんか相手にされないっすよ。八神さんは、自分のことは出来損ないと思ってるんでしょうから」

「僻《ひが》むなって。八神は他人《ひと》を上から目線で見るような女じゃないよ」

「風見さんは絶対に八神さんの悪口を言わないっすね。冗談で、よく彼女をからかったりしてますけど。好きなんでしょ？」

「ああ、八神のことは嫌いじゃないよ。しかし、十一歳も年下だからな。それに、おれには来春に入籍する女がいる。だから、八神を口説いたりしないよ」

「男女のことはわからないでしょ？」

「風俗店通いしてる若造が、おれに色の道をレクチャーするつもりかい？」

「ちょっと生意気でしたね。反省するっす」

橋爪がおどけて、拳《こぶし》で自分の頭を二度叩いた。

ちょうどそのとき、女性従業員が戻ってきた。五十代半ばの短髪の男と一緒だった。谷岡篤志だろう。

「ありがとう」

風見は配膳係の女性を犒《ねぎら》って、髪を短く刈り込んだ男に身分を明かした。来意も告げる。やはり、店主だった。

「ま、掛けてください」

谷岡が隅のテーブル席を手で示した。

風見は相棒と並んで腰かけた。谷岡が風見と向き合う位置に坐る。

「二、三週間で結城君を刺し殺した犯人は捕まると思ってましたが、捜査は難航してるんですね」

「ええ。そんなことで、第二期捜査に駆り出された我々が被害者とつき合いのあった人たちに再聞き込みをさせてもらってるわけです。どうかご協力を……」

風見は言った。

「もちろん、協力は惜《お》しみませんよ。結城君は、わたしを慕ってくれてたんです。いったい誰が、彼を惨《むご》いやり方で殺したんだろうか。十三カ所もナイフで刺して、男性自身と右耳を切り落とすなんてね。犯人は鬼畜ですよ」

「実はこちらに伺《うかが》う前に、吉祥寺の結城さんの実家にお邪魔したんですよ」

「そうなんですか」

「結城さんのお母さんは息子さんの部屋を引き払った後、この店に寄られたそうですね？」

「ええ。それが何か？」

「そのとき、谷岡さんは結城さんの裏仕事のことを彼のお母さんに話されたとか?」

「は、はい。喋るべきではなかったんでしょうが、いっこうに犯人が逮捕されないんで、結城君の裏ビジネスのことを身内の方には教えておいたほうがいいと思ったわけですよ」

「被害者が〝別れさせ屋〟でだいぶ稼いでたことをどうして警察の人間には喋らなかったんです?」

「それはですね、結城君がやってたことは詐欺《さぎ》に当たる気がしたからなんですよ。結城君の犯罪を暴《あば》くようなことはしたくなかったんで、事件直後に来られた刑事さんたちには裏仕事のことは言わなかったんです。すみませんでした」

谷岡が目を伏せた。そのとき、女性従業員が三人分の日本茶を運んできた。

「恐れ入ります」

橋爪が大人びた口調で言った。風見は頬を緩《ゆる》めた。若い相棒はふだん軽薄な喋り方をしているが、ちゃんと礼は弁《わきま》えているようだ。

「ごゆっくり……」

女性従業員が下がった。風見は店主に顔を向けた。

「そういうことでしたか。被害者が裏仕事のことを谷岡さんに打ち明けたのは、いつごろだったんです?」

「一年近く前でしたね。かみさんか愛人と別れたがってる男たちの依頼でターゲットの女たちを口説いてホテルに誘い、情事の音声をICレコーダーで録音してるんだと言ってました。そのメモリーを依頼人に渡して、三百万円前後の謝礼を受け取ってるんだともね。浮気の動かぬ証拠を押さえられた人妻は夫と離婚せざるを得なかったんでしょう。愛人たちもパトロンと別れるしかなかったはずです」

「でしょうね」

「わたし、そんな罪深い裏仕事はやめたほうがいいと結城君に忠告したんですよ。彼は後ろ暗さは感じてるようでした。しかし、どうしても手っ取り早く少しまとまった金を手に入れたいんだと……」

「被害者は相当な額の借金をしてたんですかね？」

「そういうことはなかったはずです。結城君は若い時分に所属してた『青い麦の会』という劇団を復活させて、常設の劇場を持ちたいんだと言ってたな。十四年ほど前に劇団が立ち行かなくなったことはご存じですか？」

「ええ、知ってます。劇団の主宰者だった植草という英文学者が自前の常設劇場を持ちたくて健康食品会社の経営に乗り出したんだが、大きな負債を抱え込んでしまった。それで、奥さんを道連れにして植草さんは心中をしてしまったんでしょ？」

「そうらしいですね。結城君は恩人の遺志を継《つ》いで、劇団をなんとか復活させ、自分らの演劇ホールを建てたいんだと言ってましたよ。かつての仲間と力を併《あわ》せて、数年内には十億円を工面《くめん》したいと語ってたな」

「その話は知りませんでした」

「そうですか。粗茶ですけど、どうぞ!」

谷岡が先に湯呑《の》み茶碗を持ち上げた。橋爪が茶碗を手に取り、緑茶を啜《すす》った。

「煙草、喫《す》わせてもらいます」

風見は谷岡に断ってから、キャビンに火を点けた。

そのすぐあと、三人連れの男たちが店に入ってきた。四十代の勤め人に見える。

谷岡が客の姿を見て、安堵《あんど》した表情になった。デフレ不況が長引いているせいで、飲食店業界は売上不振がつづいているのだろう。

「結城さんを〝別れさせ屋〟に仕立てたのは、誰なんです? 雇い主はホストクラブ経営者か、悪徳芸能プロあたりなのかな。どっちにしても、素っ堅気じゃなさそうですよね?」

風見は谷岡に言った。

「結城君は自分で〝別れさせ屋〟になることを思いついたわけじゃないと言ってましたよ。誰か雇い主というか、仲間がいるようでしたが、それが何者かは明かさなかったな。もしかしたら、元組員なのかもしれません」

「喰えなくなった役者仲間とつるんでた可能性もありそうだな」

「ええ、ひょっとしたらね」

「谷岡さんは、被害者が下目黒に古いアパートを借りてたなんて話を聞いたことがあります？」

「いいえ、そんな話は一度も聞いたことがないですね。彼は、結城君は自宅マンションとは別にアパートを借りてたのか」

谷岡が複雑な顔つきになった。目をかけていた元俳優が自分に隠しごとをしていたことが哀《かな》しかったのだろう。

「そういう噂があるんですが、まだ未確認なんですよ」

風見はごまかした。『下目黒コーポ』のことを明かすのは得策ではないと判断したからだ。

「その噂がどこから出たのかわかりませんけど、事実じゃないと思うな。結城君は、わたしには気を許してたんです。自宅マンションとは別にアパートを借りてたら、そのことをわたしに教えてくれたはずです。それ以前に、わざわざ別のアパートを借りる必要はないでしょ？　まさか彼がそのアパートで大麻を密かに栽培してたとか、裏ＤＶＤを大量にダビングしてたなんてことは考えられませんからね」

「ええ、そうですよ。下目黒のアパートの件は、噂にすぎなかったんでしょう」

「わたしは、そう思うな」

「谷岡さん、殺害された結城さんは複数の人妻や愛人に接近して罠に嵌めてたわけだから、そうした女性にだいぶ恨まれてたと思うんすよ」

　橋爪が話に割り込んだ。

「そうだろうね。彼女たちは旦那やパトロンに浮気の証拠を突きつけられて、別れ話に応じざるを得なかったわけだから。それぞれがパートナーを裏切って結城君に抱かれたという弱みがあるんで、慰謝料や手切れ金はたくさん貰えなかったはずだ」

「当然っすよね。色仕掛けに引っかかったわけだけど、彼女たちは夫かパトロンを虚仮《こけ》にしたんですから」

「そうだね」

「だから、結城さんに騙された女性の中には仕返ししたがってた者がひとりや二人はいたと思うんすよ」

「そういえば、半年ぐらい前に結城君はターゲットだった女に仕返しされたと洩らしたことがあったな。その晩、彼はパンパンに腫《は》れ上がった顔で店にやってきたんだ。両瞼《まぶた》がもの凄く腫れて、くっきりとした目が糸のように細くなってた。鼻も不様なほど膨らんで、切れた唇は鱈子《たらこ》みたいだったな。わたしはびっくりして、結城君の顔面を氷袋ですぐに冷やしてやったんだ」

「被害者が騙した女は、何か格闘技を心得てたんすね？」

「いや、そうじゃないんだ。結城君に恨みを持つ元モデルの女性に雇われた元プロボクサーの松倉順平《まつくらじゅんぺい》に七、八発、パンチを浴びせられたらしいんだよ」

「松倉順平は東洋バンタム級第二位まで上りつめたハードパンチャーですよね。でも、フィリピン人選手との試合で八百長をやって、ボクシング界から追放されたんじゃなかったかな」

「そう、四年前にね。興行主が暴力団に弱みを握られて、八百長試合を仕組まされたんだよ。暴力団は賭けの胴元だったんだ。松倉は五百万円を貰って、格下の対戦相手に九ラウンドでわざとKO負けしたんだよ」

「ええ、そんなことがあったっすね。松倉を雇った女は？」

「えーと、庄司亜未《しょうじあみ》という名だったな。二十六だったね。モデルとして少しは売れてたらしいんだが、三年ぐらい前に急成長したIT関連企業の創業者の愛人になったという話だったな」

「庄司亜未という元モデルのパトロンの名前は憶《おぼ》えてます？」

風見は煙草の火を消し、谷岡に問いかけた。

「パトロンの名前までは記憶してませんね。結城君から聞いた話だと、メタボ体質の醜《ぶ》男《おとこ》らしい。しかし、六百億だかの資産があって、結婚してるんだが、常に三人の愛人をキープしてたそうですよ。愛人の中では、庄司亜未が最もかわいがられてたみたいです」

「それで元モデルはいい気になって、パトロンに奥さんと別れてほしいと言いだしたのかな？」

「当たりです。刑事さんの勘は凄いな。パトロンは亜未が妻の座を狙ってることがうっとうしくなって、結城君に亜未を寝盗らせたようですよ」

「そうなんでしょうね」

「松倉順平は結城君を殴る前に、罠に嵌められた元モデルはたった百万円しかパトロンから手切れ金を貰えなかったんで、頭にきてるぞと言ったらしい。殺してくれと頼まれたようだけど、報酬が見合わないからと結城君の顔面を殴って、最後に強烈なボディーブロウを見舞って立ち去ったようですよ」

「そうですか」

「元ボクサーは手加減したんでしょうが、しばらく結城君は立ち上がれなかったと言ってました」

「そうでしょう」

「刑事さん、わずか百万の手切れ金でお払い箱にされた元モデルは松倉に結城君を七、八発殴らせただけで、気が済みますかね？　別に根拠があるわけではないんですが、庄司亜未はありったけの金と体を提供して、元ボクサーの松倉順平に結城君を殺《や》らせたのかもしれませんよ」

「そうだとしたら、松倉は被害者を殴り殺してたんじゃないのかな。プロボクサーのパンチは相当な破壊力を持ってるから、殺すことは可能なはずです」

「ええ、そうでしょうね。しかし、パンチだけで結城君を殺したら、すぐに松倉は怪しまれてしまうでしょ？」

谷岡が言った。

「なるほど、そうですね。松倉は元モデルに結城君のペニスを切り落としてくれと言われてたんで、ナイフを使ったんじゃないのかな。片方の耳を削いだのは、ついでに面白半分に……」

「そうなんですかね。とにかく、庄司亜未と松倉順平のことを少し調べてみますよ。いただきます」

風見は湯呑み茶碗を摑み上げ、緑茶で喉を潤《うるお》した。茶は少し冷《さ》めていた。

茶碗を卓上に戻したとき、二組目の客が店内に入ってきた。五十男と二十六、七の女のカップルだった。上司と部下という雰囲気ではない。不倫の仲なのか。

「大将は、結城さんが三人の女を掛け持ちしてたことを知ってました？」

橋爪が訊いた。

「その三人のことは結城君から聞いたことがあるね。しかし、どの娘《こ》とも割り切ったつき合いだったはずです。単なるセックスフレンドですよ。べたついた関係じゃなかったわけだから、痴話《ちわ》喧嘩もしてなかったと思うな」

「けど、その三人にも心はあるわけだから、ほかの二人に嫉妬したりもしてたんじゃないっすか？　そうなら、三人のうちの誰かがジェラシーに駆られて、結城圭輔さんを殺害した可能性もあるでしょ？」

「複数の女がひとりの男を巡って三角関係や四角関係になっても、まず怒りや憎しみは交際してる男には向けられないんだよ」

「そうなんすか」

「ね、そうですよね？」

谷岡が風見に相槌《あいづち》を求めた。

「そういうケースが多いようですね」

「ええ、そうでしょう？　橋爪さんは、まだ恋愛経験が足りないみたいだな」

「谷岡さん、それよりも結城さんと事件前まで親密だった女性をご存じじゃありませんか？」

「結城君は、上海《シャンハイ》美人にのめり込んでました。新宿歌舞伎《かぶき》町にある中国クラブ『上海租《そ》界《かい》』のナンバーワン・ホステスの李香美《リーシャンメイ》に入れ揚げてましたよ。彼に連れられて一度だけ店に行ったことがあるんですが、香美《シャンメイ》さんは並の女優よりも綺麗《きれい》でしたね。スタイルもよかったな。二十四らしいんだけど、すでに大人の色香がありました」

「それじゃ、美男美女のカップルだったんだろうな」

「ええ、まさにそうでしたね。ですが、わたしは結城君にいずれ香美《シャンメイ》さんと別れたほうがいいと忠告してたんですよ」

「なぜ、二人の交際に反対されたんです？」

　風見は訊いた。

「わたし、香美《シャンメイ》さんのことが気になって、ホステス仲間にいろいろ探《さぐ》りを入れてみたんですよ。すると、驚くべきことがわかりました。香美《シャンメイ》さんの四つ違いの兄の李富偉《リーフーウェイ》は上海マフィアの一員だったらしいんですが、十カ月ほど前に掟《おきて》を破って組織から追放されたそうなんです」

「日本にいられなくなって、李香美《リーシャンメイ》というナンバーワン・ホステスの兄貴は故国に帰ったんですか？」

「いいえ、まだ東京にいるって話です。李富偉《リーフーウェイ》はイラン人貴金属強盗団のリーダーとつるんで、歌舞伎町のぼったくりバーや秘密カジノの売上金を強奪してるらしいんです」

「その不良イラン人の名前はなんていうんです？」

「ちょっと待ってください。いま、思い出しますんで」

「いくらでも待ちます。ゆっくりと思い出してください」

「ゴ、ゴーラムホセイン・ミーラニーです。ちょうど四十歳で、髭面《ひげづら》だそうですよ。香美《シャンメイ》さんは黒社会の人間ではないけど、彼女の兄貴はろくでなしです。だから、わたしは結城君にそのうち香美《シャンメイ》さんから遠ざかったほうがいいと助言したんですよ」

「被害者は、どんな反応を見せました？」

「よく考えてみると言ってました。でも、結城君は上海美人にぞっこんでしたから、彼女と別れる気はなかったんでしょう。あっ、もしかすると……」

谷岡が言い淀《よど》んだ。

「差し支えなかったら、その先のことを聞かせてくれませんか」

「はい。結城君は香美《シャンメイ》を通じて、李富偉《リーフーウェイ》とゴーラムホセイン・ミーラニーの悪事の詳細を知り、どちらかから口止め料をせしめようとしたんではないんですかね」

「で、香美《シャンメイ》の兄貴か不良イラン人に葬《ほうむ》られることになった？」

「そう疑えないこともないでしょ？　男のシンボルや外耳を切断するなんて、なんとなく外国人の手口臭いですよね？　西アジアや南米の犯罪者は、憎しみを感じた相手の喉を掻《か》っ切ったり、鼻や耳を削《そ》いだりするみたいですよ。女の乳房や男性の分身を抉《えぐ》り取っちゃうという話も聞いた覚えがあるな。刑事さん、不良外国人たちも一応、調べてみてくれませんか。お願いします」

「わかりました。参考になる話をうかがえて、感謝してます。営業中に申し訳なかったですね。ありがとうございました」

風見は橋爪の肩を軽く叩き、すっくと立ち上がった。

4

店を出るなり、相棒が口を切った。

「風見さん、松倉順平はボクシング界を追放されてから、確か傷害事件を起こしてるっすよ」

「そうだったか」

「起訴はされて有罪になったんすけど、執行猶予が付いたはずっす。A号照会すれば、松倉の家《ヤサ》はわかります」

「そうだな。犯歴照会してみよう。ついでに、庄司亜末が運転免許を取得してるかどうかも調べてみるか。免許証を持ってれば、亜末の現住所はわかるからな」

風見はスカイラインに足を向けた。橋爪が覆面パトカーに走り寄り、運転席に乗り込む。

風見は助手席に腰を沈め、端末を操作した。

庄司亜末は運転免許を取得していた。現住所は渋谷区西原《にしはら》三丁目二十×番地だった。戸建て住宅に住んでいるようだ。

元プロボクサーの松倉順平は、世田谷区北沢《きたざわ》五丁目十×番地にあるマンション住まいだった。

「先に元モデルの家《ヤサ》に行きますか?」

「そうしよう」

「了解っす」

橋爪が捜査車輛を発進させた。

幹線道路は渋滞しはじめていた。スカイラインは裏通りを抜けて、代々木《よよぎ》方面に向かった。

洒落《しゃれ》た造りの平家だ。敷地は六十坪ほどか。パトロンだったIT関連企業の社長は、最も気に入っていた愛人に借家を与えていたのだろう。亜未の自宅に着いたのは、二十数分後だった。

風見たちは庄司宅の生垣《いけがき》に覆面パトカーを寄せ、すぐに車を降りた。

橋爪がインターフォンを鳴らす。ややあって、スピーカーから女性の声が流れてきた。

「どなたですか?」

「警視庁の者です」

風見は小声で告げた。

「け、警察!?」

「そうです。あなたは、庄司亜未さんですね?」

「ええ。いま、ちょっと取り込んでるの。明後日《あさって》、この家を引き払わなきゃならないんで荷造りをしてるんですよ」

「時間は取らせません。結城さんの事件で、ちょっとうかがいたいことがあるんです」

「日を改めてもらえないかな。わたし、本当に忙しいんですよ」

「何か後ろ暗いことがあるのかな？」

「失礼なことを言わないで。いいわ、どうぞ入ってきてください」

亜末の硬い声が途切れた。

風見たちは門を押し開けた。アプローチを進み、ポーチに上がる。玄関のドア・ノッカーに手を伸ばしたとき、元モデルが姿を見せた。

デニム地のワークシャツを白いTシャツの上に羽織《はお》っている。下は細い黒のスキニージーンズだった。頭は、青と白のバンダナで覆われていた。美しく、プロポーションも申し分ない。

「ちょっとお邪魔しますよ」

風見は警察手帳の表紙だけを見せ、三和土《たたき》に身を滑り込ませた。艶消《つやけ》しの黒タイル張りだった。橋爪が後ろ手で玄関のドアを閉める。

亜末は、不安顔で玄関マットの上に立っている。

「きみが、ＩＴ関連企業の創業者の世話になってたことは調べ済みなんだ」

「わたし、友部重人《ともべしげと》さんとは十一ヵ月ほど前に別れたんですよ。でも、今月までの家賃を前払いしてくれてあったんで、ずっとこの家に住んでたの。けど、自分では高い家賃は払えないので、用賀《ようが》の賃貸マンションに引っ越すことになったんですよ」

「そう」

「パトロンの友部氏は、きみが結城圭輔と親密な関係になったことを知って……」

「わたし、魔が差したんですよ。パパは、いえ、友部さんは奥さんとそのうち別れて、わたしと再婚してくれると言ってたんです。だけど、なかなか離婚してくれそうもなかったんで、結城の甘い言葉に引っかかっちゃったんです。結城圭輔は悪い奴なんです。あいつは、〝別れさせ屋〟だったの」

「ああ、そうだね」

「パパは、友部さんはわたしをわざと結城に誘惑させたんですよ。結城はイケメンだったし、口説き上手だったんで、つい体を許しちゃったんです。でも、まさか情事の音声をICレコーダーで録音してるとは思わなかったわ」

「友部氏は、きみらの淫《みだ》らな音声を聴いたわけだ」

「ええ、そうです。で、わたしはお払い箱にされちゃったんですよ。わたし、醜男のパパに目一杯、ベッドでサービスしたわ。うまくしたら、パパの二度目の妻にしてもらえそうだったんでね。けど、友部さんは離婚する気なんかなかったんですよ。わたしは、うまくパパに弄《もてあそ》ばれてたわけ」

「だけど、愛人としての手当を貰って、いろいろプレゼントもされたんでしょ？」

橋爪が話に加わった。

「それは当然でしょ、金品と引き換えにパパの愛人になったわけだもの」

「そうっすけどね」

「パパの世話になりながら、結城に抱かれたのはまずかったわ。でもね、結城を使って、わたしを罠に嵌めたのは友部さんなのよ。わたしのことがうざったくなったんだったら、それ相応の手切れ金を出すから、別れてくれって言えばよかったのよ。なのに、パパは卑《ひ》怯《きょう》な方法でわたしを棄《す》てたの。冗談じゃないわよ」

「パトロンからは、たったの百万円しか貰わなかったみたいっすね」

「なんでそんなことまで知ってるの⁉　誰から聞いたんです？」

亜未が声を裏返らせた。

「その質問には答えられないっすね。庄司さんは友部さんが〝別れさせ屋〟を雇ったことに腹を立てたでしょうが、自分を罠に嵌めた結城圭輔にも憤《いきどお》りを覚えた。それで、元ボクサーの松倉順平に結城を殴らせたんでしょ？　本当は結城を殺してほしかったんだろうけど、松倉は謝礼が多くないんで、元俳優をぶん殴るだけにした。庄司さん、そうなんでしょ？」

「松倉さんとは顔見知りだけど、わたし、そんなことはさせてないわ」

「自分の目をまっすぐ見ながら、もう一度同じことを言ってほしいな。庄司さん、なんで視線を逸《そ》らしたんす？　図星だったんで、焦《あせ》っちゃったのかな？」

「わたし、本当に松倉さんに何も頼んでないわ。信じて！」

「そんなふうに哀願されても、困っちゃうっすよ」

「あっ、もう松倉さんが喋っちゃったの？」

「やっぱり、そうだったか」

風見は目顔で相棒を制して、亜未の顔を正視した。

「松倉さんに三十万円渡して、結城をぶん殴ってもらったことは認めるわ。でも、わたしは殺人事件にはまったく関与してないですよ」

「参考までに教えてほしいんだが、九月十四日の夜はどこで何をしてたのかな？」

「わたしを疑ってるの⁉　やめてよ。その晩は西麻布《にしあざぶ》のダイニング・バーで、モデル時代の仲間たちと九時から十一時四十分ごろまでワインを飲んでたわ」

亜未が店の名と連れ《と》の二人の氏名を挙げた。同席者の携帯番号も明かした。橋爪が必要なことを手帳に書き留める。

「きみは実行犯じゃなさそうだな。しかし、意地悪く考えれば、誰かに結城を始末させたと疑えないこともない」

「やたら他人《ひと》を疑うなんてひどいわ」

「悪く思わないでくれないか。被害者と関わりのあった人間を一応、疑ってみる習性が身についてしまったんだ」

「そうなんだろうけど、不愉快ですよ」

「ごめん、ごめん。ところで、松倉順平とはただの知り合いってわけじゃないんだろ？　結城に騙されたことを松倉に打ち明けて、ぶん殴ってもらったわけだから」

「松倉さんとは六本木《ろっぽんぎ》のショットバーでよく顔を合わせてたんで、友達づき合いをするようになったんですよ。彼とは一度も寝たことがないわ。そういう関係だったら、三十万を渡して結城を殴ってもらったりしないですよ」

「なるほど、そうだろうね。男女の仲だったら、元ボクサーは報酬なしで結城にパンチを見舞っただろうからな」

「ええ、そうですよ」

「松倉は、きみに惚れてるんじゃないのか。三十万を受け取ったわけだが、結城が被害届を出したら、傷害容疑で逮捕されることになる」

「松倉さんはわたしに好意を持ってるみたいだけど、好みのタイプじゃないわ」

「そう。しかし、きみが結城に殺意を持ってたとしたら、肉体を武器にして松倉を味方につけようと考えるかもしれないな」

「いい加減にしてください！　結城のことはひどい奴だと思ってたわ。でも、殺そうと思ったことなんかありませんよ」

「失礼なことを言ったね。勘弁してくれないか。疑うことが刑事の仕事なんで、つい無礼なことも口走っちゃうんだ」

「わたしを怒らせるようなことは言わないでください」

「気をつけるよ。それはそうと、松倉は何をやって喰ってるのかな？」

「六本木の芋洗坂《いもあらいざか》にある『ハスラー』ってビリヤード屋の店長をやってるわ。用心棒も兼ねてるんだと思う。この時刻なら、もう店に出てるんじゃないのかな。松倉さんとわたし、結城の傷害の件で捕まっちゃうんですか？」

「我々は殺人捜査を受け持ってるんで、傷害は担当が違うんだ。だから、二人を逮捕することはない」

「よかった！」

「そうだ、肝心のことを訊き忘れるとこだった。結城を〝別れさせ屋〟に仕立てた人間がまだ特定できてないんだが、きみに心当たりは？」

「わからないわ。でも、雇い主か共犯者がいるんでしょうね」

「心当たりはないのか。友部氏は、結城圭輔に三百万程度の謝礼を払ったと思われるんだが、きみはそのあたりのことは知らないだろうな？」

「パパ、いいえ、友部さんが結城にいくら払ったのかなんて知らないわ。わたし、知りたくもないわ」

「そうだろうな。結城はきみ以外の女性を罠に嵌めて、それぞれの夫やパトロンと別れさせてやったようなんだ」

「ひどい男よね」

「結城はそれだけじゃなく、妻や愛人と縁を切った男たちの弱みにつけ込んで、口止め料を脅し取ってたようなんだ」

風見は明かした。

「えーっ、そうなの!? そんな悪党だったとは驚きだわ。友部さんも結城に強請られたのかしら？」

「多分ね。そのことで、きみが何か知ってるかもしれないと思ったんだが、期待外れだったか」

「わたしは、そのことは初めて聞いたんです。それだから、何も知らないわ。友部さんは何千万円もせびられたのかしら？　億以上のお金を要求されたら、友部さんは殺し屋か誰かに結城を抹殺させたのかもしれないいな」

「友部氏は激《げき》しやすい性格なの？」

「ええ、そうね。それに大変な資産家なのに、金銭に対する執着心が強いの。結城に一億とか二億の口止め料を要求されたら、脅迫者を葬る気になりそうね。結城に人妻か愛人を引っ掛けてもらった男たちも、そういう思いになるんじゃない？」

亜未が言った。

「そうだね。友部氏の会社はどこにあるんだい？」

「西新宿六丁目よ。東京医大病院の近くにあるの。自宅は世田谷の成城《せいじょう》五丁目よ」

「そう。松倉に余計なことを言って、逃がすようなことをしたら、きみは罪になるぞ。いいね！」

風見は亜未を威《おど》し、かたわらの橋爪に目配せした。二人は庄司宅を辞去して、スカイラインの中に入った。

「亜未のアリバイの裏付《ウラ》けを取ってみますよ」

相棒が手帳を覗き込みながら、まず西麻布のダイニング・バーに電話をかけた。それから彼は、亜未のモデル時代の仲間たちの携帯電話を鳴らした。

風見は耳をそばだてた。遣《や》り取《と》りで、亜未が嘘をついた様子は伝わってこなかった。

やがて、橋爪が電話を切った。

「庄司亜未はシロっすね」

「そうなんだろうな。しかし、亜未が松倉順平に結城を殺《や》ってくれと頼んだ疑いが消えたわけじゃない」

「そうっすね」

「松倉が働いてるビリヤード屋に行ってみよう」

風見は、助手席の背凭《せもた》れに上体を預けた。

相棒が覆面パトカーを走らせはじめる。夕闇が濃い。

『ハスラー』を探し当てたのは、およそ三十分後だった。

ビリヤード屋は、芋洗坂の中ほどにあった。

六本木通りから少し奥まっているからか、人の姿は少ない。まだ時刻が早いせいだろうか。

風見たちは店の斜め前に車をパークさせ、『ハスラー』に足を踏み入れた。ビリヤード・テーブルが八卓据《す》えられているが、客の姿は見当たらなかった。

スポーツ刈りの男がベンチに腰かけ、煙草を吹かしていた。元プロボクサーの松倉順平だった。

「おたくら、お客さんかな？」

「そうじゃないんだ」

風見は首を振った。

「なんでえ、球《たま》を撞《つ》きにきたんじゃねえのか。明和《めいわ》会の者でも、みかじめ料なんか払わないぜ。客じゃないんだったら、さっさと失《う》せてくれ」

「松倉順平だな？」

「おれを呼び捨てかい？　上等じゃねえか」

松倉が火の点いたラークをフロアに落とし、靴の底で踏みつけた。凄んだ顔でベンチから立ち上がる。

「おれたちは警視庁の者だ」

「冗談だろ⁉」

「本当だよ」

風見は警察手帳を翳《かざ》しながら、松倉に近づいた。

「おれ、危《ヤバ》いことなんか何もやってねえぞ」

「そっちが庄司亜未に三十万円貰って、だいぶ前に元俳優の結城圭輔を殴打したことはわかってるんだ」

「亜未、喋っちまったんだな。おれ、結城に誘惑されて、パトロンに棄てられた亜未に同情したんだよ。それでさ、結城を軽くはたいてやったんだ。本気でパンチを喰《くら》わせたわけじゃねえぜ。体重《ウエイト》を乗せたパンチを放ったら、色男は死んじまうよ」

「手加減したんだろうが、れっきとした傷害罪だな」

「結城は先月の中旬に誰かに殺されちまったんだ。いまさら、おれを傷害容疑で検挙《アゲ》ても仕方ねえだろうが。警察が恥かくだけじゃねえのか」

「恥をかくことになるかもしれないな。しかし、そっちには前科《マエ》がある。今度は執行猶予は付かないだろう。実刑を喰いたくなかったら、捜査に全面的に協力するんだな」

「わかったよ。結城の件でお咎《とが》めなしにしてくれるんなら、知ってることは喋るよ。で、何を知りたいんだい？」

松倉が態度を軟化させた。

「単刀直入に訊くぞ。そっちは、亜未に結城圭輔を殺《や》ってくれって頼まれなかったか？」

「殺人《コロシ》までは頼まれちゃいないよ。結城をぶん殴ってやったら、亜未は気分がスーッとしたと喜んでた」

「彼女は罠に嵌められ、パトロンの友部に棄てられたんだぞ。手切れ金は、たったの百万だった。結城にもっと仕返しをしたいと思っても不思議じゃない」

「そうだったとしても、人殺しの報酬となりゃ、少なくとも数百万円は必要になるだろうよ。けど、亜未はたいした預金はなさそうだぜ」

「そっちは、彼女に惚れてるんだろ？」

「亜未のことは好きだよ。だから、なんだってんだっ」

「彼女が殺しの報酬は金ではなく体で払うと甘く囁いたらさ、その気になっちゃうかもしれないよな？」

「おい、やめてくれ。亜未はそんなこと言わなかったし、おれは結城の事件には関わってねえぞ。ちゃんとしたアリバイがあるぜ。結城が刺し殺された日、おれは東京にいなかったんだ」

「どこにいたんだい？」

「島根県の松江《まつえ》にいたよ、前日からな。おれがボクシングジムに入ってから、さんざん世話になったトレーナーが肝硬変で亡くなったんだよ。それで、葬儀に列席したんだ」

「その方の名前と遺族の連絡先を教えてほしいっすね」

橋爪が言って、上着の内ポケットから手帳を取り出した。松倉が質問に答え、風見に顔を向けてきた。

「すぐにおれのアリバイを調べてくれや。殺人の嫌疑をかけられたんじゃ、たまらねえからな」

「亜未を抱いたことはないんだな？」

「ああ。いつか抱けたらいいなとはずっと思ってたけど、一度も寝てねえよ」

「そうか。そのうち客が来るといいな。疑って済まなかった」

風見は松倉に詫びて、先に外に出た。すぐに橋爪が追ってくる。

二人は相前後して、スカイラインに乗り込んだ。橋爪が捜査用携帯電話を使って、松倉のアリバイの確認をする。松倉の供述に偽《いつわ》りはなかった。

「松倉もシロか」

風見は小さく溜息《ためいき》をついた。

数秒後、懐で私物の携帯電話が身震いした。マナーモードにしてあった。電話をかけてきたのは、智沙だった。

「竜次さん、西垣隆行って方を知ってる？　仕事から戻って玄関に入ったら、あなたの旧友だという西垣さんが訪ねてきたの。それでね、家の中で竜次さんを待たせてくれってインターフォン越しに何度も……」

「智沙、その男を絶対に家の中に入れるな。西垣には犯罪歴があって、おれを逆恨みしてるんだよ」

「えっ、そうなの!?」

「西垣は智沙を人質に取って、おれに何かしようと企《たくら》んでるにちがいない。だから、決して家の中に入れちゃ駄目だ」

「わかったわ」

「智沙、二階の寝室に上がって、ドアの内錠を掛けるんだ。それで一一〇番して、不審者が家から離れようとしないと訴えてくれ」

「ええ、そうするわ」

「いま、おれは六本木にいる。できるだけ早く智沙の家に戻るから……」

風見は電話を切った。すると、橋爪が早口で問いかけてきた。

「智沙さんの身に何かあったんすか？」

「そうだ。おまえは先に桜田門に引き揚げてくれ。おれはタクシーで、智沙の家に行く」

風見は語尾とともに覆面パトカーから飛び出し、全速力で芋洗坂を駆け上がりはじめた。

坂の上は六本木通りだ。タクシーの空車は苦もなく見つかるだろう。

風見は前髪を逆立《さかだ》てながら、疾走しつづけた。

第三章　謎の仕掛人

1

女の叫び声が聞こえた。

風見は眠りを破られた。根上宅の二階の寝室のダブルベッドの中だ。

まだ夜明け前だろう。

かたわらで寝《やす》んでいた智沙は上体を起こし、肩で呼吸をしている。整った顔は幾分、引き攣《つ》っていた。

「西垣に襲われる夢を見たようだな？」

風見は半身を起こし、智沙の肩を抱き寄せた。小刻みに震えていた。

「ええ、そうなの。きのうの男が家の中に押し入ってきて、いきなりわたしを撃つ夢を見ちゃったのよ。怖かったわ」

「智沙に怖い思いをさせて、悪かったな。でも、もう怖がることはないんだ。西垣は所轄署の地域課の連中に逮捕されたんだから」

「ええ、そうなんだけどね」

智沙が苦笑した。

昨夕、彼女が一一〇番通報した直後に、西垣は裏庭に面したサッシ戸に金属製のガーデン・チェアを投げつけた。ガラスは大きな音をたてて砕《くだ》けた。

西垣はブラジル製のロッシーを手にして、根上宅に侵入しようとした。智沙は一瞬、身が竦《すく》んだ。だが、とっさに彼女はキッチンに走り、防虫スプレーを手に取った。

気丈《きじょう》にも智沙はリビングに駆け戻り、家屋の中に押し入りかけていた西垣の顔面に殺虫剤の噴霧《ふんむ》を浴びせた。目潰《めつぶ》しを喰《くら》った西垣はテラスにうずくまった。

それから間もなく、地元署の巡査たちが駆けつけた。西垣は器物損壊罪と銃刀法違反で現行犯逮捕された。

風見は、現場検証が終わった直後に根上宅に着いた。すでに西垣は所轄署に連行されていた。

智沙は割れたガラスの破片を集め終え、殺虫剤で汚れた居間の床をモップで拭《ぬぐ》っていた。風見は恐怖を味わわされた智沙を力づけ、ガラス屋に連絡した。ガラス屋は、すぐにサッシ戸に新しいガラスを嵌め込んでくれた。

風見は智沙が落ち着きを取り戻すと、所轄署に出向いた。西垣をぶん殴りたい気持ちだったが、被疑者には会わせてもらえなかった。

むろん、担当官から話を聞くことはできた。やはり、西垣は智沙を人質に取って風見を誘《おび》き出し、ブラジル製のリボルバーを発砲させる気でいたらしい。

「西垣は二年前後、服役することになるはずだ。だから、もう心配ないさ」

「でも、出所したら、また竜次さんの命を狙う気になるんじゃない？」

「奴がシャバに出てきたら、警戒するよ。二度と智沙を巻き添えにしないようにする」

「わたしのことよりも、あなたのことが心配なのよ」

「やすやすと襲わせないさ。熟睡できなかったようだから、もう少し眠ったほうがいいな」

「厭《いや》な夢を見たせいか、目が冴《さ》えてきちゃったの」

「それじゃ、特製の睡眠薬をやろう」

「え？」

智沙が訊き返した。

風見はにやついて、智沙を優しく横たわらせた。仰向けだった。智沙がほほえんで、軽く目を閉じる。睡眠薬の意味がわかったようだ。

風見は、智沙の肉感的な唇をついばみはじめた。すぐに智沙が応《こた》える。

二人はひとしきりバード・キスを交わし、舌を絡《から》め合った。風見は唇を重ねながら、智沙のネグリジェとランジェリーを脱がせた。

智沙が風見の舌を吸いつけながら、パジャマの上着のボタンをもどかしげに外しはじめた。

風見はディープ・キスを中断させ、手早く全裸になった。

改めて体を重ね、ふたたび智沙の舌と唇を貪《むさぼ》った。舌の先で、上顎《うわあご》の肉や歯茎《はぐき》も掃《は》くようになぞった。意外に知られていないが、どちらも性感帯だった。

智沙が喘《あえ》ぎはじめた。

風見は顔をずらし、智沙の項《うなじ》や喉元に唇を這《は》わせはじめた。耳の中に尖《とが》らせた舌を潜《もぐ》らせると、智沙は身を揉んで甘やかな呻《うめ》きを洩《も》らした。

煽情的《せんじようてき》な声だった。風見は徐々に体を下げ、右の痼《しこ》った乳房を口に含んだ。軽く吸いつけ、張りつめた蕾《つぼみ》を舌で転がす。そうしながら、反対側の乳房をまさぐった。

隆起全体を揉み、乳頭を抓《つま》んで揺さぶった。指の腹で擦《こす》り、二本の指で挟みつける。ラバーボールのような隆起を愛撫しつづけると、智沙は切なげに呻いた。

彼女は呻きながら、しなやかな指で風見の髪を梳《す》きはじめた。いとおしげな手つきだった。

風見は二つの乳首をたっぷりと口唇と手で刺激してから、ウエストのくびれや下腹を慈《いつく》しんだ。智沙の胸が波動しはじめる。

風見は右手を逆三角形に繋っている飾り毛に移し、マシュマロを想《おも》わせる恥丘を撫でた。和毛《にこげ》は絹糸のように柔らかい。

タイミングを計《はか》って、内腿《うちもも》に指をさまよわせた。秘めやかな部分の周辺部分だけに故意に指を滑走させる。焦《じ》らしのテクニックだ。

「竜次さん、意地悪しないで」

智沙が恥じらいながらも、次の愛撫をせがんだ。その言葉に、風見はそそられた。合わせ目は、半《なか》ば綻《ほころ》んでいた。敏感な芽は包皮から顔を覗かせている。誇らしげに屹立《きつりつ》していた。

風見はフリル状の肉片を擦り合わせてから、大きく捌《さば》いた。複雑に折り重なった襞《ひだ》の窪《くぼ》みには蜜液が溜まっている。

風見は指先で愛液を掬《すく》い取って、潤《うる》みを陰核《クリトリス》に塗りつけた。

その瞬間、智沙はなまめかしく呻いた。腰も迫《せ》り上げた。風見は、ぬめった肉の芽を指で弄《もてあそ》びはじめた。

打ち震わせ、圧《お》し転がす。芯《しん》の部分は真珠のように、ころころと動く。

少し経《た》ってから、風見は右手の親指の腹をクリトリスに当て、中指を内奥《ないおう》に沈めた。熱い潤みに塗《まみ》れた。

上部のざらついた部分を削《そ》ぐようにこそぐりはじめる。Gスポットとかゾーンと呼ばれる箇所だ。陰核に匹敵する性感帯である。

風見は、鋭敏な二ヵ所を同時に攻めはじめた。

ほんの数分で、智沙は呆気《あっけ》なく極《きわ》みに駆け昇った。愉悦《ゆえつ》の声は長く尾を曳《ひ》いた。

風見は右手の手首まで智沙の腿《もも》に強く挟まれていた。リズミカルな硬直が、はっきりと感じ取れる。埋めた中指は膣壁《ちつへき》に圧迫されていた。智沙の快感のビートが伝わってくる。

数分過ぎてから、風見は智沙の股の間にうずくまった。たっぷりと口唇愛撫を施《ほどこ》す。

智沙は、たてつづけに二度沸点《ふってん》に達した。憚《はばか》りのない声をあげながら、幾度も裸身を縮めた。しどけない痴態《ちたい》も見せた。

しかし、少しも不潔感は覚えない。それどころか、欲情をそそられた。

風見は体をつなぐつもりだった。

だが、智沙はそれを許してくれなかった。むっくりと身を起こし、風見の足許にひざまずいた。

風見は、じきにくわえ込まれた。

智沙は狂おしく舌を閃《ひらめ》かせはじめた。風見は亀頭と張り出した部分を交互に舐められ、猛《たけ》り立った。体の底が引き攣《つ》れるほどの勢いだった。

「わたし、淫乱女になっちゃう」

智沙がおどけた口調で言い、せっかちに風見の腰の上に跨《また》がった。

風見は新鮮な驚きを覚えた。智沙が進んで女性騎乗位をとったのは初めてだった。それだけ官能を煽《あお》られたのだろう。

智沙が腰を弾ませはじめた。

上下に動き、腰を回す。半開きの口の中で桃色の舌が妖《あや》しく舞っていた。寄せられた眉《まゆ》もセクシーだった。閉じた瞼の陰影が濃い。

ゆさゆさと揺れる果実のような乳房が男の欲情を掻き立てる。風見は下から突き上げた。不安定《ラーゲ》に揺れる白い裸身が眩《まばゆ》い。

二人は体位を変えながら、本能のままに振る舞った。アクロバチックな交わり方もした。

長い情事になった。二人がほぼ同時に果てたのは、二時間数十分後だった。

風見と智沙は余韻《よいん》を味わい、そのままの姿で眠りに落ちた。午前七時に目覚まし時計が鳴ったはずだが、二人とも目覚めなかった。

智沙が慌《あわ》てて跳ね起きたのは、八時半近い時刻だった。

「竜次さん、もう八時過ぎよ。わたし、シャワーを浴びて化粧をしたら、タクシーで職場に行く」

「きょうは狡休《ずるやす》みをしちゃえよ」

「そうもいかないのよ。やらなきゃいけない仕事が溜まってるの」

「そうなのか」

「悪いけど、自分でコーヒーを淹《い》れてトーストを食べてね」

「わかった。智沙は朝食抜きで大丈夫なのか？」

「会社に着いたら、こっそりビスケットでも口に入れるわ」

「遅刻させて、悪かったよ。もう少し短めにナニを切り上げるべきだったな」

風見は上体を起こした。

「わたしがいけないのよ。でも、とってもよかったわ」

「そう」

「睡眠薬を処方してもらったんで、行為の後はぐっすり眠れたわ。竜次さん、お疲れさま！」

智沙は素肌にネグリジェを羽織《はお》り、ベッドの下のランジェリーを拾い上げた。下着を小さく丸め、慌ただしく寝室から出ていった。

風見はナイトテーブルに片手を伸ばし、煙草とライターを一緒に掴み上げた。

長い枕を背当てクッション代わりにして、ヘッドボードに凭《もた》れる。ゆったりと紫煙をくゆらせはじめた。

相棒の橋爪には昨夜、電話をしておいた。少しばかり登庁時刻が遅くなっても、別に問題はないだろう。

風見は一服してからベッドを離れ、二階の洗面所で手と顔を洗った。ラフな服をまとい、階下に降りる。

シャワーを浴びた智沙は、階下《した》のどこかの部屋で化粧をしているようだ。彼女は、メイクをしている姿を基本的には風見に見せない。そうした古風な面も、気に入っている。

風見はリビング・ソファに腰かけ、リモート・コントローラーでテレビのスイッチを入れた。

あいにくニュースを流している局はなかった。やむなくワイドショー番組を眺めはじめる。

それから十数分後、出勤の仕度を済ませた智沙が居間にやってきた。

「じゃあ、行ってきます」

「薄化粧しただけなのに、綺麗だな。智沙を押し倒したくなっちゃったよ」

「何を言ってるの！　竜次さん、ちゃんと朝食を摂《と》ってね」

「わかった。きちんと戸締まりをしてから、外出するよ。安心してくれ。玄関先まで見送ろう」

「いいわよ、照れ臭いわ」

「なら、見送りはやめよう。行ってらっしゃい！」

風見は片手を挙げた。

智沙が笑顔でうなずき、玄関ホールに向かった。風見はテレビの電源を切り、ダイニング・キッチンに移った。

手早くハム・エッグスを作り、ドリップコーヒーを淹れた。食パンを二枚トーストして、たっぷりとバターを塗りつける。

智沙と差し向かいで摂る朝食よりも、味気なかった。それでも、空腹感は充《み》たされた。

風見は使った食器を洗い、浴室に向かった。伸びた髭を剃り、熱めのシャワーで頭髪と体を洗う。

ドライヤーで濡れた髪を乾かし、歯を磨いた。無香性の乳液を顔に塗り拡《ひろ》げてから、身《み》繕《づくろ》いをした。

風見は戸締まりの確認をすると、根上宅を出た。毎朝、近所の主婦たちの目が少しばかり気になる。

智沙の実家に住みついてしまった自分はヒモと見られているのか。それとも、婿《むこ》入《い》りしたと思われているのだろうか。世間の目など気にしていないつもりだったが、女に甘えている男には見られたくなかった。

智沙と正式に結婚したら、すぐに居《きょ》を移すつもりでいる。そうすれば、妙な引け目に悩まされることはなくなるだろう。

「おれって、案外、考え方が古いんだな。それとも、ちょっと自意識過剰なのか」

風見は声に出して呟き、最寄りの私鉄駅に急いだ。

地下鉄に乗り換えて登庁したのは、十時二十分ごろだった。六階のアジトに入ると、成島班長と三人のメンバーは自席に坐っていた。

「西垣隆行って奴が根上さん宅に押し入る前に身柄《ガラ》を確保されてよかったすね」

橋爪が真っ先に椅子から立ち上がり、風見に近寄ってきた。

「ああ、智沙が無傷だったんで安心したよ。電話でも橋爪に言ったが、西垣はブラジル製のリボルバーを持ってたんだ。おれを撃つ気だったらしいよ、智沙を人質に取ってな」

「でも、風見さんはやすやすと撃たれないでしょうね」

「銃口を向けられたら、隙を衝《つ》いて反撃してただろうな。好きな女になんとか逃げるチャンスを作ってやりたいじゃないか」

「風見さんは、ただの女たらしじゃないですもんね」

佳奈がからかう口調で言って、歩み寄ってきた。

「八神が智沙だったとしても、おれは命懸けで暴漢と闘うよ。そっちとおれは以前、赤い糸で結ばれてたんだからさ」

「風見さん、いい加減に別のジョークを考えてくださいよ。ワンパターンじゃ、芸がなさすぎます！」

「そのうち、新ネタを披露するよ」

「冗談はともかく、智沙さんも風見さんも無事でよかったわ」

「本当だね」

岩尾が佳奈の声に言葉を被《かぶ》せた。

「仲間の三人に心配をかけて申し訳なかったと思ってる」

「風見、こっちだって、二人の身を案じてたんだぞ。それなのに、無視かい？」

成島班長が微苦笑して、自席から離れた。

「当然、成島さんもおれたちのことを心配してくれてると思ってましたよ」

「そうか、そうか。智沙さんは怖い思いをさせられたんで、昨夜《ゆうべ》は安眠できなかったんじゃないのか？」

「そうなんですよ。だから、おれもあまり寝てないんです。明け方になって急に睡魔が襲ってきたんで、つい寝坊しちゃったわけです。登庁が遅くなって、すみませんでした」

「いいさ。それより、きのうの捜査で結城圭輔の三人のセックスフレンド、庄司亜未、それから松倉順平はシロと判断してもいいだろう」

「その五人は事件に関わってないでしょうね」

風見は言った。

「被害者が『下目黒コーポ』の一〇五号室に隠してた他人名義の預金通帳のことを調べて

みたんだが、結城と接点のある者はいなかったんだ。結城は第三者に七人の銀行口座を手に入れてもらったんだろうな」

「そうなんでしょう。班長、その七人の口座に五百万円から一千万円を振り込んだ法人や個人のことも洗ってくれました？」

「もちろん、調べてみたよ。しかし、振込人に妻か愛人と別れた者はいなかったんだ」

「つまり、振込人は〝別れさせ屋〟だった結城を雇ったことはないわけですね？」

「そういうことになるな。しかし、七人の振込人は、結城を使って女房か愛人とうまく別れた男たちと何らかのつながりがあるにちがいない」

「ええ、そう考えられますね。結城に弱みを握られた七人のリッチマンは要求された口止め料を自分自身が〝別れさせ屋〟指定の口座に振り込むと何かと不都合だと考え、それぞれが知り合いに名義を貸してもらったんでしょう」

「多分、そうだったんだろうな。少し時間がかかるが、振込人に当たって誰かに名義を貸したかどうか確かめるほかなさそうだ。その線から〝別れさせ屋〟を使った男たちを探り出そう。その中に、結城を殺した犯人《ホシ》がいるかもしれないからな」

成島が口を閉じた。

ちょうどそのとき、特命遊撃班の刑事部屋に桐野部長が入ってきた。成島が最初に口を切った。

「桐野さん、捜査本部に何か動きがあったんですね？」

「そうなんだ。理事官の報告で、五係の文珠係長が庄司亜未に殺人教唆容疑で任意同行を求めるべきだと渋谷署の署長に強く働きかけてるらしいんだよ」

「どういうことなんです？」

「捜一に匿名《とくめい》の密告電話があって、庄司亜未が男友達のクラブのＤＪに結城を始末してくれって、西麻布のショットバーで頼んでるのを小耳に挟んだという内容だったそうだ。そのＤＪは峰岸翔《みねぎししょう》って名で、亜未とは飲み友達だという話だったな」

「捜査本部《チョウバ》の連中は、そのＤＪから事情聴取したんでしょ？」

「文珠の部下たちが峰岸翔に探《さぐ》りを入れたところ、『おれはお巡りが大っ嫌いなんだ。好きなように考えてよ』と言って、あとは黙秘権を行使してるらしい」

「それで、五係の文珠は庄司亜未を任意で引っ張る気になったんでしょう」

「そうなんだろうね。成さん、誰かに捜査本部の動きを探らせてみたほうがいいな」

「わかりました」

「よろしく頼むよ」

桐野は風見たちメンバーの顔を順に見ると、小部屋から出ていった。

「文珠は密告電話を真《ま》に受けて、勇み足を踏むんじゃないんですかね？」

風見は成島に言った。

「そう思うが、密告電話は真情報《マブネタ》という可能性もある」

「そうかな」

「岩尾・八神班には、七人の振込人の交友関係を洗ってもらう。風見と橋爪は、捜査本部の動きを探ってくれないか」

成島が指示した。風見はうなずき、いったん自分のデスクに向かった。

2

長くは待たされなかった。

取り次ぎを頼んで一分も経《た》たないうちに、八係係長の日高警部が捜査本部から現われた。穏やかな表情だった。

「呼び出してすみません。ちょっと確認したいことがあったもんですから」

風見は日高に話しかけた。

「何を確認したいのかな？」

「本庁《うち》の捜一に密告電話があったらしいですね？」

「そうなんだよ。電話の主はボイス・チェンジャーを使ってたとかで、年恰好《としかっこう》は判然としなかったようだがね」

「密告電話を受けたのは誰なんです？」

「平林《ひらばやし》管理官だよ。いたずら電話ではなさそうだったらしい」

「そうですか。密告者は、庄司亜未が西麻布のショットバーで飲み友達のクラブＤＪに結城主輔を殺《や》ってくれって頼んでたと言ったようですね？」

「そういう話だったよ。ＤＪは峰岸翔って名で、庄司亜未とは同《おな》い年だそうだ」

「捜査本部《こちら》は、その峰岸を任意で引っ張ったんでしょ？」

「そうなんだ。峰岸は肝心のことは黙秘権を使って、だんまりを決め込んでてね。事情聴取中に彼がジャケットを脱いだんだが、そのときにポケットからアルミ箔《はく》にくるんだマリファナ煙草がぽろりと落ちたんだよ」

「それで麻薬取締法違反で身柄《ガラ》を拘束《こうそく》したんすね？」

　橋爪が口を挟んだ。

「そうなんだ」

「なら、峰岸ってＤＪは取り調べられてるんすね？」

「ああ、渋谷署《ここ》の刑事課の取調室１で」

「取り調べてるのは？」

「五係の文珠と彼の部下だよ」

「日高さん、ちょっと取り調べを覗かせてもらえませんかね？」

風見は頼んだ。

「ああ、かまわないよ」

「それじゃ、三階の刑事課のフロアに寄らせてもらいます」

「こっちも一緒に行こう。おたくら二人で面通《めんとお》し室《しつ》に入ってて文珠に気づかれたら、何か文句を言われそうだからな」

日高警部が肩を竦《すく》め、先に歩きだした。

風見たち三人はエレベーター乗り場に向かい、三階に下《くだ》った。刑事課に入り、取調室1に隣接している面通し室に急ぐ。

面通し室は、警察関係者に〝覗き部屋〟と呼ばれている小部屋だ。マジック・ミラー越しに取調室が透《す》けて見える。二畳ほどのスペースだった。

風見たちは横一列に並んだ。

灰色のスチール・デスクを挟んで、クラブのＤＪと文珠警部が向かい合っている。二人とも横向きだ。

峰岸は、右側のパイプ椅子に腰かけていた。前手錠を掛けられているが、腰縄は回されていない。

文珠は腕組みをして、峰岸を睨《ね》めつけている。記録係は、文珠の部下だ。貫井《ぬくい》という姓で、三十二、三の巡査部長だった。

「おまえが正直に自白《ウタ》ってくれたら、マリファナ煙草を所持してたことは不問にしてやるよ」

文珠がＤＪに言った。

「しつこいね、おっさん！」

「おっさんだと⁉」

「青年じゃねえだろうがっ。西麻布の『レジェンド』ってショットバーで、毎晩のように亜未と顔を合わせてるよ。けどさ、結城とかいう元俳優を殺《や》ってくれなんて絶対に頼まれてない。おれはアーティストなんだぜ。殺し屋じゃねえよ」

「峰岸、もう観念しろ。おまえと庄司亜未のひそひそ話を横で聞いてた客がいたんだよ。バーテンダーは、おまえらの密談は耳にしてないと証言したそうだがな。その客が本庁捜査一課に情報を寄せてくれたんだ」

「その話は、さっき聞いたよ。情報提供者は、自分がどこの誰か名乗ったのかい？」

「身分は明かさなかったそうだが、いたずら電話じゃなさそうだったらしいんだ。情報提供者は事情聴取を受けることを煩《わずら》わしいと思ったんだろう。だから、名乗らなかったにちがいない」

「匿名の密告をそのまま真に受けたわけ⁉　信じらんないね。そんな情報に惑《まど》わされてるようじゃ、日本の警察は最低《ナンバーテン》だよ」

「マリファナ煙草を吹かしてるチンケな野郎が偉そうなことを言うな。どうせなら、覚醒《シャ》剤《ブ》ぐらいやれ！」

「押収品の覚醒剤《スピード》を只《ただ》で回してくれるんだったら、ドラッグに手を出してもいいぜ。回してくれるのかよ。え？」

峰岸が挑発した。文珠が額に青筋を立て、右の拳《こぶし》で机の板面を叩いた。

「九月十四日の夜、おまえはどこにいた？」

「その日、結城って奴が殺されたわけか。アリバイ調べってやつだね？」

「質問に答えろ！」

「記憶が曖昧《あいまい》だけど、その晩は神宮前《じんぐうまえ》の自宅マンションにずっといたと思うよ。仕事はオフだったからさ」

「ひとりでいたのか？」

「ああ、そうだよ」

「アリバイはないわけだな」

「だからって、おれを人殺し扱いするんじゃねえっ」

「ほざくな、小僧！　殺しの報酬はいくらだったんだ？　三百万ぐらい貰って、亜未と一発やったんじゃないのか？　大型ナイフは、どこで手に入れた？」

「ばかばかしくて答える気にもなれねえな」

峰岸が目を閉じた。文珠が舌打ちして、ハイライトをくわえた。

「峰岸は本部事件に関与してたんだろうか。どう思う？」

日高が風見に問いかけてきた。

「シロでしょうね。DJは一回も視線を外さなかった。文珠警部を憎々しげに睨んでましたでしょ？」

「ああ、そうだったね。密告電話は虚偽情報《ガセネタ》だったんだろうか」

「そう思ったほうがよさそうですね。密告者は公衆電話を利用したんでしょ？」

「そう聞いてる」

「そこまではわかりますが、声までボイス・チェンジャーで加工してたのはおかしいな。故意に偽情報を流したかったんでしょう、密告者は」

「そう考えるべきかもしれないね」

「庄司亜未は、殺人教唆《きょうさ》を強く否認しつづけてるんでしょ？」

「そうなんだ。亜未を快く思ってない人間が、密告電話で彼女を陥《おとし》いれようとしたのかな？」

「ええ、多分ね。峰岸を大麻所持で書類送検したほうがいいと思うな」

「あとで文珠にそう言ってみよう。ところで、特命遊撃班は何か有力な手がかりを摑んだのかな？」

「残念ながら、大きな進展はないですね。被害者の結城が何か裏で後ろ暗いことをしてたという感触は得たんですが、まだ具体的な証拠は掴んでないんですよ」

「そう。我々も結城が便利屋以外に何か危《ヤバ》いことをして荒稼ぎしてたとは読んでるんだが、肝心の裏仕事が何なのか透けてこないんだよ。家賃の高いマンションに住んで外車を乗り回してたわけだから、かなり稼いでたはずだ。色男だから、女実業家たちのベッド・パートナーを務《つと》めて、高額の謝礼を受け取ってたのかな。それで、客のひとりが被害者を独占しようと高条件を出した」

「しかし、結城は相手の言いなりにはならなかった？」

「そうなんじゃないのかな。相手の金持ち女は、病的なほどプライドが高かった。俳優崩れの便利屋風情《ふぜい》に断られたことでひどく傷ついて……」

「殺し屋《プロ》か誰かに結城圭輔を始末させたんじゃないのか。日高さんは、そんなふうに推測したんですね？」

「そうなんだが、見当外れの読みかな？」

「さあ、どうなんですかね。日高さん、どうもお邪魔しました。おれたちは、これで引き揚げます」

　風見は目顔で相棒を促《うなが》し、面通し室を出た。すぐに橋爪が従《つ》いてくる。

　二人はエレベーターで地下駐車場に下った。

ケージを出ると、橋爪が口を開いた。

「捜査本部は、結城が〝別れさせ屋〟を裏仕事にしてたことをまだ知らないんすね？」

「そうだな。日高さんはおれたちに敵意を持ってるわけじゃないから、被害者の裏収入のことを教えてやりたくなったよ。しかし、五係の文珠係長のことを考えると……」

「まだ手がかりを提供したくないって気持ちになるっすよね？　文珠警部は、うちのチームに世話になってきたくせに、感謝することもなく、目の敵《かたき》にしてるからな」

「そうなんだよ。自分でも器《うつわ》が小さいとは思うが、文珠に楽をさせてたまるかという気持ちになってしまうんだ。おれも小物《こもの》だね」

「風見さんは点数稼ぎたくて、情報を出し惜しみしてるわけじゃないんすから、そんなふうに考えることはないっすよ」

「そうかな」

「自分らは別に聖人君子じゃないんすから、何もかもフェアにやることはないっすよ。正規捜査員たちの職務を妨害したことはないんすから、アンフェアとは言えないと思うな。それに、きょうか明日には捜査本部が『下目黒コーポ』の一〇五号室に隠されてるスポーツバッグを押収することになるでしょう。それで、結城が〝別れさせ屋〟をやってただけではなく、妻か愛人と別れた男たちから口止め料を脅《おど》し取ってたことも知るでしょう」

「だろうな。優等生ぶることはないか」

「ええ。風見さん、一応、また庄司亜未の自宅に行ってみます？」

「その必要はないだろう。亜未は峰岸に結城を始末してくれと頼んだりしてないと強く言ってるという話だったからな。彼女も峰岸もシロさ」

「でしょうね」

「橋爪、亜未のパトロンだった友部にちょっと揺さぶりをかけてみよう」

風見は言った。

「密告電話をかけたのは、友部だと見てるんすか？」

「そこまで疑ってるわけじゃないんだ。ただ、友部が結城を使って愛人の庄司亜未とうまく縁を切った事実を恐喝材料にされて、第三者を迂回《うかい》して口止め料を元俳優の指定口座に振り込んでたとしたら、殺人動機はあるよな。金には不自由してない者も、愛人と汚い方法で別れたことを種《ネタ》にされて、際限《さいげん》なく強請《ゆす》られてたとしたらさ、脅迫者を闇に葬りたくなるんじゃないのか？」

「そうでしょうね。友部の会社は西新宿六丁目にあるはずっす。行きましょう」

相棒がスカイラインに走り寄り、運転席に入った。風見は大股で歩き、覆面パトカーの助手席に乗り込んだ。

橋爪が車を発進させた。

スカイラインは明治《めいじ》通りをたどり、新宿五丁目交差点を左折した。靖国《やすくに》通りを直進し、新宿署の先をまた左に折れた。急成長したＩＴ関連企業の本社ビルは、東京医大病院の斜め裏にあった。新宿国際ビルのすぐそばだった。

斬新《ざんしん》なデザインの十八階建てだ。橋爪が本社ビルの前で、スカイラインをガードレールに寄せる。

風見たちは車を降り、一階の受付に歩《ほ》を進めた。橋爪が身分を告げ、トップの友部との面会を求めた。

「失礼ですが、アポイントメントはお取りでしょうか？」

「いいえ、アポなしです」

「それでしたら、お取り次ぎはできません」

受付嬢は笑顔を崩さなかったが、口調は冷ややかだった。橋爪が困惑顔を向けてくる。

「ある殺人事件のことで緊急に事情聴取しなければならないんだ。とにかく、社長室に内線電話をかけてくれないか。頼みます」

風見は頭を下げた。

「そうおっしゃられても、困るんです。アポのない方はお取り次ぎできない規則になっているものですから」

「そこのところを何とか……」

「申し訳ございませんが、お引き取りください。ごめんなさい」

受付嬢が深く頭を垂れた。

風見は受付カウンターの中を覗き込んだ。受付嬢の前には、各部署の内線番号が記《しる》されたシートがあった。社長室は0《ゼロ》だった。

「ちょっと借りるよ」

風見はクリーム色の内線電話機を摑み上げ、カウンターから数メートル離れた。

受付嬢が焦《あせ》って、椅子から立ち上がった。橋爪が心得顔で、受付嬢を押し留《とど》める。

「きみが叱られないようにするから」

「困ります。すぐに内線電話機を返してください。わたし、この会社には派遣されてる受付係なんです。仕事でミスをしたら、登録から外されちゃうわ」

「きみが失職したら、自分の嫁さんになればいいさ」

「ふざけたことを言わないで。わたしには、三年越しの彼氏がいます」

「そうだろうな。どんな彼氏なの？」

「そんなことより、早く電話を返して！」

受付嬢が叫んだ。相棒の時間稼ぎも限界だろう。

風見は受付嬢に目で詫びて、内線電話機の受話器を持ち上げた。数字キーを押すと、ツウコールで社長室につながった。

「わたしだが……」

「友部さんですね？」

「そうだが、きみは誰なんだ⁉」

「警視庁捜査一課の風見といいます。友部さんは、アンフェアな方法で愛人だった庄司亜未さんと別れましたね？」

「えっ」

「ほら、〝別れさせ屋〟の結城圭輔を使って、わざと亜未さんを寝盗《ねと》らせたでしょ？」

「おたくは偽刑事だな。恐喝屋なんだろ？」

「いいえ、正真正銘の警視庁の刑事ですよ。社長室に通していただければ、警察手帳をお見せしましょう」

「受付で勝手に内線電話機を使ってるんだな。一一〇番するぞ」

「わたしは刑事だと申し上げたはずです」

「それじゃ、セキュリティーを任せてる警備保障会社の人間を呼ぶ」

「友部さん、わたしを社長室に通してくれないと、ダーティーなやり方で愛人をお払い箱にしたことを知り合いの週刊誌記者に喋っちゃいますよ」

「きみは悪徳刑事なんだな。いくばくかの金を寄越《よこ》せってことか。わかった。社長室は最上階にある。こっちに上がってきてくれ」

友部が乱暴に電話を切った。風見は内線電話機をカウンターに置き、受付嬢に声をかけれるさ」

「勝手なことをして、悪かったね。きみには落ち度がなかったんだから、仕事はつづけられるさ」

「でも……」

「きみには迷惑かけないよ。社長にきみを咎《とが》めないでくれとよく言っておく」

「そう言われても、あなた方のことは信用できません」

受付嬢が風見と橋爪を交互に睨む。

風見たちは首を竦《すく》め、エレベーター乗り場に向かった。

最上階に上がると、二つの会議室の先に社長室があった。隣接する形で、秘書室が設けられている。出入口は別々だった。

風見は軽くノックしてから、相棒と社長室に入った。

とてつもなく広い。左右に重厚な応接セットが二組置かれ、中央奥に社長席がある。長大な両袖机だった。チーク材の特注品だろう。

「ちょっと待ってくれ。いま二百万円の預金小切手を切るから」

友部社長は机に向かったまま、顔を上げなかった。肥満体質で、地味な中年男だった。

「社長、我々は悪徳警官じゃありませんよ」

風見は友部に近づいて、警察手帳を呈示した。名乗って、相棒の姓を教える。橋爪が黙礼した。

「しかし、おたくはさっき脅迫めいたことを言ったじゃないか。小切手はくれてやるから、これっきりにしてくれ」

「ずいぶん見くびられたもんだな。アポなしで押しかけたのはマナーに反するが、どうしても友部さんに直《じか》に確かめたいことがあったんですよ。来訪の目的は、それだけです。口止め料をせびりに来たわけじゃないっ」

「本当かね」

友部が顔を上げた。猜疑心《さいぎしん》に満ちた表情だった。

「いくつか質問しますが、正直に答えてほしいんです。あなたは元俳優の結城圭輔に意図的に愛人の亜未さんを口説かせ、情事の録音音声を手に入れ、うっとうしくなった彼女をお払い箱にしましたね。手切れ金は、わずか百万しか払わなかった。そうなんでしょ？」

「それは……」

「はっきり答えてほしいな」

「そ、そうだよ。亜未がわたしにしつこく妻と離婚して、自分を後妻にしてくれと言ってたんで、別れたくなったんだ。しかし、すんなりと別れてくれるとは思えなかった。で、亜未が浮気するよう仕組んだんだよ」

「〝別れさせ屋〟には、三百万前後の成功報酬を払ったんでしょ？」

「ああ、ＩＣレコーダーのメモリーを持ってきた結城に現金三百万円を渡してやったよ」

「そうですか。結城自身が〝別れさせ屋〞の営業をかけてきたんすか？」

橋爪が友部に問いかけた。

「いや、そうじゃなかった。塙正敏《はなわまさとし》と名乗る別の男が取引先の名を騙《かた》って、愛人とうまく別れられる方法があると売り込んできたんだよ」

「塙と自称した男は、声から察して何十代だったんす？」

「声が不明瞭だったんで、年齢はよくわからなかったよ。口の中に何か含んでたんだろうね。あるいは、ボイス・チェンジャーを使ってたのかもしれないな」

「あなたは、その後、塙とは会ってないんすか？」

「一度も会ってない。亜末と縁を切りたいと告げると、塙と称した男は結城をここに出向かせたんだよ。そのとき、わたしは亜末のスナップ写真を何枚か結城に渡して、彼女の個人情報を教えてやったんだ。三週間ほど経《た》ったころ、結城から事がうまく運んだという連絡があったんだよ。そして、淫らな音声と引き換えに〝別れさせ屋〞に三百万を渡してやったわけさ」

「それで終わりじゃないですよね？」

風見は、橋爪よりも先に言った。友部が落ち着きを失って、目を泳がせた。

「友部さん、結城はあなたがあくどい方法で愛人の亜末さんを棄《す》てたことを表沙汰にされたくなかったら、それなりの口止め料を払えと脅迫してきたんでしょ？」

風見は相手の顔を正視した。

「そうだが、わたしは脅迫には屈《くっ》しなかったよ」

「友部さん、そうじゃないでしょ！　我々は恐喝の証拠をもう握ってるんですよ」

「えっ、そうなの⁉　だったら、空とぼけても意味ないな。わたしはゴルフ仲間に一千万円を渡して、結城が指定してきた口座に振り込んでもらったんだ」

「その口座は他人名義だったんでしょ、結城のものではなくて」

「ああ、大久保丈幸《おおくぼたけゆき》という名義だったよ」

友部が明かした。スポーツバッグの中にあった七通の預金通帳の中に同名義のものがあった。友部の供述は事実だろう。

「友部さんが一千万円の口止め料をすんなり出したことに結城は味を占《し》め、その後も金を毟《むし》ろうとしたんでしょうね。一生、たかられることになったら、たまったもんじゃない。あなたはそう考え、誰かに結城を片づけさせたんじゃないんですか？　そして、もしかしたら、警視庁捜査一課に密告電話をかけ、庄司亜未が結城を逆恨《さかうら》みして知り合いのクラブＤＪに刺殺させたと偽の情報を流したのかもしれませんね」

風見は揺さぶりをかけてみた。

「な、何を言いだすんだ⁉　結城に一千万円を脅し取られたが、その後はまったく無心なんかされなかった」

「本当なんですね？」

「ああ。あと四、五百万はせびられるかもしれないと半《なか》ば覚悟してたんだが、結城は追加の要求はしてこなかったんだ。嘘じゃない。結城の力を借りて、妻か愛人と上手に別れた男たちはたくさんいるようだったから、金をせびる相手には不自由しなかったんだろう。だから、わたしにも一度しか口止め料を要求しなかったんだろう」

「結城は、なぜ金を欲しがったんでしょうね。元俳優は何か洩らしてませんでした？」

「具体的なことは言わなかったね。しかし、夢の欠片《かけら》は棄てられないとか何とか呟いてたよ。よく意味がわからなかったが、わざわざ詮索《せんさく》する気は起きなかったがね」

「そうですか」

「わたしはね、いろんなビジネスを展開していきたいと事業プランを練ってるんだよ。結城に一千万円を脅し取られたことは愉快なことじゃないが、たいした金額じゃない。銀座の高級クラブで一晩二千万遣《つか》うことは珍しくないからね。一千万ぐらい毟られたからって、人殺しをする気にはならんさ」

「金持ちは言うことが違うな、我々とは。聞いてるうちに、だんだん腹が立ってきましたよ」

「そうかね。この小切手、あげるよ」

友部が言った。

「こっちは強請屋でも物乞《ものご》いでもない！」

「そう言わずに持っていきなさいよ。金はいくらあっても、邪魔にはならないじゃないか」

「あんたみたいな人間は好きになれないな。それはそうと、受付嬢を咎めたりしたら、あなたのスキャンダルを週刊誌記者に流す。わかったなっ」

風見は言い捨て、友部に背を向けた。すぐに若い相棒も踵《きびす》を返した。

3

ビル風《かぜ》が強い。

風見は身を屈《かが》めながら、スカイラインの助手席に腰を沈めた。橋爪がエンジンを始動させ、声を弾ませた。

「友部が結城に一千万の口止め料を払ったことをあっさりと喋るとは思いませんでしたよ。風見さんの揺さぶり方が上手だったんすね」

「成功者たちは案外、気が小さいもんだよ。痛いとこや弱点を衝《つ》かれると、たちまち気弱になる」

「そうみたいっすね。でも、これで結城が卑劣な手で妻か愛人と別れた男たちを強請ってたことがはっきりしたわけか」

「そうだな。『下目黒コーポ』の一〇五号室の押入れに隠されてた七通の他人名義の預金通帳に振り込まれてた五百万から一千万円の金は、口止め料に間違いないだろう」

「ええ。結城は金の亡者《もうじゃ》だったみたいっすね。〝別れさせ屋〟の仕事で依頼人たちから三百万前後の謝礼を貰ってたのに、さらに相手を強請ってたんすから、結城は相当な悪党だったんだな。どうしてそんなに金銭に執着してたのか。自分、それがわからないっすね」

「友部の言葉を忘れちまったのか。被害者《ガイシャ》は、夢の欠片は棄てられないという意味のことを呟いてたという話だったろ？」

「ええ、そうでしたね。結城は二十代のころに青春映画の主演に抜擢されて脚光を浴びた華やかな思い出が忘れられなくて、自分で劇場映画を製作したくなったんでしょうか。それで、自分自身が主演し、監督も務める気でいたんすかね？」

「そうなんだろうか。映画のことはよくわからないが、単館系上映作品でも、製作費は一億円は必要なんだろうな」

「そうでしょう。Ｖシネマ全盛のころ、製作費が五、六千万円はかかるって話を大学の先輩から聞いたことがあるっすから。その先輩はＶシネマの助監督をやってたんすよ。でも、転職して、いまは禅僧になってます。俗世間に背を向けたくなるような厭なことがあったんだろうな」

「そうかもしれない」

「あっ、すみません！　話を脱線させかけてるっすね」

「いいさ、気にするな。結城は役者として復活したいと考えてたんだろうか」

風見は唸《うな》った。

「違うっすかね？」

「ジャンルにもよるだろうが、主役を張るには少しばかり年齢《とし》を喰いすぎたんじゃないのか。結城は三十八だったわけだからさ」

「青春映画の主演男優は無理っすよね。けど、大人向けのムービーなら、主役を演じられるでしょ？」

「そうだな。一発屋で終わった俳優の見果てぬ夢というと、ほかにどんなことが考えられる？」

「結城は映画製作費を捻出したかったんじゃなく、解散した劇団を再結成して、世話になった植草仁の遺志を継いで、自前の常設劇場を持ちたいと考えてましたよね？」

「『青い麦の会』を復活させるのは、さほど難しいことじゃないだろう。しかし、常設劇場を建設するとなると、用地代を含めて何億円か必要だろうな」

「でしょうね」

「それも考えられないことじゃないが、結城が芝居と縁が切れてから、十四年以上も経《た》ってる。劇団主宰者の恩義に報《むく》いたいと本気で結城が思ってたとしたら、もっと早い時期に植草の遺志を継ぎたいと考えて……」

「動きだしてそうっすね？」

「そうだと思うよ」

「風見さん、殺された被害者は何か別のことを考えてたんでしょうか？」

　橋爪が問いかけてきた。

「結城は三年ほど前に便利屋を開業するまで雑多な仕事をやって、おそらく余裕のない暮らしをしてきたんだろう」

「そう思うっすね」

「短い間だったが、結城は一度、栄光に輝いたことがある。スターだった自分が落ちぶれたままで人生を終わるのは惨《みじ》めすぎる。結城は何らかの形で、人々に羨望《せんぼう》されて、憧れの存在になりたいと切望してたんじゃないだろうか」

「それ、考えられるっすね。一度であっても、二十代前半でスポットライトを浴び、注目の的《まと》になってますから。でも、ブランクが長すぎたんで、映画界にカムバックすることはできなかったんでしょう」

「それに、醜聞《スキャンダル》でイメージが崩れたからな」

「ええ。結城は何かベンチャービジネスを興《おこ》す気でいたんじゃないっすか。ゲームソフトかアプリ開発事業とか、バイオ関連のニュービジネスとかね」

「役者崩れがベンチャービジネスに挑戦する気になるだろうか」

「そう言われると、ちょっと無理そうだな。飲食店経営か、格安英語学校を開くつもりだったんすかね?」

「格安英語学校?」

風見は訊き返した。

「日本人がフィリピンやフィジーにホームスティ型のエコノミーな英会話スクールを開いて、大成功したらしいんすよね。英米はもちろん、オーストラリアやニュージーランドの語学学校の五分の一ぐらいの費用で、数カ月もあれば、英語が喋れるようになるらしいんす」

「教えてるのは現地の人だけじゃなく、英語圏で育った者もいるのか?」

「そうなんですよ。旅費や滞在費込みで三、四十万円あれば、日常的な英会話をマスターできるという話っすから、これからはもっと伸びるニュービジネスなんじゃないっすか?」

「そうだろうな」

「結城は、そういった新しい事業を興す気でいたんじゃないっすか。その種のビジネスなら、開業資金は二億も用意すれば、なんとかなるでしょう。結城は〝別れさせ屋〟の依頼人数十人から、五百万から一千万の口止め料をせしめる気でいたんだろうな。ビビった相手から追加の口止め料を出させれば、わけなく二億円程度は工面できるでしょ？」

「可能だろうな、それは」

「もう結城は、目標額を脅し取ったのかもしれないっすよ。それはそれとして、友部の話によると、〝別れさせ屋〟の売り込みをしてたのは、塙正敏と名乗った男だったそうじゃないですか。いったい何者なんすかね？」

「その正体不明の男は、依頼人と直《じか》に接触することを避けてたようだから、悪知恵が発達してるようだな」

「そうっすね。依頼人と接触してたのは、結城だけっすから。何かトラブルが発生しても、自称塙正敏が矢面《やおもて》に立たされることはないわけだ」

「そうだな。おそらく裏仕事を仕切ってたのは、塙と称してる奴なんだろう。結城は共犯者というより、駒《こま》にすぎなかったのかもしれないぞ」

「そうだとしたら、結城は〝別れさせ屋〟の報酬の三百万円前後のうち半分ぐらいを塙にピンはねされてたんじゃないっすか。いや、三分の二程度を持っていかれてたとも考えられるっすよ」

「そうだったとしたら、結城の取り分は一件に就き百万円そこそこか。それじゃ、分け前が少ないと不満を覚えそうだな」

「そうっすよね」

「橋爪、結城は自分の取り分が少ないんで、依頼人の男たちにつけ込み、五百万から一千万の口止め料を脅し取ってたんじゃないか」

「ええ、考えられるっすね。塙は、結城が自分に内緒で恐喝を働いてることを知ったのかもしれませんよ。それで、結城を強く窘《たしな》めた」

「だが、結城は強請《ゆすり》をいっこうにやめようとしなかった？」

「ええ。で、塙は怒って結城を殺害したんじゃないんすか？　女か、性的異常者の犯行に見せかけてね」

橋爪が自分の推測を語った。自信ありげな口ぶりだった。

「激昂《げっこう》して結城を殺《や》ってしまったら、人妻や愛人を巧《たく》みに口説く〝別れさせ屋〟を失うことになるぜ」

「売れない役者とか男性モデルを新《あら》たに雇って、塙正敏は同じ裏仕事をつづけてるんでしょう。楽して手っ取り早く稼ぎたいと思ってるイケメンなんて、たくさんいるでしょうからね」

「しかし、口の堅い奴じゃなければ、自称塙は安心できないはずだよ。気心の知れた人間じゃなけりゃ、いつ自分の寝首を掻《か》かれるかわからないからな」

「そうですね」

「塙と名乗ってる謎の人物が簡単に〝別れさせ屋〟の結城を殺害したとは思えないな。もしも本部事件の犯人《タマ》が塙正敏だったら、殺害動機は何か別のことだと思うよ」

「そうっすかね。塙と結城は前々からの知り合いだとしたら、被害者《ガイシャ》の母親から何か聞き出せるかもしれないっすよ」

「おまえ、少しずつ頼りになるようになってきたな」

風見は相棒を誉《ほ》め、上着の内ポケットから捜査用の携帯電話を取り出した。

すぐに結城の実家に電話をする。スリーコールの途中で、結城の母が受話器を取った。

「きのうお邪魔した警視庁の風見です」

「犯人が捕まったんでしょうか？」

「残念ながら、そうではないんですよ。実は、息子さんの交友関係でうかがいたいことがありましてね」

「は、はい」

「圭輔さんの友人か知り合いに、塙正敏という方はいます？」

「息子の口から、そういうお名前の方は聞いた覚えはありませんね。小学校時代の同級生に花塚裕也《はなづかゆうや》君という子がいましたけど、はないが同じだけですから、違うでしょう」

「ついでに教えてほしいんですが、劇団仲間に塙姓の方はいませんでした？」

「劇団員の名簿を圭輔に見せてもらったことがあるんですが、塙という苗字の方はいなかったと思います。断定できないのは、名簿を見せられたのは十五年も前ですんで、記憶がぼやけてるんですよ」

「ええ、そうでしょうね。息子さんは劇団時代の仲間だった樋口稔さんとはここ数年、よく会ってたらしいじゃないですか」

「はい、そう聞いてます。樋口さんは二つ下の圭輔が細々と便利屋をやってるんで、『東都リサーチ』の仕事をやらせてくれて、四万とか五万円のバイト代を日払いしてくださってたようです。息子は樋口さんに恩返しもしないうちに亡くなってしまって……」

「お母さん、圭輔さんは『青い麦の会』の主宰者だった植草仁さんにも恩義を感じてたんではありませんか？」

風見は訊《たず》ねた。

「植草先生のことは尊敬してたようです。映画にどんどん出て、出演料の半分を劇団に入れるだなんて言ってたんですけど、共演した女優さんとのことが週刊誌に書きたてられたりして、俳優生命は終わってしまったの」

「惜しいですね」

「ええ。息子は植草先生が劇団専用の劇場を作る話に感動して、自分も協力する気でいたんですよ。ですけど、植草先生が事業に失敗してしまって、奥さまと……」

「心中したんですよね？」

「そうなんですよ。圭輔は先生ご夫妻が亡くなったと知ったときは、男泣きに泣いてました。一緒にいた樋口さんも号泣してましたね」

「圭輔さんは植草さんの遺志を継いで、劇団を復活させたいと思ってたんではありませんか？」

「ええ、そうなんです。それで、できれば自前の常打《じょうう》ち小屋も建てたいと言ってました。でも、そんなお金はとうてい調達できませんでしょ？」

「そうでしょうね、一千万や二千万円では劇場は建てられないですから」

「でもね、圭輔は楽天的なことを言ってました。夢は持ちつづければ、いつか実現させられるもんだなんて……」

結城の母が涙声になった。

「かつての劇団仲間で、亡くなるまで息子さんが親しくしてたのは樋口さんだけだったんですか？」

「四年ほど前まで中堅脚本家として活躍してた湯原浩一《ゆはらこういち》さんとも仲良くしてもらってたの。湯原さんは息子よりも三つ年上で、『青い麦の会』の演出助手をされてたんですよ」

「劇団が解散して、すぐシナリオライターとして活躍しはじめたんですか？」

「いいえ、下積み時代があったんです。湯原さんはテレビのクイズ番組やバラエティー番組の構成作家で生活しながら、本格的にシナリオの勉強をしてらしたの。それで、大きなシナリオコンクールの優秀作に選ばれたんですよ」

「その後、構成作家からドラマ作家に転向したんですね？」

「そうなの。湯原さんはたちまち売れっ子になって、映画、テレビドラマ、ラジオドラマ、舞台の脚本を書くようになったんです。でもね、ある民放のオリジナル推理ドラマで若手ミステリー作家の作品のトリックをそのまま盗用して、表舞台から消えてしまったんですよ。湯原さんは友人や知人とも連絡を絶《た》って、そのころから息子とつき合いがなくなったんです。湯原さんも、『青い麦の会』を復活させたがってたようなんですけどね」

「そうですか。突然、電話で失礼しました」

風見は通話を切り上げ、橋爪に電話での遣《や》り取《と》りを手短に話した。

「結城圭輔は植草仁の遺志を継ぎたくて、恐喝をやってたんすかね？」

「まだ何とも言えないな」

「そうっすよね」

相棒が口を結んだ。

それから間もなく、成島班長から風見に電話がかかってきた。

「岩尾君から報告が上がってきたんだが、被害者が持ってた他人名義の口座に口止め料と思われる金を振り込んだ者たち三人を問い詰めたところ、それぞれが知人に頼まれて代理で三百万、四百万、五百万を振り込んだことを明かして、知人の氏名と連絡先を教えてくれたそうだ。そのうちの二人は結城に妻を誘惑してもらって、離縁したらしい。残りのひとりは、飽《あ》きのきた愛人をお払い箱にしたくて、〝別れさせ屋〟を雇ったようだ。三人は弱みをちらつかされて、結城に口止め料を払ったことを認めたそうだよ」

「そうですか。庄司亜未のパトロンだった友部も元俳優に一千万円を脅し取られたと供述しましたよ」

風見は詳しいことを伝えた。

「残りの三人の依頼人も、じきにわかるだろう。女房か愛人を棄《す》てた男たちの中の誰かが、結城の恐喝に腹を立てて、犯行に走ったのかもしれないぞ」

「ええ、調べてみる必要はあるでしょうね。しかし、おれは『磯繁』の店主の話がなんだか気になるんですよ」

「女好きのそっちは、上海美人の李香美《リーシャンメイ》の顔を拝みたくなったんだろ?」

「そんな不純な気持ちはありませんって」

「嘘つけ! 夜になったら、『上海租界』に行ってもいいよ。今後の作戦を練りたいから、いったん橋爪と一緒にアジトに戻ってくれ」

「了解しました」

風見は電話を切って、運転席の橋爪に行き先を指示した。すぐに覆面パトカーが低速で走りはじめた。

4

夜が待ち遠しい。

風見は煙草を喫《す》いつけて、逸《はや》る心を抑《おさ》えた。

特命遊撃班の刑事部屋である。午後五時過ぎだった。

風見はソファに腰かけていた。真横には橋爪、向こう側には成島、岩尾、佳奈の三人が並んでいる。

岩尾たちペアがアジトに戻ったのは、四時数分前だった。二人は、結城に口止め料を払った残りの三人を突き止めてからアジトに戻ってきたのである。

結城の力を借りて愛人と縁を切った男たちは揃って社会的な成功者だが、艶福家《えんぷくか》だった。そのくせ、小心者だったようだ。結城にそれぞれ七百万、八百万、一千万円の口止め料を払っていた。

捜査本部は午後三時過ぎに『下目黒コーポ』の一〇五号室を捜索し、例のスポーツバッグを押収した。

捜査班のメンバーが引き出された総額四千七百万円の行方を追いはじめたが、まだ有力な手がかりは得られていないらしい。発見された現金八百万円はその一部かどうかわからないが、捜査本部に保管されている。

「結城は他人名義の七つの口座から引き出した四千七百万円をどこに隠してあるのか。五係と八係の連中が結城の実家をくまなく検《しら》べたらしいが、札束はどこにもなかったということだった」

成島が誰にともなく言った。最初に応じたのは橋爪だった。

「犯罪絡みの金っすから、実家に隠しておくはずないっすよ」

「橋爪、少しも改まってないな」

「はあ？」

「その学生っぽい喋り方だよ」

「あっ、すみません！　気をつけるっす。いいえ、気をつけます」

「おれやチームの仲間と会話するときは、それでもいいさ。橋爪の個性といえば、個性だからな。しかしな、聞き込み先ではきちんと喋れよ」

「はい」

「おれの倅《せがれ》も、橋爪と似たような口を利《き》く。何度も注意したんだが、ちっとも改めようとしない。けど、外で年上の人間と会話するときは敬語を使ってるようだから、ま、いいだろう」

「自分も、そう……思います」

「いつもの軽い口調をなんとかストップさせたな。話を戻すが、結城はせしめた口止め料をどこに隠したと思う？」

「ちょっと考えてみます。劇団仲間だった樋口氏とはここ数年よく会ってたわけだから……」

「それは考えられないいんじゃない？」

佳奈が橋爪に言った。

「どうしてっすか？」

「結城は月に何回か『東都リサーチ』で浮気調査の手伝いをして、日当四万か五万を貰ってたのよ。そんな彼が樋口さんに四千七百万円もの大金を預けたら、当然、怪しまれるでしょ？」

「そっか。シナリオライターだった湯原にしても四年も前から音信不通だって話だから、大金を預けようがないですよね？」

「ええ」

「結城は、入れ揚げてた『上海租界』のナンバーワン・ホステスに四千七百万円をそっくり預けたのかもしれないぞ」

「風見さんはもっともらしいことを言ってるけど、早く李香美《リーシャンメイ》とかいう美女に会いたいだけなんじゃない？」

「くそっ！　八神にはお見通しだったか。いまのは冗談だよ。その可能性はなくもないと思うんだ。結城は香美《シャンメイ》に金には不自由してないんだとアピールしたい気持ちもあっただろうし、預け先としても安心だと判断したんじゃないか」

「安心ですかね？」

「異論を聞こうじゃないか」

風見は先を促《うなが》した。

「李香美《リーシャンメイ》さんは真面目な方でも、実の兄さんは上海マフィアの一員だったんでしょ？」

「結城がよく通ってた『磯繁』の大将は、そう言ってたな」

「その兄貴が、妹が大金を預かってると知ったら……」

「現金《ゲンナマ》をこっそり盗むかもしれない？」

「不良中国人なら、そのぐらいのことはやるんじゃないかしら？」

「わたしも、そう思うね」

岩尾が佳奈に同調した。

「確かに富偉《フーウェイ》という兄貴なら、妹が預かった金をかっぱらいそうだな。李富偉《リーフーウェイ》は組織から追放されたあと、ゴーラムホセイン・ミーラニーというイラン人の悪党《ワル》と暴力団の息のかかったぼったくりバーや秘密カジノの売上金を強奪してるらしいですからね」

「風見君、結城圭輔は香美《シャンメイ》というホステスに預けた四千七百万円を富偉《フーウェイ》が盗《ギ》ったことを知って、大金を取り戻そうとしたんじゃないだろうか。しかし、逆に李富偉《リーフーウェイ》に殺《や》られてしまったのかもしれない」

「そうなんだろうか」

「風見、これで堂々と『上海租界』に行けるじゃないか」

成島が冷やかした。

「そうですね」

「香美《シャンメイ》に探りを入れるのはいいが、個人的な好奇心をあまり膨らますのは……」

「わかってますよ。それじゃ、どこかで夕飯を喰《く》って、橋爪と早目に『上海租界』に入るか」

風見はソファから立ち上がった。橋爪も腰を上げる。

二人は小部屋を出て、エレベーターで地下三階の車庫に下《くだ》った。スカイラインで、新宿に向かう。

新宿に着いたのは、六時ごろだった。

『上海租界』は、区役所通りと花道《はなみち》通りがクロスする交差点の近くの飲食店ビルの三階にある。

風見たちは鬼王《きおう》神社の並びにあるトンカツ屋で食事をして、近くのバッティング・センターで時間を潰《つぶ》した。

目的の中国クラブに入ったのは、八時過ぎだった。

開店して間がないせいか、風見たちは口開けの客になった。チャイナドレスをまとった十四、五人のホステスが隅のボックス席で待機している。

いずれも若くて、容姿は整っていた。ただ、化粧が濃すぎる。垢抜《あかぬ》けない。

風見たちは黒服の男に案内されて、奥まった席に落ち着いた。

「スコッチのハーフ・ボトルとオードブルを適当に見繕《みつくろ》ってくれないか」

「どなたかご指名は？」

黒服の男の日本語は滑らかだった。

「香美《シャンメイ》さんの顔を拝みに来たんだよ。ナンバーワンの彼女は、女優みたいだと友人が言ってたんでさ」

「そのお友達の方は、当方をごひいきにしてくださっているのでしょうか？」

「結城圭輔だよ、友達というのは。九月十四日に渋谷で刺し殺されてしまったがね」

「その事件をテレビ・ニュースで知って、わたし、思わず涙ぐんでしまいました。結城さんは来店されるたびに、わたしたち男の従業員にチップをくださっていたんです」

「そう。結城は気前のいい奴だったからな。香美《シャンメイ》さんと仲のいい娘《こ》をひとり席につけてくれないか」

風見は言って、脚を組んだ。黒服の男が恭《うやうや》しく腰を折ってから、ゆっくりと遠ざかっていった。

少し待つと、二人のホステスが風見たちの席にやってきた。

ひとりは香美《シャンメイ》で、もう片方は秀蓮《シウリエン》という名だった。二十二、三だろう。背が高い。深い切れ込《スリット》みから覗く脚はすんなりと長い。香美《シャンメイ》よりも、身長は七、八センチ高いだろう。

秀蓮《シウリエン》が橋爪の向こう側に浅く腰かけた。香美《シャンメイ》は、風見の左隣に坐った。風見と橋爪の間だ。甘い香水の匂いが鼻腔《びこう》をくすぐる。

「どちらも日本語が達者だね。日本《こっち》に来て長いのかな?」

風見は香美《シャンメイ》に訊《たず》ねた。

「わたしは四年半ぐらい前に来日しました。秀蓮《シウリエン》ちゃんは、日本に来て三年経《た》ってます」

「そう。この店は、日本人の客が多いんだろう?」

「ええ、そうですね。たまに中国人の観光客が寄ってくれますけど。結城さんのお友達はどちらですか?」

「おれだよ。十五年ぐらい前に、結城の主演映画に脇役で出たんだ」

「あなたも俳優さんだったんですか。道理でハンサムだと思いました」

「マスクは、結城のほうがずっと上だよ。だけど、女関係のスキャンダルで彼は結局、一発屋で終わってしまった。さぞや悔しかっただろうな。こっちは遊び半分で出演しただけだから、すんなりと売れない役者稼業に見切りをつけられた。だけど、結城は『青い麦の会』という劇団に所属して芝居の勉強をしてたから、夢を諦《あきら》めるのに時間がかかったはずだよ」

「だと思います」

香美《シャンメイ》が短い返事をした。ボーイが酒とオードブルを運んできたからだろう。

「水割りを頼む」

風見は秀蓮《シウリエン》に言った。秀蓮《シウリエン》が馴《な》れた手つきで二人分のウイスキーの水割りをこしらえた。

「好きなカクテルでも飲んでくれよ」

風見はホステスたちに言った。

香美《シャンメイ》と秀蓮《シウリエン》がカクテル名をボーイに告げる。どちらも馴染《なじ》みがなかった。店のオリジナル・カクテルなのだろう。

「お先に……」

風見はホステスたちに断って、橋爪と軽くグラスを合わせた。ひと口啜《すす》ったとき、秀《シウ》蓮《リエン》がかたわらの橋爪に話しかけた。

「お二人とも、普通のサラリーマンではない感じですね。どんな仕事をされてるんですか？」

「おれたちは、人さらいだよ」

風見は、相棒よりも先に答えた。

「人さらい？」

「そう。人身売買組織で働いてるんだ、どっちもね。若い女を引っさらって、タイの闇病院に売り飛ばしてるんだ。その娘《こ》たちは最初に卵子を抜き取られてる」

「えっ、卵子ですか⁉」

「うん。タイには、卵子提供をビジネスにしてる会社がいくつもあるんだよ。売り飛ばした女たちはその後、全身麻酔をかけられて、すべての臓器を抜き取られてるんだ。心臓、肝臓、腎臓なんかは闇で移植手術をしてる病院に引き取られてる」

「お客さんたちは、悪人なんですか⁉　そんなふうには見えませんけど」

「ばかね、秀蓮《シウリエン》ちゃん。冗談に決まってるでしょ」

香美《シャンメイ》が同僚に言って、おかしそうに笑った。

そのすぐあと、二つのカクテルが届けられた。四人は改めて乾杯した。

「よかったら、オードブルもつついてくれよ」

「ありがとうございます。わたし、結城さんにはとってもよくしてもらってたんです」

香美《シャンメイ》が急にしんみりとした口調になった。風見は、話を合わせることにした。

「結城はきみにぞっこんだったんで、よくのろけてたよ。彼、香美《シャンメイ》さんに本気でプロポーズする気だったが……」

「先々月、プロポーズされたんです。でも、わたしは彼の求愛に応《こた》えることができませんでした」

「中国に彼氏がいたのか」

「いいえ、そうではないんです。将来を誓い合った男性なんかいません。でも、わたしには障害があるんです」

「何か重い疾患《しっかん》があるのかな？」

「いいえ、体は健康そのものです。問題は四つ上の兄なんです。富偉《フーウェイ》という名なんですけど、遊び好きで悪いグループに入ってたんです」

「新宿を根城《ねじろ》にしてる上海マフィアの一員だったのかな？」

「兄が属してたグループをそう呼ぶ人たちもいますね。わたしの兄は掟を破って、グループにいられなくなったんです。でも、中国に戻ったら、警察に捕まってしまいます。向こうで、いろいろ悪いことをしてたんですよ」

香美《シャンメイ》が身内の恥を晒《さら》した。風見はそのことを訝しく思ったが、黙って聞き役に回った。

「わたし、兄に日本で真面目に働いてと数え切れないぐらいに頼みました。でも、怠《なま》け者の兄はわたしの稼ぎを当てにして、ずっと遊び暮らしてたんです。わたしは我慢できなくなって、兄妹《きょうだい》の縁を切ると言ってやりました」

「そうしたら？」

「兄はショックを受けた様子でした。そして、仕事を探すと約束してくれました。だけど、それは嘘でした。兄はゴーラムホセイン・ミーラニーという不良イラン人と組んで、暴力団が関連してるキャッチバーや秘密カジノに押し入って、売上金を強奪したんです。居合わせた従業員や客をピストルで威嚇《いかく》してね。そういう兄は大嫌いですし、軽蔑もしてます。だけど、やっぱり兄妹の縁を切ることはできませんでした」

「そうだろうな」

「できることなら、わたし、結城さんと夫婦になりたかったですね。だけど、いつか兄は彼に迷惑をかけるにちがいありません。だから、結城さんのプロポーズを断ってしまったんです」

「そうだったのか」

「でも、結城さんが若くして亡《な》くなるとわかってたら、短い間でも彼と一緒にいてあげたかったわ」

香美《シャンメイ》が声を詰まらせ、下を向いた。懸命に涙を堪《こら》えている様子だ。

秀蓮《シウリエン》が困惑顔で、黒服の男に視線を向けた。風見は黙って首を横に振った。秀蓮《シウリエン》が顎を小さく引いた。

「雰囲気を壊してしまって、ごめんなさい」

香美《シャンメイ》が同席している三人に謝った。風見は、香美《シャンメイ》の肩に軽く手を当てた。

「気にするなよ、おれたちのことは」

「ええ、でも……」

「結城という方は、なんで殺されることになったんすかね？」

橋爪が誘い水を撒《ま》いた。風見はポーカーフェイスで応じた。

「なぜ結城が刺し殺されたのか、まるで見当がつかないな」

「香美《シャンメイ》さんは、何か思い当たるんじゃないかしら？」

秀蓮《シウリエン》が言った。

「わたし、兄が不良イラン人グループのリーダーと共謀して、キャッチバーや秘密カジノの売上金を強奪したことを結城さんに話したことがあるんです」

「えっ、そうなんすか⁉」

橋爪が応じる。

「もしかしたら、結城さんは兄の潜伏先を突き止めて、売上金の強奪なんかやめろと窘《たしな》めたのかもしれません。兄は悪事を知られてたことにうろたえて、共犯者のゴーラムホセイン・ミーラニーに相談したんじゃないのかな。そうだとしたら、兄と不良イラン人は秘密をバラされたくないんで、結城さんを……」

「そうなんすかね」

「兄が何らかの形で結城さんの事件に関わってるなんて思いたくはありませんけど、わたし、つい悪いほうに考えてしまうんです」

「中国の人が殺人をしたとき、相手の性器や耳を切断するケースはよくあるんすか？」

「そんな話は聞いたことありません」

「そうっすか。西アジアの男たちは憎い相手を殺害してから、肉体の一部を削《そ》ぐなんて話をどこかで聞いた記憶があるな。その話が事実なら、ゴーラムホセイン・ミーラニーというイラン人が結城さんを殺害したのかもしれないっすね」

「そうなんでしょうか」

香美《シャンメイ》が口を閉ざした。カクテルには、まだ口をつけていない。ホステスをしているが、あまり酒には強くないのだろうか。

香美《シャンメイ》に鎌をかけるのは、まだ早すぎるだろう。風見はそう思いながら、グラスを空けた。釣られる形で橋爪が水割りウイスキーを飲みかけたが、さりげなくグラスをコースターに戻した。

すでに半分ほどグラスを空けているから、すぐにスカイラインのハンドルを握れば、れっきとした飲酒運転になる。橋爪は、アルコールを控える気になったのだろう。

特命遊撃班のメンバーは、駐車違反、住居侵入、立ち小便などは理事官が揉み消してくれることになっていた。しかし、飲酒運転は大目に見てもらえない。

席に着く前に相棒にアルコールは控えろと釘をさしておくべきだった。風見は自分の迂《う》闊《かつ》さを恥じ、秀蓮《シウリエン》に声をかけた。

「うっかりしてたが、連れは車なんだよ。ソフトドリンクにチェンジしてもらえないか」

「わかりました」

秀蓮《シウリエン》が片手を高く掲《かか》げた。すぐにボーイがやってくる。秀蓮《シウリエン》がソフトドリンクを新たにオーダーした。

そのとき、店に五十年配の男が入ってきた。

香美《シャンメイ》が男に会釈《えしゃく》した。馴染みの客なのだろう。ソフトドリンクが届けられて十分ほど過ぎると、黒服の男が近づいてきた。彼はフロアに片膝を落とし、香美《シャンメイ》に何か耳打ちした。

「いつも指名してくださってるお客さまに挨拶をしたら、すぐに戻ってまいります」

香美《シャンメイ》が風見に断り、別のテーブルに移っていった。

「ヘルプの娘《こ》を呼びますね」

「いや、きみひとりでいいよ」

風見は秀蓮《シウリエン》に笑いかけた。

「いいんですか？」

「ああ。香美《シャンメイ》さんは、一日に十本以上は指名があるんだろうな?」

「ええ、店のナンバーワンですからね。それに、香美《シャンメイ》さんは五、六十代の男性に甘えることが上手なんですよ。結城さんは香美《シャンメイ》さんに夢中になってたけど、香美《シャンメイ》さんは彼のことを単なる上客のひとりだと思ってたんじゃないのかな? あっ、いけない! 同僚の陰口はママにきつく禁じられてるんですよ。わたしが口走ったこと、聞こえなかったことにしてくださいね」

「他言はしないから、もっと喋ってくれないか。結城が彼女にうまく手玉に取られてたんなら、故人がなんかかわいそうだからな」

「二人は体の関係はあったはずだけど、相思相愛の仲ってわけじゃなかったと思います。結城さんは派手にお金を遣《つか》ってくれてたんで、いいカモだったんでしょう」

秀蓮《シウリエン》が顔をしかめた。香美《シャンメイ》に対しては、好感情を持っていないのだろう。

「結城はカモにされてただけだったのか」

「香美《シャンメイ》さんは、同僚たちの客を平気で横奪《ど》りしてるんですよ。高いお酒をキープしてくれたお客さんとはホテルに行ってるから、指名本数は増えるはずです。結城さんが見えたときは、香美《シャンメイ》さんはほかの常連客なんか眼中にないような振りをしてましたけどね。多分、結城さんに何千万円も貢《みつ》がせたんでしょう」

「彼女、だいぶ金銭欲が強いんだね?」

「はっきり言っちゃえば、お金の亡者ですね。香美《シャンメイ》さんは、上海マフィアの大幹部の愛人のひとりなんですよ」

「その大幹部は、なんて名なんだい？」

「わたしから聞いたなんて絶対に言わないと約束してくれます？」

「ああ、約束するよ。だから、教えてくれないか」

「徐聖 柱《シウションチユー》という名で、四十八、九です。以前は河田町《かわだちょう》のマンションに住んでたんだけど、いまの住まいは知りません」

「香美《シャンメイ》さんは、どこに住んでるのかな？」

「北新宿三丁目にある『北新宿レジデンス』です。部屋は六〇一号室だったかな」

「そう」

「彼女は徐《シウ》という大幹部と愛人関係にありながら、最近は池袋から新宿に進出してきた福《フー》建《ジエン》グループの老板《ボス》とも密会してるって噂があるんです。それが事実なら、彼女のお兄さんは徐聖 柱《シウションチユー》に殺されるでしょうね。香美《シャンメイ》さんのお兄さんは何か不始末をして上海グループから追い出されたの。でも、殺されずに済んだのは徐《シウ》さんが庇《かば》ったからなんですって」

「上海グループと福建グループは昔から反目し合ってたんだろ？」

「ええ、犬猿の仲なんですよ。だから、徐《シウ》さんが愛人のひとりを福建マフィアの親玉に寝《ね》盗《と》られたと知ったら、きっと李《リー》兄妹を手下に始末させるでしょうね」

「福建グループのボスの名を知ってる？」

「会ったことはないけど、楊成貴《ヤンチョンクイ》って名です。五十二だったかな。香美《シャンメイ》さんは日本で稼げるだけ稼いだら、一族でカナダに移住する気でいるみたいなの。そのため、体を汚してまでお金を追い求めてるんでしょうね。わたしは、彼女みたいな生き方はできないわ。したくもないですよ」

「もしかしたら、結城は香美《シャンメイ》さんに大金を預けたかもしれないんだ」

風見は前屈みになって、低く言った。

「大金って、どのくらいなんですか？」

「五千万円弱かもしれない」

「そんな大金を香美《シャンメイ》さんが預かったら、わたしたちの誰かが気づくと思うんですけど……」

「そういう噂も耳に入ってないか」

「ええ」

秀蓮《シウリエン》がうなずいた。

店に長く留《とど》まっていたら、不審がられるだろう。いったん消えたほうがよさそうだ。

「チェックしてくれないか」

風見は秀蓮《シウリエン》に頼み、卓上の煙草とライターを一緒に摑み上げた。

第四章　不審な怪文書屋

1

見通しはよかった。

風見は暗がりに駐《と》めてあるスカイラインの助手席から、『上海租界』の入っている飲食店ビルの出入口に視線を向けていた。二十数メートルしか離れていない。

午後十一時五十分を過ぎていた。中国クラブは十分前に営業を終了している。間もなく店の従業員たちが姿を見せるだろう。

「秀蓮《シウリエン》が言ってたことが本当の話なら、李香美《リーシャンメイ》は強《したた》かな女っすね。悪女っすよ」

ステアリングを抱え込んだ橋爪が、吐息混《ま》じりに言った。

「そうだな。橋爪、もうアルコールは抜けたか？」

「ええ、大丈夫っす。もう素面《しらふ》に戻ってますよ。覆面《メン》パトの運転は任せてください。それにしても、香美《シャンメイ》はいい度胸してるっすよね。上海マフィアの大幹部の情婦《いろ》でありながら、楊《ヤン》という福建グループの親玉と密会してるらしいっすから」

「ああ、逞《たくま》しい女だな」

「ひょっとしたら、香美《シャンメイ》は結城圭輔から四千七百万円を預かってて、それを手に入れようと考え、兄貴の富偉《フーウェイ》に……」

「結城を殺《や》らせたんじゃないかって推測したわけだ?」

「そうっす。秀蓮《シウリエン》は、香美《シャンメイ》は金の亡者だと言ってたでしょ?」

「ああ。しかし、それが本当なのかどうかはわかってない」

「そうなんすけど……」

「橋爪、あんまり焦《あせ》るなよ。秀蓮《シウリエン》の話の真偽は、じきにわかるさ」

風見は若い相棒の手綱を締めた。

自分にも覚えのあることだったが、二十代のころは思い込みをなかなか捨て切れない。その結果、時には勇み足を踏んでしまう。推測の域を出ない事柄にあまり拘《こだわ》ってはいけない。風見は、そのことを経験で学んでいた。

「あっ」

橋爪が小さな声をあげた。飲食店ビルのエントランスから、『上海租界』のホステスや男性従業員が次々に出てきた。

「結城圭輔の友人だと言ったのは、嘘なんだよ。本当は警視庁の者なんだ」

「どうして彼の友達になりすましたんです？」

香美《シャンメイ》が理由を知りたがった。

「きみたち兄妹《きょうだい》が結城の事件に関与してるかもしれないと睨《にら》んだからさ」

「わたし、悪いことなんかしてません」

「ちょっと話を聞かせてくれないか」

風見は香美《シャンメイ》の片腕を摑んだ。覆面パトカーは、深夜レストランの少し先の裏通りに入っていた。

風見は脇道まで香美《シャンメイ》を歩かせ、スカイラインの後部座席に押し込んだ。すぐに香美《シャンメイ》の横に坐る。

「お店では嘘をついて、ごめんね。自分、橋爪って名前で、刑事なんすよ」

「わたし、結城さんの事件にタッチなんかしてません。本当です」

香美《シャンメイ》が橋爪に縋《すが》るような眼差《まなざ》しを向けた。橋爪が目で風見に救いを求めてきた。

「深夜レストランの個室で、月に二回ぐらい福建グループのボス楊成貴《ヤンチョンクイ》と密会してるそうじゃないか。上海マフィアの大幹部の徐聖柱《シウションチユー》の愛人でありながら、敵対してるグループの老板《ボス》にも抱かれてるんだ。たいした女だね」

風見は口を歪《ゆが》めた。

「違うんです。説明させてください。わたし、兄が不始末をしたんで、徐《シウ》さんの情婦《おんな》のひとりになるほかなかったんですよ。そうしなければ、兄の富偉《フーウェイ》はとっくに組織によって抹殺されてたでしょう」

「徐《シウ》の玩具《おもちゃ》にされることに耐えられなくなって、福建マフィアのボスに力になってもらう気になり、楊《ヤン》に体を任せたってわけか」

「いいえ、そうじゃありません。それは誤解です」

香美《シャンメイ》が抗議した。

「福建グループの親玉とは寝てないというんだな?」

「その通りです。わたしは徐《シウ》さんの命令で、上海グループの縄張りを狙ってる福建グループの動きを探《さぐ》ってきただけです。徐《シウ》さんにスパイになることを強《し》いられて、仕方なく楊《ヤン》さんに近づき、情報を集めてたんです。そうしなかったら、兄は殺されてたでしょう。わたし、嘘はついてません」

「本当だな?」

「はい。兄の富偉《フーウェイ》は、どうしようもない男です。でも、血を分けた兄なんですよ。見放したりできないの。兄を見捨てられたら、わたしは苦しみから逃れられるでしょう。好きでもない徐《シウ》さんに抱かれなくてもいいわけですからね」

「だろうな」

「だけど、兄は兄なんですよ。血縁者は他人とは違うんです。ね、そうでしょう？」

「出来の悪い兄貴を持つと、苦労させられるな。きみの話を信じよう。ところで、結城圭輔から四千七百万の現金を預からなかったかい？」

　風見は本題に入った。

「いいえ、お金なんか預かってません」

「そうか。捜査に関することは口外できないんだが、結城は恐喝で五千万円近い金を手に入れたと思われるんだ。だが、その大金のありかが不明なんだよ。結城は四千七百万のほかに、もっと大きな金を複数の人間から脅し取ってる疑いもあるんだ」

「彼は何を恐喝の材料にしたんですか？」

「その質問には答えられない。きみの兄貴は、不良イラン人のゴーラムホセイン・ミーラニーとつるんでキャッチバーや秘密カジノの売上金を強奪した。そのことをきみは結城に話したことがあるんじゃないのか？」

「それは……」

「正直に答えてくれ」

「ええ、話しました。それで結城さんと一緒に兄と会って、もう売上金強奪なんかするなと注意したんです」

「兄貴は、どう言ってた？」

「日本のやくざに命を狙われてるようだから、キャッチバーや秘密カジノを襲うのはやめようとゴーラムホセイン・ミーラニーと約束し合ったと言ってました」

「きみの兄貴と不良イラン人は、結城に悪事のことを知られてたわけだ」

「ええ、そうですね」

「きみが実の兄を警察に売る心配はないだろう。しかし、結城はまったくの他人だよな」

「あなたは、兄の富偉《フーウェイ》が結城さんを刺し殺したと疑ってるんですか!?」

「そう疑えないこともない。手を汚したのは、ゴーラムホセイン・ミーラニーなのかもしれないがね。その二人には、犯行動機がある」

「だからといって……」

「二人は結城の口を封じることを共謀して、さらに故人が隠し持ってた大金を盗んだと疑おうと思えば、疑えるんすよ」

　橋爪が話に加わった。

「兄は黒社会の人間でしたけど、そこまで心は腐ってないはずです。イラン人貴金属強盗団のリーダーは、どうだかわかりませんけど」

「でも、ぼったくりバーや秘密カジノの売上金をかっぱらった二人なら、結城が大金を隠し持ってると知った瞬間、反射的に自分らの物にしてしまおうと思うんじゃないっすか?」

「兄は、わたしと結城さんが恋仲だとわかってたんです。ろくでなしでも、実の妹の彼氏を殺そうとは考えないはずですよ。結城さんのお金と知ってたら、横奪《ど》りする気になんかならないでしょう」

「イラン人グループのリーダーなら、結城の金を奪う気になりそうだな」

「橋爪、そっちは黙っててくれ」

風見は相棒の言葉を遮《さえぎ》った。橋爪は少し不服そうだったが、すぐに口を噤《つぐ》んだ。

「きみは、兄さんの居所を知らないのか？」

風見は香美《シャンメイ》に訊いた。

「ウィークリー・マンションやビジネスホテルを転々としてるようなんですが、兄の携帯はずっと電源が切られたままなんですよ。日本の暴力団に見つかることを恐れて、しばらく新宿には近づかないようにしてるんだと思います」

「日本で暮らしてる中国人がおよそ六十八万人もいるんだ。きみの兄貴を匿《かくま》ってくれる同胞が数人はいそうだな」

「兄の知り合いが四、五十人は首都圏で暮らしてます。でも、そういう人たちは鼻摘《つま》み者の兄を敬遠してましたんで、匿ってくれる者はいないでしょう」

「ゴーラムホセイン・ミーラニーも、自宅にはいないんだろうな」

「わたし、兄の居所を知りたくて、顔見知りのイラン人男性にゴーラムホセインの消息を訊《たず》ねてみたんですよ。でも、三週間も前から新井薬師《あらいやくし》のマンションには住んでいないそうです」

「そう。きみの兄貴とゴーラムホセインは一緒に逃げて、同じ隠れ家にいる可能性もあるな」

「そうなんでしょうか」

「無駄になるかもしれないが、兄貴の携帯を鳴らしてみてくれ。それで、本人が電話に出たら、日本のやくざが店や自宅に押しかけてきて怖いと訴えてくれないか。そして、しばらく兄貴の潜伏先に匿ってほしいと言うんだ。やってくれるね？」

「刑事さんたちは、わたしの兄を売上金強奪容疑で捕まえる気なんでしょ？」

「我々は殺人犯捜査をしてるんだ。強盗や窃盗事案は守備範囲じゃないんだよ」

「それなら、すぐに兄に手錠を掛けたりはしないんですね？」

香美《シャンメイ》が確かめる口調で問いかけてきた。

「犯罪を揉み消すことはできないが、おれたちが緊急逮捕することはない」

「それなら、わたし、兄を説得して警察に出頭させます。そうすれば、少しは刑が軽くなるんですよね？」

「ああ」

風見は大きくうなずいた。

香美《シャンメイ》がバッグの中からスマートフォンを取り出し、一度だけ数字キーを押した。短縮番号を登録してあるのだろう。

コールサインが五、六度響き、意外にも通話状態になった。香美《シャンメイ》が早口の母国語で喋りはじめた。上海語にちがいない。

風見は橋爪と顔を見合わせた。予想とは違う展開になって、何か拾い物をしたような気持ちになった。

数分後、香美《シャンメイ》が電話を切った。

「兄貴の潜伏先はどこだって？」

風見は早口で訊いた。

「足立区《あだち》南千住《みなみせんじゅ》にあるマンスリー・マンションにずっと隠れてたそうです。『南千住エミネンス』の七〇一号室を日本人の知り合いに借りてもらったと言ってました」

「そうか。礼を言うよ」

「兄はわたしの嘘を真《ま》に受けて、日本のやくざの姿が消えるまで命懸けでわたしを護《まも》ってやると言ってくれました。あんな兄でも、たったひとりの妹のことは思ってくれてたんですね。わたし、なんだか嬉しくなっちゃって……」

香美《シャンメイ》が涙ぐんで、下を向いた。風見は黙って片腕を香美《シャンメイ》の肩に回した。次の瞬間、香《シャン》美《メイ》が嗚咽《おえつ》を洩らしはじめた。

「南千住に向かうっす」

橋爪が捜査車輛を走らせはじめた。深夜の幹線道路は、さすがに空《す》いていた。

『南千住エミネンス』に着いたのは、およそ三十分後だった。

表玄関はオートロック・システムにはなっていなかった。むろん、常駐の管理人の姿も見当たらない。

風見たち三人はエレベーターで七階に上がった。

「わたしが部屋のドアを開けさせればいいんですね」

香美《シャンメイ》が風見に確認してから、インターフォンを鳴らした。

風見と橋爪はドアの左右に分かれて、壁にへばりついた。ドア・スコープからは死角になる場所だった。

少し経《た》つと、ドアの向こうでスリッパの音がした。香美《シャンメイ》がドア越しに中国語で実兄に何か声をかけた。

短い応答があって、ドアが開けられた。

風見はドアを大きく押し開け、玄関に躍《おど》り込んだ。灰色のスウェットの上下に身を包んだ部屋の主が目を剝《む》き、身をのけ反《ぞ》らせた。

すかさず風見は、相手の利き腕を捉《とら》えた。

「警視庁の者だ。李富偉《リーフーウェイ》だな?」

「そ、そうね。でも、わたし、悪いことしてないよ」

李《リー》の日本語はたどたどしかった。マフィアのメンバーと過ごすことが多く、日本語が上達しなかったのだろう。

香美《シャンメイ》が母国語で、兄に何か説明した。すると、李富偉《リーフーウェイ》が風見に向かって言葉を発した。

「わたし、人殺しじゃない。妹の彼氏なんか殺さないよ。それから、結城のお金も盗んでない。嘘ないよ、本当の話ね」

「結城が殺された夜、そっちはどこにいた？」

「その晩、わたし、横浜の中華街にいた。同じ村出身の周《チョウ》 健虎《ジエンフー》と夕方から夜中まで、一緒に老酒《ラオチュウ》飲んでた。アリバイあるよ、わたしには」

「ゴーラムホセイン・ミーラニーが結城圭輔を殺《や》ったとも考えられる。不良イラン人グループのリーダーは、そっちと組んで歌舞伎町のキャッチバーや秘密カジノから売上金をかっぱらったことを結城に知られてるんだろうからな」

「それ、ないよ。結城さんは妹と一緒にわたしのとこにきて、売上金を奪うのはよくないと注意した。わたし、そのことをゴーラムホセインに一言も喋ってない。だから、あいつも結城さんの事件にはノータッチね。本当の話よ」

「かっぱらった売上金は、トータルでいくらになるんだ？」

「二千数百万ね。ゴーラムホセインと一千百三十万円ずつ分けた。わたしの取り分は、部屋の奥のキャリーケースの中ね。まだ数十万円しか遣《つか》ってない」

「共犯のイラン人は、どこに身を潜《ひそ》めてるんだ？」

「神奈川県の大和《やまと》市にゴーラムホセインの友達のアリが住んでる。彼は、アリの家にいるはずね。マンションじゃなくて、一軒家らしい。でも、わたし、住所までは知らないよ」

「明日中に自首する気がないんだったら、すぐに新宿署の刑事を呼ぶことになるぞ」

風見は言って、香美《シャンメイ》を顧《かえり》みた。

香美《シャンメイ》が自国語で兄を説得しはじめた。李富偉《リーフーウェイ》は幾度か首を振った後、考える顔つきになった。香美《シャンメイ》がなおも説得を試みる。

「わかったよ。妹の言う通りね。日本の警察はばかじゃない。わたし、逃げ切れないだろう。自首すれば、罪は少し軽くなる。妹と一緒に明日の午前中、わたし、出頭するよ」

「気が変わって、逃亡したら、もっと刑は重くなるぞ」

「わかってる。それは、中国も日本も同じね」

「今後のことは、兄妹でよく話し合うんだな」

風見は七〇一号室を出て、相棒とエレベーター乗り場に向かった。

どう動けばいいのか。

このまま捜査は迷走しつづけるのだろうか。

2

風見は一抹の不安を覚えた。

李兄妹《リーきょうだい》を追い込んだ翌日の午後二時過ぎである。特命遊撃班の刑事部屋だ。成島班長以下五人はソファに腰かけていた。一様《いちよう》に黙しがちだった。

きょうの午前九時過ぎに李富偉《リーフーウェイ》は妹の香美《シャンメイ》に付き添われて新宿署に出頭し、売上金強奪の件を自供した。その供述で、大和市内の友人宅に身を潜めていたゴーラムホセイン・ミーラニーも緊急逮捕された。

「五係の文珠係長はDJの峰岸翔を本事件の真犯人《ホンボシ》と睨んでたんだろうが、結局、マリファナの件でしか送致できなかった」

成島が風見に視線を当てながら、呟《つぶや》くように言った。

「そうですね。文珠は、庄司亜未が峰岸に結城圭輔を殺《や》らせたと筋を読んで自信たっぷりのようだったが、大外れだったわけだ」

「ああ、そうだな。しかし、文珠を小ばかにはできないぞ。特命遊撃班《うちち》も李富偉《リーフーウェイ》か、ゴーラムホセイン・ミーラニーのどちらかが臭いと思ってたんだからな」

「返す言葉がないですね」

「そう落ち込むことはないさ。おれたちは名探偵の集団ってわけじゃないんだ。回り道をしても、事件の真相を暴《あば》くことができればいいんだよ。何も焦《あせ》ることはない」

「そうなんですが、文珠の率《ひき》いる五係の連中には先を越されたくないですね。おれたちが後《おく》れを取ったら、チームを無能集団だと罵《ののし》りそうだからな」

「自分も、そう思うっすね」

横にいる橋爪が、風見に同調した。

「五係の連中には負けたくない気持ちはわかるが、冷静に動いてくれ。な、風見！」

「わかりました」

「捜査は根気だよ。腐らずに地道な努力を重ねれば、必ず何か成果を得られるもんだ」

「ええ、そうですね」

「これまでの捜査でわかったことを整理すると、〝別れさせ屋〟ビジネスの売り込みをしてた自称塙正敏の正体を突き止めるのが早道だと思えてきたな」

「班長、わたしも同じ意見です」

佳奈が発言した。美人警視と岩尾の捜査で、〝別れさせ屋〟を雇った依頼人の身許はわかった。七人の依頼人が結城に口止め料を払っていた。

だが、その七人以外にも〝別れさせ屋〟を利用した依頼人がいたかどうかは、今のところわかっていない。

「そうか。ついでに八神の読み筋を聞かせてもらおう」

「わたしは、塙正敏が自分には内緒で結城が妻か愛人と別れたがってる依頼人たちからお金を脅し取ってたことを……」

「本部事件の被害者《マルヒ》を刺殺し、ありかのわからない四千七百万円を奪ったんではないかと推測したわけだな？」

「ええ、そうです。結城は、四千七百万円のほかにも強請《ゆすり》で得た大金をどこかに隠してあるんじゃないかしら？　あるいは、知人に預けてるんじゃないのかな」

「正体のわからない塙と称した男は、その隠し金も手に入れたんだろうか」

「そこまでは何とも言えません」

「そうか。岩尾警部は、どんなふうに筋を読んでる？」

成島が元公安刑事に声をかけた。

「わたしは、妻か愛人と別れた男たちに口止め料を要求したのは結城圭輔だけではなかったのではないかと考えてます。何も根拠はありませんが、塙正敏と結城は共謀して恐喝をしてたのではないかと……」

「話をつづけてくれないか」

「わかりました。恐喝でせしめた金は、二人で折半《せっぱん》にしたんでしょう。しかし、金銭欲に駆られた塙が結城の取り分まで欲しくなったんで、元俳優を始末したんではないですかね。塙自身が手を汚したのか、誰かに結城を亡き者にしてもらったのかはわかりませんが……」

「なるほど、そういうストーリーも成り立つかもしれないな」

「ですが、単なる推測にすぎません。わたしは殺人捜査ではまだ駆け出しですんで、筋の読み方は正しくないかもしれませんが、なんとなくそんな気がしてきたんです」

「岩尾さんの推測通りだったとしたら、塙正敏は何かで大金が必要になったんじゃないっすか。班長、違うっすかね?」

橋爪が話に割り込んだ。

「塙は単に金銭欲を膨らませただけじゃないってことだな?」

「ええ、そうっす。いいえ、そうです。塙は自分の手持ちの金だけでは足りないんで、結城の取り分まで奪う気になったんじゃないんすかね?」

「そうだろうか。橋爪の読み筋にケチをつけるわけじゃないんだが、塙がもっと金が欲しいと思ってたとしたら、結城には黙って妻か愛人と別れた男たちがアンフェアな手を使った事実を暴露するぞと脅迫して、口止め料をせしめることも可能だったはずだ」

「そうっすね」

「謎の男が結城の取り分を奪ったとは考えられるが、ただ銭が欲しかっただけじゃない気がするな。塙正敏は元俳優を〝別れさせ屋〟に仕立てて、おいしい思いをしてきたんだが、実は結城に何か恨みを持ってたんじゃないだろうか」

「成島さん、どんな恨みが考えられます？」

風見は口を挟んだ。

「結城は若いころから、女性関係が派手だったようだ。塙の妹か娘が結城に上手に弄《もてあそ》ばれて、ぽいと棄《す》てられてしまったのかもしれないぞ」

「そうだとしたら、塙は辛抱強い奴だな。結城とつるんで〝別れさせ屋〟ビジネスで荒稼ぎしてから、妹か娘の報復をしたことになるでしょ？」

「なるほど、風見の言う通りだな。塙正敏と自称した男は大金がどうしても必要になって、結城の持ってる金を狙ったんだろうか。だが、そのことを結城に看破《かんぱ》されてしまった。で、仕方なく自分か第三者が結城を始末したんだろうか」

「どちらにしても、結城の交友関係をさらに洗い直す必要があるな。そうしなければ、塙正敏と称した人物の正体はわからないと思いますよ」

「そうだな。風見・橋爪班は『東都リサーチ』の樋口稔社長にまた会ってみてくれないか」

「了解！」

「岩尾・八神班は、結城の旧友や青春映画の共演者たちにふたたび会ってみてほしいんだ。八木沢志帆はシロと判断したわけだが、もしかしたら、早計だったのかもしれない。女性は、総じて執念深いからな。結城と関わりの深かった男女にもう一度当たってみよう」

「わかりました。また、八木沢志帆に会ってみます」

岩尾が班長に答えた。

「ああ、そうしてくれないか。その後、志帆が昔の共演者から結城に関する新情報を聞いてるかもしれないしな」

「そうですね」

「みんな、もうひと踏んばりだ。頼むぞ」

成島が掛け声をかけ、ソファから腰を浮かせた。風見たち四人は相前後して立ち上がり、そのまま小部屋を出た。

エレベーターで地下三階の車庫に下《くだ》り、二台の覆面パトカーに分乗する。先に発進したのは、美人警視が運転するプリウスだった。

二分ほど後から、橋爪がスカイラインを走らせはじめた。『東都リサーチ』は港区東新《ひがししん》橋《ばし》一丁目にある。雑居ビル内にオフィスを構えていた。
十四、五分で、目的の場所に着いた。

風見たち二人は近くの路上に捜査車輛を駐《と》め、雑居ビルに足を踏み入れた。五階に上がる。

『東都リサーチ』のドアを開けると、すぐ目の前に樋口社長がいた。若い女性事務員に何か指示を与えている。

「突然、お邪魔して申し訳ありません」

風見は樋口に話しかけた。

「いいえ。犯人がわかったんでしょうか？」

「そういうご報告なら、いいんですが……」

「捜査は、だいぶ難航してるようですね」

「ええ、なかなか進展しなくて往生してます。結城さんの交友関係の情報を樋口さんから得られればと考え、伺《うかが》った次第です」

「そうですか。それでは、奥にどうぞ！」

樋口が社長室に向かって歩きだした。風見たちコンビは樋口に従った。

社長室は十五畳ほどのスペースだった。奥に執務《しつむ》机が置かれ、出入口の近くに応接セットが据《す》えられている。

「お掛けになってください」

樋口が風見たちを先にソファに坐らせてから、おもむろに腰を落とした。風見の正面だった。

「故人のシンボルと片方の外耳《がいじ》が切断されてるんで、犯人は外国人かもしれないと素人なりに推測してたんですが、そうではなかったんでしょうね？」

「不審な中国人とイラン人がいたことはいたんですが、どちらも結城さんの事件には関わっていなかったんですよ」

風見は、樋口の質問に答えた。

「そうですか。性器切断のことを考えると、女の犯行とも思えますが、ナイフで十三カ所も刺してますからね。犯人は女性じゃないんだろうな」

「樋口さん、塙正敏という名に聞き覚えはありませんか？」

「その名には聞き覚えがあるが、はて、どこの誰だったかな？」

樋口が遠くを見る眼差《まなざ》しになった。

「ゆっくりと思い出していただけると、助かります」

「あっ、思い出しましたよ。塙正敏というのは、十数年前に上映された映画の主人公の名前です。熱血型の新聞記者で、デスクに暴走するなと叱《しか》られながらも、ついに政官財界の癒着《ゆちゃく》から生まれた連続殺人の真相に迫るという筋立てでした」

「実在する人物ではなかったのか」

風見は軽い失望を覚えた。

「塙正敏という氏名を記憶に留めてたのは、映画のシナリオを書いたのが昔の劇団仲間だっ たからですよ」

「その脚本家は、湯原浩一氏なんではありませんか？」

「ええ、そうです。湯原のことは誰から？」

「結城圭輔さんのお母さんから聞いたんですよ。シナリオライターとして活躍してたのに、湯原氏は盗作騒ぎを起こして、仕事がなくなってしまったみたいですね？」

「そうなんですよ。湯原は『青い麦の会』で演出助手を務めてたんですが、大学時代に何編か戯曲を書いてたんです。脚本家としての才能はあったと思うんですが、仕事のオファーが増えたんで、じっくりと構想を練る時間がなかったんでしょうね」

「それで、苦し紛《まぎ》れに推理作家の作品のトリックをパクってしまったわけか」

「そうだったんでしょう。運が上昇してたのに、魔が差したんだろうな。トリックの盗用さえしなければ、湯原はいまも人気脚本家として活躍してたはずですよ」

「業界から閉め出されてからは、かなり苦労してたんでしょうね？」

「そうみたいだな。湯原は喰うためにスキャンダラスな実話雑誌にゴシップ記事を寄稿したり、エロ漫画の原作も書いてました。ペンネームでSM小説誌に短編も七、八編、発表してたみたいですよ。でも、原稿料だけでは生計を支えられなかったんでしょう」

「かもしれませんね」

「湯原は同棲してたホステスに金銭的に支えられてたんですが、その彼女に逃げられてしまったんですよ。で、湯原は開き直って、とんでもないダーティー・ビジネスを思いついたんです」

「どんな裏ビジネスをしてたんです？」

「湯原は怪文書屋になったんです。文章力がありましたんで、もっともらしい中傷文を書くことは苦もなかったんでしょう」

「樋口さん、もう少し具体的なことを話してもらえますか」

「はい。湯原はね、病気療養中の大物総会屋の大日向安則《おおひなたやすのり》になりすまし、無断でホームページを開いて、大企業や各界の名士を誹謗《ひぼう》中傷する文書をアップしてたんですよ。ですが、どの怪文書も一カ月以内には削除されてたようです」

「元シナリオライターは、中傷した有名企業や各界の名士から金を貰って、怪文書を削除してたんではないだろうか」

「ええ、そうなんでしょう。おそらく中傷の内容は事実無根ではなかったんでしょうね。根も葉もないデマや中傷をネットで流されても、無視していればいいわけですから」

「ええ、多くは事実だったんでしょう。それだから、大企業や名士たちは、湯原浩一に〝削除料〟を払ったんだと思われます」

「そうなんでしょうね」

樋口が相槌《あいづち》を打った。一拍置いて、橋爪が口を開いた。

「元脚本家が自分で大企業や名士たちの不正やスキャンダルを調べるなんてことは無理でしょ？」

「ええ、そうですね。湯原は産業スパイ、ブラックジャーナリスト、週刊誌記者なんかから情報を買ってたんでしょう。そして、そういった連中に〝削除料〟の集金をさせてたのかもしれないな。湯原は用心深い性格なんですよ」

「そうっすか。劇団にいたころ、樋口さんは湯原浩一さんとは親しかったんすか？」

「ええ、親しくしてました」

「結城さんとはどうだったんす？」

「湯原は、彼とも仲が良かったですよ。しかし、盗作の件で食べられなくなると、湯原の生活は荒《すさ》みはじめたんです。裏社会の人間と飲み歩いてたりしてたんで、結城君もわたしも少しずつ湯原と距離を置くようになりました」

「そのことに、元シナリオライターは気づいてたんですかね？」

「気がついたんでしょう。湯原のほうも我々から遠ざかっていきました。親しくしてたころは、いつか三人で力を合わせて『青い麦の会』を復活させようなんて語り合ってたんですがね」

「樋口さん、事件の被害者が自堕落《じだらく》な生き方をしてる湯原浩一さんを窘《たしな》めたなんてことはありました?」

風見は相棒よりも先に喋った。

「そういえば、結城君が湯原にぶん殴られたと悔しそうな顔でわたしを訪ねてきたことがあったな。そのとき、彼は湯原の生き方をストレートに批判したんだそうです。湯原は年下の者に意見されたんで、つい逆上してしまったんでしょう」

「そうだったんでしょうね、おそらく。その後、二人は気まずくなったままだったんですか?」

「ええ、そうでしたね」

「湯原さんの連絡先を教えてもらえます?」

「以前は杉並の永福町《えいふくちょう》に住んでたんですが、いまは東京にいません。はっきりしたことはわかりませんが、湯原は大物総会屋の名を騙《かた》って怪文書をネットに流してることがバレてしまって、大日向安則の手下の者に拉致《らち》されそうになったみたいなんですよ」

「東京にいられなくなったとしたら、どのあたりに逃げるでしょうね?」

「湯原は奈良県出身なんですよ。逃げるとしたら、土地鑑のある関西でしょうね。実家に戻ったら、追っ手に取っ捕まるでしょうから、奈良県内には潜伏してないと思います」

「ええ、それはないでしょうね。事件の被害者が元シナリオライターの汚れた仕事のことを恐喝材料にして、劇団再結成と常設劇場の建設費用の何割かを湯原浩一さんに負担させようとしたとは考えられませんか？」
「結城君は湯原の堕落ぶりを非難してましたが、強請を働くなんてことは考えられません
よ。ええ、あり得ないことです」
「逆だったんだろうか」
「どういうことなんでしょう？」
樋口が首を捻《ひね》った。
「結城さんは便利屋だけでは生活が安定しないんで、あなたの会社で浮気調査のアルバイ
トを時々してたんでしたよね？」
「ええ、そうでしたね。それが何か？」
「結城さんは、家賃の高いマンションの一室を自宅兼事務所にしてました。高収入を得て
たわけでもないのに、よく家賃を払っていけましたよね。それから、ＢＭＷの５シリーズ
を乗り回してたことも不思議です」
「彼は二枚目だったから、女性実業家がたっぷり小遣いをくれてたのかもしれないな」
「警察の調べで、そういう後援者はいなかったんですよ」
「そうなんですか」
「これはあくまでも個人的な想像なんですが、結城さんは元脚本家に殴られたことを根に
持って……」

「なぜ急に黙られてしまったんです？」

「結城さんと湯原さんの名誉を穢《けが》すことになりそうなんで、言い淀《よど》んだわけです」

「気になりますんで、最後まで話してくださいよ」

「わかりました。ひょっとしたら、湯原浩一さんは結城さんが危ない裏仕事をしてることを知って、口止め料を寄越《よこ》せと言ったのかもしれませんよ。結城さんは脅迫に屈したら、いつまでもたかられるかもしれないと判断して、反対に元シナリオライターが大物総会屋を装い、インターネットに大企業や各界の名士に関する怪文書を流してることを口にしたんではないだろうか」

「湯原は身の破滅を避けたくて、結城君の殺害を思い立ったのかもしれない。そうおっしゃりたいんですね？」

「ええ、まあ。こっちの想像は見当外れでしょうか？」

「いいえ。あなたの推測は案外、当たってるかもしれないな。結城君が裏で何か闇ビジネスをしてたのかもしれないという推測にはうなずけませんが、彼が湯原に殴打されたことを恨みに思ってたとしたら、何かで逆襲しようとした可能性はありそうですね。殴ったことを謝らなかったら、湯原がやってる疚《やま》しいことを公《おおやけ》にするぞと言ったのかもしれません。そんなことをされたら、湯原は一巻の終わりです。それで、結城君をこの世から消してしまおうと思ったんでしょうか。湯原がそこまで腐った人間に成り下がったとは思いたくありません。かつて我々三人は、同じ釜の飯を喰った仲間なんですから」

「湯原さんは、捜査本部事件には関わりがないんだろうか」

「わたしは、そう思いたいですね」

「刑事が想像でものを言ってはいけませんね。反省してます。樋口さんがおっしゃった通りなんでしょう。貴重な時間を割《さ》いていただいて、ありがとうございました」

風見は暇《いとま》を告げた。ほぼ同時に、橋爪と腰を上げる。

二人は社長室を辞し、『東都リサーチ』を後にした。スカイラインの助手席に坐ると、風見は湯原浩一の運転免許証の有無《うむ》を調べた。元脚本家は普通乗用車の免許証は所有していたが、現住所は杉並区永福二丁目十×番地のままになっていた。住民票は移さずに関西に密かに転居したのだろうか。

風見は本庁組織犯罪対策部第四課に電話をかけ、広域暴力団の総長と親しい大日向安則の入院先を教えてもらった。大物総会屋は信濃町《しなのまち》の大学病院の心臓外科病棟に入院しているという話だった。

スカイラインは、大日向の入院先に向かった。数十分で、大学病院に着いた。

風見たちは入院病棟の七階に上がり、ナース・ステーションで身分を明かして、師長に来意も告げた。師長自ら特別室に赴《おもむ》き、大日向の了解を得てくれた。

風見たちは、大物総会屋の病室に案内された。

大日向はベッドには横たわっていなかった。深々としたソファにゆったりと腰かけ、大型テレビを観《み》ていた。六十二のはずだが、黒々とした髪は豊かだった。

「それでは、わたくしはこれで……」

五十年配の師長が下がった。風見たちは警察手帳を短く見せ、姓だけを名乗った。

「経済事犯の事情聴取じゃないと聞いたんで、ここに通したんだ。過去二回も心臓の手術を受けたんだが、どうも調子がよくないんだよ。入退院を繰り返すのは面倒なんで、ここに長期入院してるんだ。ま、坐りなさい」

大日向が柔和《にゅうわ》な表情で言い、リモート・コントローラーでテレビのスイッチを切った。

風見は、橋爪と並んで腰を下ろした。

「わたしの名を騙って、インターネットで怪文書を流してた元シナリオライターのことを喋ればいいいんだな？」

大日向が風見に確かめた。

「そうです」

「最近は、堅気《かたぎ》が大胆なことをやるんで驚いてるよ。湯原浩一って奴は大企業や各界の名士の弱みや醜聞を怪文書の形でネットに流して、標的にした相手から一千万円以上の〝削除料〟をせしめてた。若い者たちに調べさせたから、それは間違いない。しかし、湯原自身が金を受け取りに行ったわけじゃないんだ。集金に回ったのは、浪友会《ろうゆう》の連中らしい」

「大阪の最大組織が湯原に怪文書を流させたんですかね？」

「いや、浪友会は瀬戸卓郎《せとたくろう》に頼まれて、金を集めに回っただけだろう」

「瀬戸卓郎というのは、何者なんです？」

「関西一の総会屋だよ。六十五で、わたしとは昔から張り合ってきた。わたしは関東に本社を置く大企業に与《くみ》する〝与党総会屋〟なんだが、瀬戸は株主総会を荒らして高額なお車代をせしめてる〝野党総会屋〟なんだよ。瀬戸とは数え切れないほど株主総会でぶつかり合ってきたんだが、そのつど東西勢力の首領《ドン》が仲裁に入ったんで、一応、手打ちにはなってる」

「そうですか」

「しかし、瀬戸はわたしを蹴落として関東の〝与党総会屋〟のナンバーワンになりたいんだよ。だから、どんな手を使ってでも、わたしの信用をガタ落ちさせたかったにちがいない。だから、シナリオライターで喰えなくなった湯原にわたしの名を騙らせて、一部上場企業や各界著名人の弱点やスキャンダルの証拠を提供したんだろうな。そして瀬戸は弱みのある企業や名士を脅迫し、怪文書の削除代を払えと迫ったにちがいない。で、集金は浪友会に任せたんだろう」

「大日向さんとつき合いのある関東の有名企業は、あなたが怪文書を流させたと……」

「九割方は、わたしを信用してくれてる。誰かが、わたしを悪人に仕立てようと画策してると気づいてくれたよ。だが、一割はわたしが怪文書騒動のバックにいるのではないかと疑ってるようだな」

「それじゃ、瀬戸卓郎に対して黙っていられないでしょ？」

「当然じゃないか。若い者たちに湯原を生け捕りにさせるさ。元脚本家は、瀬戸が用意した浪速《なにわ》区元町《もとまち》三丁目のマンションにずっと住んでたはずなんだが、数カ月前から姿をくらましてるんだ」

「湯原を操《あやつ》ってたのが瀬戸卓郎なら、関西の〝野党総会屋〟の自宅に匿われてるんじゃないだろうか」

風見は言った。

「瀬戸の自宅は天王寺《てんのうじ》区にあるんだが、そこに湯原はいないらしい。梅田《うめだ》の茶屋町《ちゃやまち》にある瀬戸の事務所にも元脚本家は出入りしてないという報告を受けてる」

「瀬戸卓郎が別の隠れ家を湯原に提供したんじゃないですか？」

「多分、そうなんだろうな。しかし、なかなか湯原の潜伏先がわからないんだ。警察も湯原に別件で事情聴取したいんだったら、この際《さい》、共同戦線を張ろうや」

瀬戸が真顔《まがお》で話を持ちかけてきた。

「個人的にはそうしたいとこですが、上司がなんと言いますかね。一度、相談してみましょう」

「上手な断り方をするな。あっぱれ、あっぱれ！」

「大日向さん、どうかお大事になさってください。失礼します」

風見はソファから立ち上がった。相棒とともに、広い特別室を出る。

「いったん本庁《ホンブ》に戻って、大阪に行くぞ」

「明日でもいいんじゃないっすか？」

「デートの約束でもあるのかい？」

「ないっすよ。わかってて、そういうことを言うんだから、案外、風見さんは性格悪いっすね」

「早く湯原を見つけることができたら、官費でキタの高級クラブで飲もう」

風見は橋爪の士気《しき》を煽《あお》り、通路を突き進みはじめた。

3

新淀川《しんよどがわ》大橋に差しかかった。

午後八時数分過ぎだった。

風見は、新大阪駅の近くで借りたレンタカーの助手席に坐っていた。黒色のカローラだ。覆面パトカーのスカイラインよりも車内は狭い。

「自分、大阪には二度しか来たことがないんすよ。風見さんは？」

橋爪がステアリングを捌《さば》きながら、大きな声で問いかけてきた。

「そんなでっかい声を出さなくても、ちゃんと聞こえてるよ」

「すみません。大阪には何回ぐらい来たことがあるんす？」

「七回、いや、八回は来てるな」

「それなら、こっちの地理に明るいっすね？」

「そうでもないが、大阪の地理は割にわかりやすいんだよ」

「梅田周辺はキタと呼ばれてて、高層ビル、オフィスビル、ホテル、デパートなんかが林《りん》立《りつ》して、北新地《きたしんち》あたりには高級クラブが連《つら》なってるんでしょ？」

「そう。東京で言うと、東京駅付近や銀座に当たるんだろうな。ミナミと呼ばれてる心斎《しんさい》橋《ばし》や難波《なんば》は庶民的な雰囲気があって、新宿に似てるね。道頓堀《どうとんぼり》周辺には深夜まで人があふれてるな。宗右衛門町《そえもんちょう》のバーやクラブは気取ってないから、関東の人間でも入りやすいよ」

「昔、大阪の女を泣かせたことがありそうだな」

「せいぜい一泊二日の出張じゃ、地元の女性と親しくなるチャンスなんかなかったよ。バーやクラブに寄っても、所詮《しょせん》、旅人だからな」

「それも、そうっすね」

「橋爪、そんなことよりも班長が送ってくれた写真メールをしっかかと頭に叩き込んだか？」

風見は確かめた。

「心配ないっすよ。湯原浩一と瀬戸卓郎の顔は憶《おぼ》えてるっす。どっちも、見ればわかりますって」

「そうか」

「大阪府警は快く瀬戸に関する情報を提供してくれたっすね」

「神奈川県警みたいに警視庁《うち》をライバル視してないからな、大阪府警は」

「大人なんすね、大阪府警は。それに本庁《ホンブ》も大阪府警には協力的みたいっすからね」

「そうだな。総会屋の大物は大阪の浪友会や京都の最大勢力だけじゃなく、神戸連合会ともつながりが深いらしい。瀬戸卓郎を侮《あなど》っちゃ、まずいな」

「そうっすね。成島班長の話によると、岩尾・八神班に特に収穫はなかったらしいっすから、自分らが頑張らないとな」

「そう気負うなって」

「あっ、はい」

橋爪が顎《あご》を突き出した。うなずき方も、どこか軽い。しかし、そこまで細かいことを注意したら、若手刑事は萎縮《いしゅく》してしまうだろう。

風見は言葉を呑《の》んだ。

レンタカーは新淀川大橋を渡り、新御堂筋《しんみどうすじ》を進んでいる。道なりに行けば、茶屋町に達するはずだ。

やがて、茶屋町に入った。目的の雑居ビルは、新御堂筋から少し逸《そ》れた通りに面していた。八階建てで、外壁は白っぽい磁器タイル張りだった。『瀬戸経済研究所』は四階にあるはずだ。

大阪府警によると、瀬戸は十三人のスタッフを雇っているらしい。いずれも堅気ということになっているようだが、半グレの社員が多いのではないか。

いかにも勤め人風の男たちが大会社の株主総会で凄んでも、迫力はないだろう。瀬戸は、どこか胡散《うさん》臭そうな風貌だった。口髭《くちひげ》をたくわえているせいで、そんな印象を与えてしまうのか。

橋爪が雑居ビルの少し先の暗がりに停めた。すぐにヘッドライトを消し、エンジンも切る。

「おまえは車の中で待っててくれ。おれは、瀬戸がオフィスにいるかどうか探《さぐ》ってくる」

風見はレンタカーの助手席から出て、雑居ビルに急いだ。

エントランス・ホールは無人だった。風見はエレベーターで、四階に上がった。エレベーター・ホールのすぐ右手に『瀬戸経済研究所』があった。

風見は、さりげなく頭上を見た。エレベーター・ホールには防犯カメラが設置されていたが、瀬戸の事務所の出入口は死角になっている。

風見はほくそ笑《え》んで、『瀬戸経済研究所』のベージュのスチール・ドアに耳を寄せた。

すると、年配の男の怒声が響いてきた。どうやら通話中らしい。風見は耳をそばだてた。

「何ぼけたことを言うとるんや！　経済興信所を使《つこ》うて、『関西製鋼』の副社長は下請け業者のすべてからキックバックさせて、その金で愛人を三人も囲うてることは確認済みなんや」

「…………」

相手の声は当然、風見には聴こえない。

「中西《なかにし》、転職する気でいるんやないんか？　そうやないなら、給料分ちゃんと働けや。わしは、働かん社員にはサラリーなんぞ払いとうないわ」

「…………」

「副社長はたまたま今夜、まっすぐ帰宅しただけや。会社から帰宅したからって、なぜ三人の愛人と切れたと判断するんや。おまえは小学生かっ。あほなこと言うとったら、わし、怒るで」

「…………」

「なんや、その言い訳は。自分、恋愛体験が少ないから、男女のことはようわからんやと!? 中西、わしをなめとんのかっ。ええ度胸してるやないかい」

「…………」

「なぜ副社長がまっすぐ帰宅したのかわからんて? ほんま役立たずやな。あほんだら!」

「…………」

「怒鳴《どな》りとうもなるやないか。三十二、三の若造に六十五、六万の月給払《はろ》うてるんやぞ。そんな高給取れる職場はどこぞにある?」

「…………」

「泣くんやない! 男の涙はなんの価値もないんやから、泣くだけ損や。副社長は女房の機嫌も取らんさかい、今夜はご帰館されただけやろ。それに副社長はもう六十代やから、いくら好き者でも三人の女を週に二度ずつ満足させるのはしんどいんちゃうか?」

「…………」

「自分は三十代やから、そのくらいのノルマはこなせる気がするやて? 若い時分は、そうや。けど、田辺《たなべ》副社長はもう六十三やで。わしも女好きやけど、バイアグラの力を借りんことにはどうにもならんことがあるねん」

「…………」

「青い錠剤を服《の》まんかったら、どうせ中折れなんやないですかやと？　なんちゅうことを言うねん。中西、わしをおちょくっとるんか。酒飲んでなかったら、まだ現役や！」

「…………」

「とにかく、三人の愛人のお手当の額まで正確に調べるんや。ええな？　次の株主総会で副社長の下請け業者いじめと私生活の乱れを暴露しちゃる。もちろん、株主たちは呆《あき》れるやろう。持ち株を手放す者も出てくるやろうな。『関西製鋼』は慌《あわ》てるに決まっとるわ。ま、二億は包む気になるやろう」

「…………」

「向こうの用心棒《ケツモチ》は滋賀《しが》の博徒一家だけや。ビビることない。相手総会屋としては、まだ小物やさかい、何も言うてこんはずや。浪友会の力を借りんでも済むやろう」

「…………」

「中西、ここが踏んばりどこやで。ほな、頼むで」

通話が終わった。

風見は遣《や》り取《と》りを耳にしながら、幾度も笑いそうになった。どんな関西人もユーモア・センスがあるのだろうか。関東人とは違う。

風見は体を反転させ、エレベーターの下降ボタンを押し込んだ。一階に降りたとき、上着の内ポケットで私用の携帯電話が打ち震えた。

電話をかけてきたのは、智沙だった。

「今夜は大阪泊まりになるんでしょ?」

「そうなりそうだな。いま張り込み中なんだが、マークした奴はまだ自分のオフィスにいるんだ」

「職務だから仕方ないんだけど、なんだか心細い感じだわ。二人で暮らす生活に馴《な》れてきたせいかしら?」

「たまには侘《わ》び寝《ね》もいいんじゃないのか?」

「あら、もうわたしがうっとうしくなったのかな? まだ入籍前だというのに」

「強《きび》がって見せたんだよ。いつものように添い寝をしたいさ」

「淋しいからって、大阪でワンナイト・ラブなんか娯《たの》しんだら、しばらく口を利かないから……」

「そんな時間はないよ。徹夜で張り込みをすることになるかもしれないんだ」

「そうなの。大変ね。ご苦労さまです」

「智沙、しっかり戸締まりをして寝《やす》めよ。明日には東京に戻れると思う。それじゃな」

風見は携帯電話を懐に戻し、レンタカーに駆け戻った。

「瀬戸はオフィスにまだいたっすか?」

「いたよ。役に立たないスタッフを電話で怒鳴りつけてた」

「そうっすか。湯原は、瀬戸の事務所にはめったに顔を出してないんでしょうね？」

「多分、そうなんだろう。訪問先を間違えた振りをして、『瀬戸経済研究所』のドアを開けてもよかったんだが……」

「そうしてれば、元脚本家が瀬戸のオフィスにいたかどうかわかったっすよね。けど、こちらの面《めん》が割れちゃったら、張り込みや尾行はしにくくなるな」

「そう考えたんで、『瀬戸経済研究所』の中は覗かなかったんだよ」

「そのほうがよかったと思うっす」

橋爪が口を閉じた。風見は相棒に断ってから、煙草に火を点けた。

一服し終えたとき、成島から風見に電話連絡があった。

「少し前に桐野部長と一緒に夜食を摂《と》ったんだよ。そのときに部長が知り合いの映画評論家から聞いた話をしてくれたんだが、湯原浩一は大手映画会社、民放テレビ局、映像制作会社を回って、心を入れ換えて仕事をするんで自分を干《ほ》さないでくれと泣いて訴えたらしいんだ」

「しかし、どこも反応は冷ややかだったんすね？」

「そうだったらしいよ。それで、湯原はアダルト物のＤＶＤを制作してる会社に出向いて、ストーリー性のある作品を手がけてみないかと企画書まで持ち込んだんだそうだよ。もちろん、脚本は自分で書くからと売り込んだわけだ」

「その手の映像を観る客たちは、別にドラマ性なんか求めてないでしょう? エッチな場面がふんだんに出てくることを期待してるだけですよ」

「そうだろうな。だから、売り込み先で湯原はせせら笑われ、塩まで撒《ま》かれたというんだ」

「屈辱的だったろうな」

風見は同情を込めて言った。

「死にたくなるほど惨《みじ》めだったにちがいない。それでも湯原は、なんとか脚本家でありつづけたかったんだろう。元シナリオライターは、顔見知りの同業者に安く脚本の代作をやらせてもらえないかと売り込んだそうなんだ」

「でも、相手にされなかったんだろうな」

「そうだったらしい。そんなことがあって、湯原は捨て鉢な生き方をするようになったみたいなんだ」

「トリックの盗用はまずいが、それだけで脚本家生命を断たれるのは少し気の毒な気もするな」

「個人的には、こっちもそう思うよ。しかし、クリエイティブな仕事に携わってる者たちはそれぞれ独創性で勝負してるわけだから、アイディアを盗んじゃいけないな。湯原は、推理作家の作品のトリックをそのままパクってしまったみたいだから、大きな代償を払わされても仕方ないさ」

「成島さんの正論に異を唱《とな》える気はないが、湯原は人を殺したわけじゃないんだから、もう少し関係者が寛大な気持ちになってやっていいんじゃないのかな」

「風見が湯原に同情する気持ちもわかるが、トリックを丸々かっぱらわれた推理作家のことも考えないと、不公平だよ。誰も思いつかないようなトリックを考えつくまで、長い時間を要してるんだろう。苦労したトリック・アイディアを他人に盗まれたんじゃ、たまらんだろうが？」

「そうですね、確かに」

「やっぱり、湯原が悪いよ。それはそれとして、湯原は自分のシナリオで結城圭輔を主人公にした劇場映画のメガホンを取ることが夢なんだと現役時代に周りの人間に熱っぽく語ってたそうなんだ。一発屋スターで終わってしまった結城のことを心底《しんそこ》、惜しいと考えてたんじゃないか」

「班長が電話してきた理由がわかりました。湯原は自分の夢を叶えたくて、大物総会屋の瀬戸卓郎と手を組んで、大日向安則のホームページを勝手に開設して、大企業や各界の名士を中傷する怪文書を次々に流布《るふ》し、かなりの額の報酬を貰ってた。湯原がそこまで手を汚したのは、映画製作費を捻出したかったからではなかったのか。班長、ビンゴでしょ？」

「さすが風見だな。こっちは、そう推測したんだよ。事件の被害者も〃別れさせ屋〃の報酬だけでは満足せずに、妻か愛人と別れたリッチな男たちから少しまとまった口止め料を脅し取ったのは、湯原と劇場映画を共同製作したくなったからなんじゃないのかね？」

「そうだったとしたら、結城と湯原は本気で『青い麦の会』を再結成させ、常設劇場を建てたいとは思ってなかったのかもしれないな。『東都リサーチ』の樋口社長は、そのことが自分と結城、湯原の三人の夢だったというニュアンスで喋ってましたがね」

「三人が所属してた劇団が解散したのは、十四年も前なんだ。それぞれが無念な最期《さいご》を遂げた劇団主宰者の植草仁の遺志を本気で継ぐ気でいたんだと思うよ。ただな……」

成島が小さく嘆息し、すぐさま言葉を言い重ねた。

「人の気持ちは時間とともに少しずつ変わっていく。いつしか結城と湯原は劇団の復活よりも、自分らの夢を優先させたいと考えるようになったんじゃないのかね？」

「そうなんだろうか」

「ただ、結城と湯原の二人が夢を持ちつづけていたかどうかだ。どちらも経済的に苦労してきたにちがいないから、不正な方法でも大金を手に入れた時点で……」

「気持ちが変わったかもしれない？」

「そういうこともあるんじゃないのかね。風見、どう思う？」

「あるでしょうね。二人は貧乏暮らしの辛《つら》さや情けなさを味わわされてるから、普通の人たちよりもプアになることを恐れてたとは考えられます」

「そうだな。樋口稔は親がやってた興信所の経営を引き継いだんで、日々の暮らしに困るようなことはなかっただろう」

「でしょうね」

「しかし、社員十数人の調査会社の年商が五十億、百億なんてことは考えられない。樋口社長は結城や湯原と協力し合って、『青い麦の会』を再結成し、恩人の植草仁の遺志を継ぎたい気持ちはあっただろうな。しかし、数億円の金を都合つけるのは容易じゃないはずだよ」

「ええ。まともに働いてたんじゃ、目標額を工面するのに数十年はかかるかもしれない。いや、下手したら、一生かかっても無理かもしれないですね」

「だろうな。樋口社長は、すでに夢を半ば諦《あきら》めてたんじゃないのかね。表向きには、夢を捨ててない振りをしてただろうが、中高年になれば、現実の厳しさを知らされるから、自分たちの夢の実現は難しいと悟《さと》るにちがいない」

「そうでしょうね。しかし、現実と早々に折り合いをつけたことを他者には知られたくないという心理も働くんじゃないですか？」

「そうだろうな。それだから、いまも夢は持ちつづけると言ってるのかもしれないぞ」

「そうなんだろうか」

「風見、何か動きがあったら、報告を上げてくれ」

「わかりました」

風見は終了キーを押し込み、橋爪に通話内容をかいつまんで教えた。

4

雑居ビルの地下駐車場から車が出てきた。

ちょうど午後十時だ。グレイのレクサスだった。

運転席に坐っているのは、瀬戸本人だ。同乗者はいなかった。

「レクサスを尾《つ》けてくれ」

風見は橋爪に声をかけた。

「北新地の高級クラブには飲みに行かずに、天王寺にある自宅に戻るんすかね?」

「わからないな、まだ。とにかく、瀬戸の車を追尾してくれ」

「了解っす」

橋爪がレクサスが遠ざかってから、レンタカーのイグニッション・キーを捻《ひね》った。すぐにライトを灯《とも》し、カローラのアクセルを踏み込んだ。

レクサスは遠のき、尾灯《テールランプ》が点のように小さく見える。相棒が加速した。車間距離が、みるみる縮まった。

「言うまでもないことだろうが、決してカローラをレクサスのすぐ後ろにつけるなよ」

「ええ、わかってるっす。間に一台か二台挟んで、瀬戸卓郎の車を追うっすよ」

「そうしてくれ」

風見は口を結んだ。

レクサスは大阪駅前から北新地を抜けて、福島《ふくしま》区方面に向かっている。行き先の見当はつかなかった。

総会屋のレクサスは野田阪神《のだはんしん》のあたりから北港通《ほっこうどお》りに入った。福島区役所の前を通過し、さらに直進しつづけている。自宅とは明らかに方角が違う。

「瀬戸は愛人宅に向かってるんじゃないっすか？」

「いや、そうじゃないと思うよ。この通りの先には、確か住友《すみとも》系のでっかい工場が幾《いく》つもあるはずだ。その奥には、ユニバーサル・スタジオ・ジャパンがある」

「ユニバーサル・スタジオ・ジャパンは、映画をモチーフにした世界最大のテーマパークっすよね？」

「ああ。おれは入場したことないが、大阪の観光スポットだよな。その近辺には、ほとんど民家なんかないんじゃないか」

「愛人宅があるとしたら、工場地帯の手前にありそうっすね」

「そうだな。待てよ。瀬戸が愛人の面倒を見てるとすりゃ、閑静な住宅街に住まわせそうだな。住宅密集地や工場の多い地域じゃなくさ」

「ええ、そうっすね。湯原の隠れ家は、民家が建てこんだエリアにあるのかな」

「橋爪、瀬戸はおれたちの張り込みに気づいてたのかもしれないぞ。カローラを二度ほど移動したが、マークした雑居ビルのある通りにずっと張り込んでたからな」

「そうでしたね。自分らが警察の者と気づかれたんでしょうか」

「いや、それはないだろう。レンタカーで張り込んでたわけだから、まだ身分はバレてないはずだよ」

「そうか、そうっすよね」

「瀬戸は、おれたちをどこかに誘い込む気でいるのかもしれないぞ。そして、こっちの正体を探《さぐ》るつもりなんじゃないのかな」

「自分ら、敵対してる大日向安則の回し者だと思われたんすかね？」

「その可能性はあるな」

「自分ら二人は、きょうは拳銃を携行してないっすよね。瀬戸が護身拳銃を持ってたら、ちょっと危《ヤバ》いな」

「橋爪、ビビるなって。仮に瀬戸がポケット・ピストルを隠し持ってたとしても、警察手帳《チョウメン》を見せりゃ、発砲しないだろう」

「そうっすかね。でも、瀬戸は湯原を怪文書屋に仕立てて、大企業や各界の名士から〝削除料〟をせしめてるようっすから、刑事だと知ったら、むしろ撃ち殺しておこうと思うんじゃないですか」

「撃たれるかもしれないと竦《すく》んでるんだったら、車をガードレールに寄せろ。おれがこのレンタカーで、瀬戸のレクサスを追う。おまえはタクシーを拾って、どこかビジネスホテルにチェックインしろよ」

「自分、そんな腰抜けじゃないっす。瀬戸がハンドガンを持ってる可能性もあるから、ちょっと警戒する必要があると思っただけっすよ」

「それなら、このまま追尾だ」

風見は、若い相棒をからかったことを少し後悔した。むろん、本気で橋爪を任務から外すつもりはなかった。怖気《おじけ》づいた様子だったので、少し活を入れる気になっただけだ。

レクサスが広大なテーマパークの先で左折した。前方には、阪神高速湾岸線の北港JCT《ジャンクション》が見える。相棒がカローラを左折させた。

レクサスは、倉庫街をゆっくりと走っていた。倉庫ビルの外壁には、桜島《さくらじま》三丁目の住所表示板が貼られている。

瀬戸は、なぜか加速しない。

風見は罠《わな》の気配を嗅《か》ぎ取った。ちょうどそのとき、倉庫ビルの間から旧式のメルセデス・ベンツSLが走り出てきた。車体の色はブリリアント・シルバーだった。

橋爪が急ブレーキをかけた。ベンツは、カローラの行く手を塞《ふさ》ぐ形で急停止した。

瀬戸の車がスピードを上げ、運河の手前で右に折れた。迂回《うかい》して、北港通りに戻る気なのだろう。

「やっぱり、瀬戸はおれたちのことに気づいてたんだよ。ベンツに乗ってる二人の男は、浪友会に足《ゲソ》をつけてる極道だろう」

「風見さん、バックして北港通りに戻るっすか？」

「いや、ベンツの奴らを痛めつけよう。瀬戸が湯原に怪文書をネットに流させていたかどうかの裏付《ウラ》けを取ろうや」

「了解っす」

「おまえ、少し声が震えてるな」

「そんなことないっすよ」

「冗談だって。なるべく橋爪は、おれの後ろにいろ」

「自分、臆病者《チキンハート》じゃないっすよ」

相棒が口を尖《とが》らせた。そのすぐあと、ベンツから男たちが出てきた。

どちらも、三十代の前半だろう。ひとりは坊主頭で、大柄だ。もう片方は中肉中背だが、凶暴そうな面構《つらがま》えだった。髪型はオールバックだ。

風見は先にレンタカーを降りた。

かすかに潮《しお》の香《か》を含んだ夜風が、運河の方から吹きつけてくる。組員と思われる二人が肩をそびやかしつつ、蟹股《がにまた》で近づいてきた。

「瀬戸卓郎を逃したな！　どっちも浪友会系の組員だよなっ」

「大日向いう東京の総会屋の飼い犬なんやろ、二人とも」

坊主頭の男が口を切った。

「警視庁の者だ」

「面白《おもろ》いこと言うやないか」

オールバックの男が笑って、手を打った。風見は無言で懐から警察手帳を取り出し、二人組に表紙だけを見せた。かたわらに立った橋爪も同じようにした。

「ようでけとる模造警察手帳やないか。どこのポリス・グッズの店で買《こ》うたんや？　わしに教えてくれへんか」

「どっちも刑事になりすまそうとしても無理だな。貫目《かんめ》のない極道にしか見えないから」

「なんやと!?」

大柄な男が右のロングフックを放ってきた。

風見は上体を後方に反《そ》らし、右足を飛ばした。狙ったのは、相手の左の向こう臑《ずね》だった。

前蹴りは、きれいに極《き》まった。骨と肉が鈍い音をたてた。坊主頭の男が唸《うな》って、体を傾《かし》がせた。

「おい、やるんか！」

仲間の男が、ベルトの下から黒革製のブラックジャックを引き抜いた。芯《しん》の部分に鉛板が入れられ、その周囲には砂が詰められているのだろう。

「公務執行妨害！」

橋爪が大声で告げ、オールバックの男に体当たりした。

相手は体をくの字に折り、尻《しり》から落ちた。橋爪がブラックジャックを奪い取った。中肉中背の男を這《は》わせ、片膝で腰を固定する。

「橋爪、やるじゃないか」

風見は相棒に言って、大男の胃《ストマック》に強烈なボディーブロウを叩き込んだ。相手が呻《うめ》いて、前屈《かが》みになる。

すかさず風見は、坊主頭の太い首にラビット・パンチを見舞った。相手が膝から崩れた。

風見は、大男の体を探《さぐ》った。

ベルトの下に、ノーリンコ54を差し込んでいた。中国でパテント生産されたトカレフだ。口径は七・六二ミリだが、殺傷力がある。弾倉《マガジン》には八発しか装塡《そうてん》できないが、予《あらかじ》め初弾を薬室に送り込んでおけば、フル装弾数は九発だ。

風見は銃把《グリップ》からマガジンを引き抜いた。実包は五発しか詰められていない。

ほとんどのノーリンコには、安全装置がない。撃鉄《ハンマー》をハーフ・コックにしておくことで、暴発を防いでいる。

「ノーリンコは暴発しやすいんだよな」

風見はにやついて、押収した拳銃の銃口を坊主頭の巨漢に向けた。

「な、なんの真似なんや」

「銃刀法違反で実刑喰《くら》うのは辛いよな？」

「何言うてんねん？」

「このノーリンコを暴発させて、いっそあの世に送ってやってもいいぜ。過剰防衛を正当防衛にするのは、そんなに難しいことじゃないんだよ」

「わしを殺《や》る気なんか⁉　刑事《デコスケ》がそんなことはできんやろうが！」

「真面目な警察官《サツカン》は、そうだろうな。でもな、おれはアウトロー刑事なんだよ。それに、極道どもが大嫌いなんだ。蛆虫《うじむし》を始末しても、良心は疼《うず》かない」

「う、撃たんといてくれ。嫁が五ヵ月前に息子を産んだばかりなんや」

大男が哀願し、両手を合わせた。橋爪に押さえ込まれているオールバックの男も、怯《おび》え戦《おのの》いていた。

「子供のために、いま死ぬわけにはいかないってわけか」

「そうや、まだ死なれへん」

「だったら、おれの質問に素直に答えるんだな」

風見は大柄な男を睨みつけた。坊主頭の男が子供のようにうなずく。

「おまえら、浪友会の下部組織《エダ》の者《もん》なんだろ？」

「そ、それは……」

「答えなかったら、頭をミンチにしちまうぞ」

「わかった。天満《てんま》組いう二次団体の者や」

「名前は？」

「千舟《ちぶね》、千舟健斗《けんと》や」

「人相の悪い連れの名は？」

「長堀力《ながほりつとむ》いうねん。わしと同い年《タメ》で中学んときから悪さしてきたんや。そいでな、高校中退して、天満組の盃《さかずき》貰《もろ》たん」

「組長の命令で、瀬戸を逃がしたんだな？」

「そや。組長《オヤジ》に聞いた話やと、瀬戸さんは東京の大日向いう総会屋の手下に何かされそうやから、うまく逃したってやれと……」

「命じられたんだな？」

「そうやねん。けど、あんたらは刑事やった。とんだ勘違いしてもうたわ」

「瀬戸は、元シナリオライターの湯原浩一という奴とつるんで恐喝《カツアゲ》してると思われるんだが、その男に会ったことは？」

「ないわ、一度も。長堀はどや？」

千舟が仲間に訊いた。長堀は無言で首を横に振った。

「瀬戸には、愛人《おんな》がいるな？」

風見は千舟に問いかけた。

「ようわからんわ。瀬戸さんのことはよう知っとるけど、プライベートなことはわからんねん。ほんまやで」

「その顔は、嘘をついてる。たくさんの犯罪者に接してきたんで、わかっちまうんだよ」

「そない言われても、知らんもんは知らんわ」

千舟が舌打ちした。

風見は、ノーリンコ54の撃鉄を親指の腹で搔き起こした。あとは引き金を引き絞れば、銃弾が放たれる。

「おれ、嘘つき野郎は殺したくなるんだよ。女房《バシタ》に言い遺《のこ》したいことがあったら、必ず伝えてやる。言い終えたら、念仏でも唱えるんだな」

「ま、待たんかい。待ってくれや」

「おれは、あまり気が長くないんだよ。何かで待たされたりしたら、無性《むしょう》に腹が立つんだ」

「わし、どないしたら、ええんや」

千舟がわななきながら、長堀に助け船を求めた。

「喋ったら、ええやん。殺《や》られたら、生き返られへんのやから」

「そやな」

「組長《オヤジ》も瀬戸さんも、千舟が喋っても仕方ない思うてくれるやろ。わし、そう思うで」

「そやろうな」

「千舟、気が変わったようだな」

風見は声を和《なご》ませた。だが、銃口は下げなかった。

「瀬戸さんは、二年ぐらい前から北新地の『モナリザ』いう高級クラブでナンバーワン張ってた娘《こ》を囲ってるはずや。名前は九條《くじょう》みずきやったかな。いま、二十七だった思うわ。ええ女やで。うちの組長《オヤジ》も自分の情婦《おんな》にしたがってたんやけど、瀬戸さんに先に持ってかれてしもうたん。瀬戸さんは、みずきに月三百万の手当を渡してるようやから、そりゃ、パトロンに尽くすんちゃう」

「その愛人宅は、どこにあるんだ？」

「帝塚山《てづかやま》三丁目の大きな和風住宅に住まわせてるようや。万代池《まんだいいけ》のそばやね。瀬戸さんは週に二日は、妾宅《しょうたく》に泊まってるみたいやで。今夜も自宅やのうて、愛人のおる邸《やしき》に行ったんやない？」

「組長は、おれたちが大日向安則の配下の者だったら、組事務所に引っ張ってこいって言ってたのか？」

「ああ、そうや。瀬戸さんは人質を取ったら、大日向安則がガードしてやっとる大企業も十社ぐらい譲れと迫る気でいるみたいやで。けど、あんたら二人は大日向とは無関係やった。わしも長堀も、ヤキが回ったんかな」

千舟がぼやいた。

「おまえら二人は、所轄署に身柄を引き渡す」

「嘘やろ⁉　それや、話が違うやないか。何もかも喋ったら、すべて大目に見てくれると思うたから、わし、自白《ウタ》ったんやで」

「アメリカと違って、日本では司法取引は認められてないんだよ」

風見は口の端を歪め、橋爪に合図を送った。

橋爪が立ち上がって、官給携帯電話で事件を通報した。白黒パトカーと覆面パトカーの計六台が臨場したのは、六、七分後だった。

風見たち二人は身分を告げ、千舟と長堀の身柄は地元署員に引き渡した。もちろん、ノーリンコ54とブラックジャックも証拠物として渡した。

事情聴取が終わると、風見たちコンビはレンタカーで帝塚山に向かった。

九條宅を探し当てたのは、三十数分後だった。趣《おもむき》のある和風住宅は、ひっそりと闇の底に沈んでいた。門灯も庭園灯も点いていない。留守のようだ。

「瀬戸は愛人を連れて、府内にあるホテルに逃げ込んだんじゃないっすか？　天満組の奴らが失敗《ドジ》を踏む可能性もあると考えてね」

九條宅の門の前で、橋爪が言った。

「そうなのかもしれないな。ホテルを片っ端から回っても、瀬戸の居所はわからないだろう」

「といって、愛人宅の近くで朝まで張り込んでみても、あまり意味はないっすよね？　それから、瀬戸の自宅に行ってみても、仕方ないでしょ？」

「そうだな。今夜の塒《ねぐら》を決めたら、ホテルの近くの酒場で少し飲むか。ホテルのバーがまだ開いてたら、それでもいいが」

「どうせなら、地元の人たちが寛《くつろ》いでる小料理屋かスナックで飲《や》りたいっすね」

「そうするか」

風見はカローラを回り込んで、助手席のドアを勢いよく開けた。

第五章　透明な亀裂

1

枕許で何かが鳴っている。

捜査用携帯電話の着信音だった。目覚めた風見は、反射的にナイトテーブルの上の携帯電話を掴み上げた。

天王寺駅近くのビジネスホテルのシングルルームである。ちょうど午前六時だった。

「自分っす。指示通りにモーニングコールしたんすけど、起きられました？」

電話の向こうで、橋爪が言った。眠たげな声だった。相棒は斜め前のシングルルームで眠りについた。

前夜、風見たちはチェックインをした後、近くの活魚料理店で飲食をした。さらに同じ通りにあるスナックに入った。

美人姉妹だけで切り盛りしている店は、妙に居心地がよかった。姉妹はどちらも数年、東京で働いたことがあるらしい。

そのせいか、東京からの出張客には友好的だった。店の常連客も好人物ばかりで、つい長っ尻になってしまった。ホテルの部屋に戻ったのは、午前三時過ぎだった。

「予定を変更して、もう少し寝ますか？　三時間弱の仮眠じゃ、頭がよく働かないんじゃないっすか？」

「いや、夜が明け切る前に九條みずきの家に行ってみよう。ひょっとしたら、瀬戸は愛人宅にいるかもしれないからな」

「行きますか？」

「ああ。おまえは、もう身仕度をし終えたのか？」

「ええ、一応」

「なら、ロビーで待っててくれ。なるべく早く階下《した》に降りていくよ」

風見は電話を切った。浴室に直行し、熱めのシャワーを浴びる。洗面所で髭を剃り、歯を手早く磨いた。

風見は身繕《みづくろ》いをすると、急いで部屋を出た。

五階だった。エレベーターで、一階ロビーに下《くだ》る。橋爪はフロントの斜め前のソファに腰かけ、グラフ誌の頁《ページ》を繰《く》っていた。

少し瞼《まぶた》が腫《は》れぼったい。ほかに泊まり客の姿は目に留《と》まらない。

風見はフロントに歩《ほ》を進め、精算を済ませた。

相棒がソファから腰を浮かせる。風見たちは階段を使って、地階の駐車場に降りた。レンタカーに乗り込む。

阿倍野《あべの》墓地の脇を抜け、北畠《きたばたけ》方面に向かう。東の空は斑《まだら》に明け初《そ》めていた。まだ通行人の数は、きわめて少ない。

十五分ほどで、目的の場所に達した。

九條宅のポーチには、瀬戸のレクサスが駐《と》められている。自分の勘は正しかった。風見は、ほくそ笑《え》んだ。

「風見さん、いい勘してるっすね。どうして瀬戸が愛人と一緒に妾宅に戻ってると思ったんす？」

橋爪がカローラを九條宅の数軒先の生垣《いけがき》に寄せてから、感心したような口ぶりで訊いた。

「瀬戸は愛人をどこかのホテルに呼び出して、睦《むつ》み合ったにちがいない。しかし、表が明るくなってから若い女とホテルを出たんじゃ、なんとなくカッコ悪いだろうが？」

「そうっすね。ホテルでナニしたってことがバレバレっすから」

「知り合いに見られる恐れもあるんで、瀬戸は夜が明ける前に愛人宅に行く気になるだろうと読んだわけさ」

「なかなかの心理学者っすね。それはそうと、どんな手で瀬戸を追い込みます？」

「堂々と九條宅を訪れて、瀬戸に面会を求める。それでな、瀬戸に虚偽情報《ガセネタ》を吹き込む」

「どんなガセネタを……」

「東京の大日向安則が湯原浩一を操ってるのは瀬戸だと見抜いて、二人の命《タマ》を狙ってることにする」

「その手は、ちょっとまずいでしょ？　瀬戸が刺客《しかく》に殺《や》られたくなくて、先に誰かに大日向を始末させちゃうかもしれないっすからね」

「おれがうまくやるから、おまえは心配しなくてもいい」

風見は相棒に言って、先に助手席から出た。

橋爪が急いで運転席から離れる。風見は九條宅の門前まで歩き、インターフォンを鳴らした。

だが、なんの反応もなかった。風見は、ふたたびインターフォンを響かせた。すると、スピーカーから女性の声が流れてきた。

「どなた？」

「こんな時刻に申し訳ありません。警視庁の者です。九條みずきさんですね？」

「は、はい。わたし、何も悪いことはしてへんけど……」

「あなたのパトロンに忠告しておかなければならないことがあるんですよ。瀬戸さんは、この家にいますね？」

「いいえ、おらんですよ」

「ポーチに瀬戸さんの車が駐《と》めてあるでしょうが！」

「あっ、はい」

「警察に協力しないと、あなたのパトロンは逮捕されることになるな」

「パパは何をしたん？」

「浪友会天満組の千舟と長堀って極道に我々に威《おど》しをかけさせたんですよ」

「ほんまに⁉」

「瀬戸さんは、我々を対立関係にある東京の総会屋の回し者だと勘違いして、きのうの夜、こちらの尾行を撒く気になったんだろう。それで、あなたをどこかのホテルに呼び出して、一緒に過ごしたんでしょ？」

「そこまで知ってはるの？」

「瀬戸さんに取り次《つ》ぐことを拒むんだったら、あなたのパトロンを緊急逮捕する！」

風見は宣告し、相手の出方を待った。

「あなたたちにパパを会わせたら、捕まえないでくれるん？」

「そうするつもりですよ」

「そういうことやったら、パパ、いいえ、瀬戸さんに取り次ぎますわ」

九條みずきの声が熄《や》んだ。

数分待つと、玄関戸が開けられた。姿を見せた瀬戸は大島紬《おおしまつむぎ》に身を包んでいた。

「あんたら、大日向んとこの若い衆やなかったんやて？」

「ええ」

風見は警察手帳を呈示した。橋爪も身分証明証を短く見せた。

「とんだ早とちりをしてもうたな。天満組の千舟と長堀は逆にあんたらにやっつけられたようやから、堪《こら》えてんか。ま、中に入ってや」

瀬戸が門扉《もんぴ》を開け、風見たち二人を庭に招き入れた。

手入れの行き届いた庭のほぼ中央に、陶製《とうせい》のガーデン・チェアが据えられている。三人は、ひんやりとする陶製椅子に腰かけた。

「家の中に上げんで申し訳ないな。ちょっと事情があって、客人を通せんねん」

「隠し持ってる拳銃を分解して、オイルを塗り込んでたのかな」

風見は冗談半分に言った。

「わし、拳銃《チャカ》なんて持ってへんで。ほんまや。極道たちには知り合いが大勢おるけど、わしは堅気やからな」

「素っ堅気とは言えないでしょ？」

「堅いこと言わんといてえな。実は、リビングの床いっぱいにコレクトしてる枕絵を並べてたん。昨夜《ゆうべ》、梅田のホテルにみずきを呼んでナニしよう思うたんやが、息子がいきり立たんかったんよ。みずきは、まだ二十七や。フィンガー・テクニックを駆使して、たっぷりクンニもしてやった。けど、本番なしや、物足りないやん。そやから、わし、浮世絵を眺めて……」

「それで、我々を家の中に入れられなかったのか」

「そうやねん。ちょっと寒いけど、辛抱してや。ところで、わしに忠告があるそうやてな？」

　瀬戸が風見の顔を見つめた。

「大日向安則が湯原浩一に自分の名を騙《かた》られた件で、元シナリオライターと背後にいる瀬戸さんの二人に怒《いか》って、殺し屋《ヒットマン》を差し向けるって情報を入手したんですよ」

「湯原って誰やねん？　知らんわ、そないな男は」

「瀬戸さん、諦《あきら》めが悪いな。こっちは、あなたが湯原に大日向のホームページを開かせ、大企業や各界の名士の不正やスキャンダルを次々に流させて、高額な〝削除料〟をせしめてたことを知ってるんですよ」

「そない言われても、わし、ほんまに湯原いう男は知らんねん。そやから、わしがその男に大日向の名を騙って何か悪さをしろなんて指示できるわけないやんか」

「瀬戸、警察をなめんなよ！」

橋爪が声を張った。

「別になめとるわけやない。身に覚えのないことやさかい、そう言っただけや」

「あんたは天満組の二人に捜査妨害をさせた。それだけで罪になるんすよ」

「橋爪、おまえは黙ってろ」

「でも……」

「いいから、引っ込んでろ！」

風見は相棒に命じ、瀬戸を見据えた。

「そっちが協力しないなら、大日向に愛人のことを教えることになるぞ」

「なんや急に口調が変わったんやけど、わしは罪人なんか!?」

「二人の極道におれたちを襲わせといて、白々しいことを言うなっ」

「わしは天満組の組長におたくらの正体を探《さぐ》ってくれと頼んだだけや。痛めつけてくれなんて言うとらん」

「往生際が悪いぜ、あんた。九條みずきさんが大日向の手下に拉致されて辱《はずか》しめられるようなことになっても、平気なのか？」

「みずきに妙なことをしおったら、浪友会と神戸連合会の息のかかった者に大日向を拉致させて、ぶっ殺したるわ」

「その前に、あんたは大日向に雇われた殺し屋《プロ》に頭を撃《ハジ》かれてるだろうよ」

「大日向は、そこまで憎悪を感じてるやろうか」

「当然だろうが！　大日向は自分の名を騙られてネットに怪文書を次々にアップされたことで、信用を失いかけたんだ。現に大日向に不信感を持つようになった大企業も何社かあるはずだ」

「大日向は大会社の番犬を務《つと》めて、だいぶいい思いをしてきたんやから、もう引退してもええやん。あとは、わしに任せてもええんちがう？」

「強欲なんだね、あんたは。それはそうと、まだ空とぼける気かい？　そうなら、すぐ所轄署にあんたの身柄を引き渡すことになるぜ」

「少し考えさせてんか」

「いや、そうはいかない」

「殺生《せっしょう》やな」

瀬戸がぼやいた。風見は、腰の手錠ケースに手を伸ばす真似《まね》をした。

「ま、待たんかい。待ってくれへんか」

「やっと協力する気になったようだな」

「わしの負けや」

「湯原浩一を怪文書屋に仕立てたことは認めるんだな？」

「ああ。あん男が元シナリオライターと聞いたんで、大日向になりすまさせて怪文書を次々にネットに流させたん。湯原は金を欲しがってたんで、進んで協力してくれたわ」

「元脚本家は生活費を稼ぎたかっただけじゃないんだろう？」

「若いころに解散した何とかいう劇団を復活させて、常設の芝居小屋を持ちたいんだと言うとった。それから、できたら自分の脚本で映画も製作したいと語っとったな。同じ劇団にいた結城圭輔という元役者を主演にしたいと抱負も熱っぽく話してたわ」

「あんたは経済やくざやブラックジャーナリストに集めさせた大企業や各界の名士の弱みやスキャンダルを湯原に提供して、怪文書を綴《つづ》らせてたんだな？」

「そうや」

「怪文書をネットにアップするたびに、湯原に謝礼を払ってたのか？」

「そうや、五十万円ずつな」

「ずいぶん安い金で、悪事の片棒を担《かつ》がせたね。あんたは中傷された大会社や各界の名士たちから一千万円以上の〝削除料〟を脅し取ってたはずだ」

「五十万円ずつ湯原にくれてやったんは、怪文書の原稿料や。〝削除料〟が入るたび、湯原に二十パーセントの取り分を渡してきたで。わしひとりが甘い汁を吸ったわけやないわ」

「あんたは強請で、これまでにどのくらいせしめたんだ？」

「それは企業秘密ってことにしてんか」

「自分の立場がわかってないな。えーい、面倒だ。両手を前に出せ！　手錠《ワッパ》打って、地元署の者に来てもらおう」

「ま、待ってくれ。浪友会の者に集金させたんは約十五億や。けど、わしが手にしたんは十億ほどやねん。そのうちのおよそ二億円は湯原に渡しとる。そやから、わしの取り分は約八億円やな。その中から恐喝の材料《ネタ》を提供してくれた連中に謝礼を払《はろ》うてるさかい、実質的には六億前後しか儲けてへんわ」

「それでも、おいしいダーティー・ビジネスじゃないか」

「ま、そうやけどな」

瀬戸が懐手《ふところで》で、下卑《げび》た笑いを浮かべた。

「大日向が信用をすっかり失ったら、関東に進出して、東京に本社を構えてる一部上場企業に取り入り、〝与党総会屋〟に成り上がろうと企《たくら》んでたんだろ？」

「そうやけど、それは無理そうやから、もう諦めたわ」

「あくどいね、あんたは。大日向に命を狙われても仕方ないな。ところで、湯原はあんたが提供した浪速区元町三丁目のマンションに数カ月前から住んでないんだろ？」

「『元町スカイコート』のことまで調べ上げたんか。湯原の塒《ねぐら》まで調べ上げたいうことは、大日向になりすまして怪文書を流した件とは違う犯罪《ヤマ》で彼を追ってるんやないのか。

どうなん?」

「勘は悪くないようだな。湯原は、ある殺人事件に関わってるかもしれないんだ。九月十四日の夜、湯原は大阪にいたのか? その日、上京してたんじゃないのかい?」

「わからんわ。わし、いちいち湯原の行動をチェックしとるわけやないからな。関西のどこかにおったんやないか」

「いま、大阪という言い方をしなかったな。もう湯原は大阪には住んでないのか?」

「それは……」

「目を逸《そ》らすなっ」

風見は語気を強めた。

「わし、ほんまに湯原がどこに住んどるのか知らんのや。なんとなく大阪にはおらん気がしたんで、口ごもったん」

「あんたは、湯原の居所を知ってる!」

「ほんまに知らんて、わしは」

「橋爪、所轄署に連絡してくれ」

「それだけはせんといて。頼むわ」

「湯原の新しい家《ヤサ》はどこにあるんだっ」

「しゃあない、喋るわ。湯原は兵庫の神戸《こうべ》市におる。生田町《いくたちょう》二丁目にある『カーサ神戸』

いう賃貸マンションの三〇三号室で暮らしとるわ」

「独り暮らしをしてるのか？」

「そうやと思うけど、たまに酒場の女を部屋に泊めたりしてるんやないか。男盛りやから、侘《わ》び寝《ね》ばかりや味気ないやろうからな」

瀬戸が言って、長く息を吐いた。

風見は橋爪に目配せした。橋爪が陶製の椅子から立ち上がって、玄関の前に回り込んだ。所轄署に連絡させたのである。十分以内には地元署の刑事たちが瀬戸の愛人宅に急行するはずだ。

「連れの若い者は何してるん？」

「じきに戻ってくるさ」

風見は返事をはぐらかして、庭木を眺める振りをした。

瀬戸が不安顔になった。風見は密かに笑った。

2

レンタカーは三宮《さんのみや》駅前を右折した。

神戸花《はな》ホテルの前を通過して、道なりに進んだ。制限速度よりも少しスピードは遅い。

「この通りに間違いないよ。橋爪、もっとアクセルを踏み込め！」

風見は、つい命令口調になってしまった。相棒は神戸市内に入ってからも、ずっと慎重に安全運転を心掛けていた。知らない土地だからだろう。

風見たちは瀬戸の身柄を地元署員に引き渡すと、すぐさまカローラで神戸にやってきた。まだ午前八時を回ったばかりだ。

瀬戸が所轄署で恐喝の一件をすぐに全面自供するとは思えない。のらりくらりと曖昧《あいまい》な供述を繰り返し、元脚本家の湯原を怪文書屋にした事実はしばらく明かさないだろう。

瀬戸が全落ちする前に、湯原浩一に接触しなければならない。風見は気持ちが急《せ》いていた。

レンタカーが速度を上げた。

加納《かのう》町三丁目交差点を突っ切り、直進する。

「生田町二丁目は、少し先の右手にあるんじゃないっすか？　ね、風見さん？」

「多分、次の加納町二丁目交差点を右折するんだろう」

「でしょうね」

橋爪がカローラをセンターラインに寄せ、ほどなく右のウインカーを明滅させた。じきに交差点に差しかかった。

レンタカーが右に折れ、徐行運転しはじめた。二百メートルほど走ると、左側に『カーサ神戸』があった。六階建てで、真新しい。築後二年は経《た》ってなさそうだ。

風見は、車を『カーサ神戸』の数軒手前の民家の石塀に寄せさせた。

相棒がギアをＰ《パーキング》レンジに入れてから、早口で話しかけてきた。

「ここで張り込んで、湯原が外出したら、声をかけるんすか？」

「それだと、元シナリオライターに逃げられる恐れがある。部屋を訪ねよう。三階なら、ベランダから脱出することはできないだろう」

「そうっすね。湯原は部屋に連れ込んだ女と裸でまだ寝てるかもしれないな。そうだとしたら、追い込みやすいんすけどね」

「そうだな」

「風見さん、マンションの管理会社からスペアキーを借りて、三〇三号室に踏み込んじゃうって手もあるでしょ？」

「湯原が結城圭輔を刺殺した疑いが濃厚とは言えないから、反則技は控えよう。行くぞ」

風見はカローラの助手席から出た。

朝の陽光が瞳孔《どうこう》を射《い》る。思わず風見は目を細めた。寝不足で少々、頭が重い。

橋爪があたふたとレンタカーの運転席を降りた。二人は『カーサ神戸』まで急ぎ足で歩き、アプローチの石畳をたどった。

出入口は、オートロック・システムにはなっていなかった。管理人室も見当たらない。

風見たちコンビはエントランス・ロビーに足を踏み入れ、エレベーターで三階に上がった。

三〇三号室のネームプレートを見る。塙と記《しる》されていた。

風見は橋爪と顔を見合わせた。

「結城圭輔を〝別れさせ屋〟に仕立てたのは、湯原だったのか」

相棒が小声で言った。

「元脚本家が自分の映画シナリオの主人公の名を使って神戸で暮らしてたことは間違いないんだろう」

「湯原は事件の被害者と親しくしてたんでしょうが、〝別れさせ屋〟ビジネスの件で意見がぶつかったんじゃないっすかね？　あるいは、劇団復活の費用として二人が貯《たくわ》えてた金を湯原が勝手に遣《つか》っちゃったとも考えられるな。風見さん、どうっすか？」

「あれこれ推測するよりも、湯原にダイレクトに探りを入れてみようや」

風見はインターフォンのボタンを押した。

室内でチャイムが響いた。ややあって、スピーカーから男の嗄《しゃが》れた声が洩《も》れてきた。

「あいにく、部屋の者は近くの二十四時間営業のスーパーに買い物に行っちゃったんですよ。わたしは湯原君の知り合いで、昨夜《ゆうべ》、この部屋に泊めてもらったんです」

「湯原浩一さんのお知り合いなら、ちょっと捜査に協力していただけませんかね。わたしは警視庁の者で、九月十四日に殺害された結城圭輔さんの事件を調べてるんですよ」

「ああ、結城君の事件を……」

「結城さんをご存じなんですね？」

「ええ。ひと昔以上も前の話ですが、わたし、結城君主演の青春映画を撮《と》ったことがあるんですよ」

「あなたは映画監督でいらっしゃるんですね？」

「ええ。しかし、もう六、七年、映画《シャシン》は撮ってませんけどね。テレビ・ドラマの脚本《ホン》を書いて、細々とやってるんです」

「そうですか。失礼ですが、お名前は？」

風見は訊いた。

「立浪《たつなみ》、立浪伸徳《のぶのり》です」

「わたしは風見といいます。立浪さん、ぜひご協力をお願いします」

「わかりました」

スピーカーが沈黙した。待つほどもなく、ドアが開けられた。

立浪は六十二、三だろう。髪は半白だった。品のある顔立ちだ。

「連れは橋爪刑事です。ちょっと部屋に入れてもらいます」

風見は断って、玄関に入った。相棒が名乗り、入室する。

「自分の部屋ではないんで、あなた方を奥に招き入れるわけにはいかないんですよ」

「ここで結構です。立浪さんは結城さんを通じて、湯原さんと知り合われたんですか？」

「そうです。結城君の主演映画が公開された直後にね。湯原君は『青い麦の会』で演出助手をやってて、将来は脚本家志望だというんで、彼の書いたシナリオを読んであげたんですよ」

「そうだったんですか」

「才気を感じさせる映画脚本でした。機会があったら、湯原君の脚本でメガホンを取りたいと考えてたんです。ところが、結城君の恋愛スキャンダルがセンセーショナルに週刊誌なんかに書きたてられたりしたんで……」

「そのとばっちりで、監督依頼のオファーも少なくなってしまったんですね？」

「そうなんですよ。結城君の主演映画の興行収入はよかったんですが、女にだらしのない男優を主役に抜擢した監督のイメージも悪くなってしまったようです。でもね、結城君を恨んだことは一遍《いっぺん》もありません。それどころか、彼の運の悪さに同情さえしましたよ」

立浪が言った。

「器《うつわ》が大きいんだな」

「いや、いや。結城君は劇場映画に一本出たきりで銀幕から消えてしまったわけですが、役者としては大きく羽ばたける要素を持ってました。女性スキャンダルで失脚したのは、本当に惜《お》しかったな」

「結城さんは雑多な仕事をしたあと、恵比寿のマンションを自宅兼オフィスにして便利屋をしてたわけですが、割にリッチな生活をしてました。実は、事件の被害者は裏仕事をしてたんですよ」

風見は、結城圭輔が〝別れさせ屋〟として多額の裏収入を得た上、妻か愛人と別れた男たちを強請っていたことを明かした。

「それは何かの間違いではないんですか？　結城君が恐喝までしてたなんて話は、とても信じられません」

「それを裏付ける証拠があるんですよ」

「えっ、そうなんですか⁉」

立浪の表情が暗くなった。風見は、下目黒の安アパートに秘匿されていた現金四千七百万円と他人名義の預金通帳のことも喋った。

「それなら、あなたがおっしゃったことは事実なんだろうね。結城君は、そこまで成り下がってたのか。哀《かな》しいな。一発屋とからかわれたりしてたが、主役まで張った男でしたからね。なんだって、そんなに金銭に執着したんだろうか」

「結城さんは、十四年前に解散した『青い麦の会』を再結成させ、常設劇場を持ちたかったようっすよ」

橋爪が口を挟んだ。

「そうしたいということは生前、彼の口から聞いてた。劇団主宰者の植草仁さんに恩義があるんで、恩人の遺志を継ぎたがってたんだ」

「湯原さんも、同じ気持ちだったんだと思うっすよ。だから、塙正敏という偽名を使って、妻か愛人と別れたがってるリッチな男たちを見つけて、結城さんに色仕掛けで女性たちを嵌《は》めさせたんでしょう」

「ちょっと待ってくれないか。湯原君は盗作問題で脚本家生命を断たれてからは、塙正敏と自称するようになったが、まさか彼が結城君を〝別れさせ屋〟に仕立てたなんてことは考えられんな」

「それじゃ、いったい誰が塙と名乗って〝別れさせ屋〟ビジネスの依頼人を探したんです？」

「わたしには、そこまではわからんよ。湯原君のことを快く思っていない誰かが塙正敏になりすまして、彼を貶《おとし》めたんだろう」

立浪が唸るように言って、さらに顔を曇らせた。橋爪が口を閉じ、目で風見に発言を促《うなが》した。

「立浪さんは、結城さんだけではなく、湯原さんも好人物だと思ってらっしゃるようですね？」

「二人とも、いい奴ですよ。どちらも挫折《ざせつ》感を味わってるんで、他者の悲しみや憂《うれ》いに敏感なんです。つまり、思い遣《や》りがあるんですよ」

「そうした優しさもあったんでしょう。しかし、どちらも生き抜いていくだけで精一杯の暮らしをしてたにちがいない。それでも、二人は劇団を復活させる夢は捨てられなかったんでしょう」

「そうなんだろうね」

「地道に働いてたら、何十年も夢は実現させられない。そうした重い現実を知ったら、アンフェアな方法でも大金を手に入れたいと考えたりしちゃうんじゃないのかな」

「そこまで腐ってはないと思うが……」

「立浪さん、湯原さんは瀬戸という関西一の総会屋と共謀して、大企業や各界名士から一種の口止め料を脅し取った容疑があるんですよ」

「嘘でしょ!?」

立浪が声を裏返らせた。

風見は、元脚本家が怪文書屋として暗躍していたことを話した。むろん、大日向に罪をなすりつけようと画策した事実も教えた。

「湯原君がそんなことをしてたなんて、わたしには信じられないな」

「残念でしょうが、それは本当の話なんですよ。湯原さんは怪文書を作成するたびに、五十万円の原稿料を貰ってたようです。さらに、瀬戸が恐喝で得た金のうち約二億円を受け取ってたらしいんです」

「湯原君はごく普通の暮らしをしてるようですよ。そんな多額な裏収入があったら、生活が派手になりそうですがね」

「ダーティーな手段で得た大金は、夢の実現のためにプールしてあるんでしょう。もしかすると、結城さんが得た汚れた金も一緒にどこかに隠してあるのかもしれません」

「えっ!? 湯原君が結城君の隠し金を強奪したのではないかと疑ってるんですか?」

「ええ、少しですがね。下目黒のアパートには他人名義の七通の預金通帳があったんですが、残高はわずかでした。引き出された億を超える金のありかが現在もわかってないんですよ」

「その大金を湯原君が奪ったんだろうか。しかし、二人はすごく仲がよかったんです」

「どちらも夢のために手を汚したが、大金を得て気持ちが変わったのかもしれないな。それで、互いに相手の隠し金を自分のものにしようとしたんじゃありませんかね?」

「で、湯原君は結城君の金を……」

立浪が頭髪を掻き毟《むし》った。

「ところで、あなたは前夜、この部屋に泊めてもらったとおっしゃってましたよね?」

「ええ。一昨日《おととい》、湯原君から相談に乗ってほしいことがあると電話があったんで、きのうの正午過ぎに東京から神戸にやってきたんですよ」

「どんな相談を受けたんです？」

　風見は問いかけた。立浪がためらう顔つきになった。

「差し障《さわ》りのない範囲で結構ですんで、話していただけませんかね？」

「湯原君は、いつの日か自分のシナリオで結城君を主演にしたサスペンス映画のメガホンを取りたいと思ってたらしいんですよ。しかし、結城君が急死したことで、その夢は潰《つい》えてしまったわけです」

「ええ、そうですね」

「湯原君は別の役者を起用することは、まったく考えていなかったようなんですよ。それで、監督作品を世に送り出す気は失《う》せてしまったそうなんです。でも、もう一つの夢はまだ持ちつづけてるという話でした」

「もう一つの夢というのは？」

「彼は、俳優と脚本家の養成塾を作りたいとずっと前から考えてたらしいんです。『青い麦の会』の復活とは別に自分のライフワークとしてね」

「そうなんですか」

「詳しいことは教えてくれなかったんですが、その新しい形の養成塾の開設資金を提供してくれる資産家が見つかったそうなんです。それで、わたしに名誉塾長になってくれないかと言ってきたんですよ。名前を貸すだけで、月に百二十万円も貰えるということだったんで……」

「立浪さんは快諾《かいだく》したわけですね?」

風見は確かめた。

「ええ。報酬に目が眩《くら》んだだけじゃなくて、わたしもそういう形のタレント養成塾はユニークで面白そうと思ってたんでね」

「そうですか。湯原さん自身が実質的には塾長になって、運営していくつもりでいるんだろうな」

「そう言ってました。しかし、例のトリックの盗用のことで自分は社会的な信用を失ったんで、名誉塾長をトップに置かないと、塾生が集まらないだろうと考えたみたいですね。わたしの知名度は特に高いわけじゃありませんけど、芝居に興味のある人たちには多少、知られてるでしょうから、湯原君の役に立てるならと思った次第なんですよ」

「そういうことでしたか。立浪さんは著名な方ですから、塾生はたくさん集まると思いますよ」

「そうだといいんですがね。養成塾は北青山《きたあおやま》に開くことになって、近く貸ビルの七階の全フロアを借りる契約をするそうです」

「そうですか。ご成功を祈ります」

「湯原君のためにも、なんとか成功させたいと考えてます」

立浪が昂然《こうぜん》と言った。それなりの勝算はあるのだろう。

それはともかく、養成塾のスポンサーは実在するのか。どうも疑わしい。湯原の事業計画を後押しする人物がいるとしたら、立浪にもっと細かいことを話すのではないか。おそらくスポンサーなど存在しないのだろう。

湯原は、自分の分け前として瀬戸卓郎から貰った約二億円を養成塾の開設資金に充《あ》てる気でいるのではないか。元脚本家が結城と何かで対立して殺害したとしたら、元俳優の隠し金を奪った可能性もある。億単位の金をせしめていたら、当分は養成塾の運営費には困らないだろう。

風見はそう推測したが、まだ根拠といえるものは何も摑んでいない。心証だけで、湯原を容疑者扱いすることは避けるべきだろう。

「話は変わりますが、九月十四日、湯原さんはどこにいたんでしょうね?」

「その日なら、湯原君は東京にいましたよ」

「立浪さん、それは確かなんですか?」

「ええ、間違いありませんよ。その日の夕方に湯原君は奥沢《おくさわ》のわたしの家に来て、午前零時近くまでいました。共通の知り合いの助監督が監督デビューしたんですよ、単館系の映画でしたがね。それで映画関係者が七人、いや八人集まって祝杯を上げたんです」

「その方たちのお名前と連絡先を教えていただけますか？」

「いいですよ」

立浪がツイード・ジャケットの内ポケットから携帯電話を取り出し、登録者の住所録を覗き込んだ。橋爪が手帳に必要なことを書き留《と》めた。

「湯原君のアリバイをすぐに調べてください。結城君が殺された晩、湯原君はわたしの家で飲んでたんですから、犯人なんかじゃありませんよ。彼が第三者に結城君を刺殺させたとも考えられないな。刑事さん、湯原君は絶対に事件にタッチしてませんよ」

「一応、アリバイを調べさせてもらいます」

「ええ、そうしてください。もうじき湯原君は戻ると思うんですが、どうされます？」

「表で待たせてもらいます。ご協力ありがとうございました」

風見は立浪に礼を言って、三〇三号室を出た。橋爪が倣《なら》う。

二人は『カーサ神戸』を出て、レンタカーに乗り込んだ。橋爪が携帯電話を取り出し、事件当夜に立浪宅に集まった映画関係者に連絡を取りはじめた。

風見は腕組みをして、通話が終わるのを待った。

やがて、アリバイ調べが済んだ。風見は先に口を切った。

「どうだった？」

「湯原浩一は本部事件に関しては、シロっすね。同席者が口裏を合わせてるという気配はまるで伝わってきませんでしたっすよ」

「そうか」

「ただっすね、湯原は瀬戸と組んでマッチ・ポンプで恐喝をやって二億円もの分け前を貰ってたんすから、殺し屋《プロ》を雇える金は持ってたはずっす」

「実行犯ではあり得ないわけだが、殺人教唆《きょうさ》の疑いは残ってるわけだ」

「そうっすね。自分の勘っすけど、結城と湯原の二人は劇団を復活させるという夢は捨てちゃってたんじゃないのかな。で、どっちも裏仕事で荒稼ぎした金を奪って、自分のために役立てようと密かに考えてたんじゃないんすかね？」

「おまえの読み筋通りだとしたら、湯原が第三者に結城圭輔を片づけさせたんだろうな。そうなんだろうか」

「違うっすかね？」

「いや、わからないな。そうとも疑えるし、そうではない気もしてるんだ」

「そうっすか。自分も、なんかよくわからなくなってきたっすよ」

橋爪が欧米人のような身ぶりで、両手を大きく拡《ひろ》げた。

そのすぐあと、前方から両手に白いビニール袋を提《さ》げた四十年配の男が歩いてきた。スーパーの店名がプリントされたビニール袋は、はちきれんばかりに膨らんでいる。だいぶ重そうだ。

風見は目を凝《こ》らした。

湯原浩一だった。橋爪も元脚本家に気づいた。

「降りて、湯原を揺さぶってみるか」

風見は相棒の肩を軽く叩いた。

そのとき、前方から薄茶のワンボックス・カーが猛進《もうしん》してきた。その車は湯原の真横で急停止した。

驚いた湯原が片方のビニール袋を路上に落とし、その場に立ち竦《すく》んだ。

ワンボックス・カーのスライディング・ドアが開けられ、マイケル・ジャクソンのゴムマスクを頭から被った二人の大柄な男が飛び出してきた。

男のひとりが、湯原の右手の白いビニール袋を蹴落《けお》とした。湯原が怯《ひる》んで後ずさる。

二人組は湯原に組みつき、ワンボックス・カーに押し込んだ。すぐに男たちも車内に乗り込んだ。一瞬の出来事だった。

「ワンボックス・カーの進路を塞《ふさ》ぐんだ」

風見は相棒に声をかけ、カローラの助手席から出た。レンタカーの前を回り込んで、通りの中央に躍《おど》り出る。

橋爪が横に並び、両腕を水平に伸ばした。

ワンボックス・カーは高速で直進してくる。運転席の男は、濃いサングラスで目許を覆《おお》っている。助手席には誰も乗っていなかった。

ナンバープレートは外されている。浪友会天満組が瀬戸が逮捕されたことを知って、大企業や各界名士たちから〝削除料〟を代理で集金した事実をなんとか消そうとして、湯原の口を塞ぐ気になったのだろうか。

「警察だ。車を停めろ！」

風見は大声で叫んだ。

しかし、無駄だった。ワンボックス・カーは、そのまま突っ込んでくる。

「橋爪、避けるんだ」

風見は相棒が身を躱《かわ》したのを見届けてから、横に跳《と》んだ。ワンボックス・カーは重い風圧を置き去りにして、瞬《また》く間に走り去った。

風見は歯噛みし、天を仰《あお》いだ。

3

異様なビルだった。

外壁は真っ黒で、一階から三階の窓の下半分には分厚い鉄板が貼られている。弾除《たまよ》けだ。監視カメラの数も多い。

浪友会天満組の持ちビルだ。六階建てだった。

代紋や提灯《ちょうちん》は掲《かか》げられていないが、ひと目で暴力団の組事務所とわかる。ビルは、道頓堀川に架《か》かった新戎橋《しんえびすばし》の近くにあった。

風見は通行人を装って、組事務所の前や横に駐《と》められている車を目で確かめた。ベンツやセルシオといった高級乗用車ばかりで、薄茶のワンボックス・カーは見当たらない。

神戸から大阪に戻ったのは、数分前だった。

まだ午前九時過ぎだ。相棒の橋爪は、脇道で待機している。

湯原は組事務所には連れ込まれていないようだ。天満組の企業舎弟のオフィスか工場に監禁されているのか。すでに元脚本家はどこか山の中で命を奪われてしまったのだろうか。

組事務所で警察手帳をちらつかせても、構成員らは口を割らないだろう。組長の口を割らせるほかなさそうだ。

風見は脇道に戻り、路上に駐められたレンタカーの助手席に乗り込んだ。

「やっぱり、例のワンボックス・カーは見当たらなかったよ。組員が口を割るわけないから、組長を締め上げよう」

「そういう流れになると思ったんで、自分、大阪府警の組対《そたい》から情報を貰ったんすよ。天満組の入江満《いりえみつる》組長、五十七歳は一年数カ月前から本宅ではなく、稲荷《いなり》一丁目の妾宅《しょうたく》で暮らしてるそうっす」

「そうか。愛人《レコ》の名は？」

「中津百合香《なかつゆりか》、三十二っす。元レースクイーンだとかで、プロポーションは抜群だそうっすよ。この時間なら、入江組長は愛人の家にいるんじゃないっすか？」

「だろうな」

「すぐ中津百合香の家《ヤサ》に向かうっすね」

橋爪がカローラを発進させた。

レンタカーは元町方面に向かい、難波元町小学校の際《きわ》を抜けた。大阪シティエアターミナルの先が稲荷一丁目だった。

入江組長の愛人宅は造作なく見つかった。低層マンションの間に挟まれた二階家だった。敷地は六十坪前後だろう。庭木の手入れは行き届いていた。

「インターフォンを鳴らしたら、入江に逃げ《フケ》られるかもしれない。勝手にポーチまで入って、玄関のチャイムを鳴らそう」

風見は相棒に段取りを教え、先にレンタカーを降りた。

橋爪が慌てて運転席から離れる。

二人は中津宅に歩み寄った。門扉は低い。風見は無断で内錠を外して、敷地内に入った。カーポートには、ベンツＳＬとＢＭＷのスポーツカーが並んでいた。

スポーツカーは百合香の車だろう。真紅で目立つ。

二人は抜き足でアプローチを進み、ポーチに上がった。橋爪が玄関のチャイムを響かせる。

スリッパの音が聞こえ、ドア越しに女性の声がした。

「誰やの?」

「わし、浪友会の理事や」

風見は、もっともらしく言った。

「あのう、お名前は?」

「藤本《ふじもと》や。入江はおるな?」

「いてますけど……」

「緊急連絡があるんや。ドア、早《はよ》う開けてんか」

「は、はい」

相手が慌てた様子で玄関のドアを開けた。風見たちは抜け目なく、三和土《たたき》に身を滑り込ませた。

「おたくら、浪友会の人やないんやない?」

派手な顔立ちの女が警戒心を露《あらわ》にした。スタイルがいい。

「中津百合香さんだね?」

「そうやけど……」

「警視庁の者なんだ。入江組長にちょっと訊きたいことがあるんだよ」

風見は、百合香の片腕を軽く押さえた。

「何すんねん！　わたし、何も悪いことしてへんで」

「わかってる。そっちのパトロンが顔を見せたら、すぐ手は放す」

「あんた、警察や。早う逃げて！」

百合香が奥に向かって叫んだ。数十秒後、茶の間らしい和室から五十代後半の短髪の男が血相を変えて飛び出してきた。銃身を短く切り詰めた散弾銃《ショットガン》を手にしている。

「入江だな？」

風見は確かめた。

「そうや。わしの情婦《おんな》は関係ないやんけ。早う手を放さんかいっ」

「物騒な物を足許《あしもと》に置くのが先だ。極道に猟銃の所持許可は下《お》りない。銃刀法違反で検挙《アゲ》られたくなかったら、言われた通りにするんだな」

「なんの疑いや？　令状《オフダ》見せいやっ」

入江が息巻き、ショットガンを構えた。イサカの散弾銃だった。

「組の若い者に元脚本家の湯原浩一を拉致させたな？」

「湯原やて？　誰やねん、そいつは？」

「そうか、塙正敏と名乗ってたんだな。塙は総会屋の瀬戸卓郎に唆《そそのか》され、東京の大日向安則になりすましてホームページを開設し、大企業の不正や各界名士のスキャンダルを暴いてた。火付け役を演じてたわけだ。火消し役の瀬戸は中傷した有名企業や名士たちから削除料という名目で巨額を脅し取ってた。天満組は口止め料を十五億円ほど集金し、瀬戸には十億円ほど渡した。そうだな？」

「なんの話をしてるんや？　瀬戸さんのことはよう知っとるけど、何かを頼まれたことはないで」

「ばっくれたいんだろうが、もう無理だ。すでに逮捕《パク》られてる千舟と長堀が、そのうち全面自供するだろうからな」

「わしは何も知らん。ほんまにほんまや」

「あんたは瀬戸と塙の悪事に加担したことが警察に知られることを恐れて、組の奴らに元脚本家を『カーサ神戸』の前で拉致させた。こっちは、塙が薄茶のワンボックス・カーで連れ去られたとこを目撃してるんだよ。空とぼけても無駄だな」

「わしは何も知らん言うてるやないか」

「若い者にもう元シナリオライターを始末させたのか？　そうなら、殺人教唆容疑だな。正直に話してくれたら、銃刀法違反には目をつぶってやろう。入江、どうなんだっ」

風見は大声を張り上げた。

入江は黙したままだった。百合香がパトロンに声をかけた。

「ほんまに塙なんとかいう元脚本家を組の者たちに拉致させてへんの？」

「ああ、ほんまや。瀬戸さんに頼まれて、大企業や各界の著名人から口止め料を組の若い連中に集めさせたことは認めるわ。けどな、わし、恐喝《カツアゲ》にはタッチしてへん。それから、元脚本家を若い衆に拉致させてもないわ」

「それじゃ、当然、塙と称してる男も殺《や》らせてないんやね？」

「そうや。天満組は瀬戸さんに頼まれて、銭を取りに行っただけや。その程度の犯罪《ヤマ》の揉み消しで、いちいち殺人《コロシ》をしとったら、割に合わないやないか。考えてみいな」

「そうやね」

「あんたら、早とちりしてるで。わしは拉致事件にも関与してない。検挙《アゲ》たいんなら、好きなようにせいや」

入江がショットガンを足許に置き、玄関ホールに胡坐《あぐら》をかいた。

風見は、改めて入江の顔を直視した。嘘をついているようには見えない。どうやら勇み足を踏んでしまったようだ。

「どうするっす？」

橋爪が低く問いかけてきた。

「入江の身柄《ガラ》を所轄署に引き渡そう」

「そうすべきっすよね」

「連絡を頼む」

風見は言った。橋爪が小さく顎を引き、ポーチに出た。

「あんたら、なんで塙いう男を追ってるねん？」

入江が訊《たず》ねた。

「対象者《マルタイ》は、元俳優を誰かに始末させたかもしれないんだよ」

「そうなんか。ようわからんけど、瀬戸さんの下で怪文書をネットに次々と流してた男は大胆なことはできんやろう。開き直って生きとる奴やったら、誰ともつるまんで闇ビジネスをやれる。けど、元脚本家は気の小さい奴やと思うわ。そない男は、誰かに他人《ひと》を殺《や》らせるだけの度胸はないんちゃう？」

「気が小さい人間だからこそ、都合の悪い奴を第三者に片づけさせようと考えるんじゃないのか？」

「そないな解釈もできるんやろうが、わしは塙いう奴は誰にも殺人《コロシ》なんか頼んでない気ぃするわ」

「そうかな」

話が途切れた。

そのすぐあと、橋爪が玄関に戻ってきた。地元署の刑事たちが駆けつけたのは、およそ十分後だった。

風見は身分を明かし、経緯を語った。ほどなく入江は銃刀法違反容疑で前手錠を打たれた。銃身を切り詰めた散弾銃は当然、押収されることになった。

「あんた、実刑を喰《く》らうことになるん？」

百合香が不安顔でパトロンに問いかけた。

「刑務所《ムショ》には送られんやろ。わしは何も知らんと、若い者《もん》に代理集金させただけやからな。けど、無許可のショットガンを持っとったことは言い訳が利かん」

「そうやね」

「二十数日は留置されるやろうけど、じきに戻れるやろ。その間は百合香に淋《さび》しい思いをさせることになるけど、浮気せんとき」

「そない尻軽《しりがる》やないわ」

「わかっとる、わかっとるわ。冗談や。百合香、何か困ったことがあったら、若頭《カシラ》に相談しいや。ほな、行ってくるで」

入江が愛人に笑いかけ、刑事たちとポーチに出た。百合香は涙ぐんでいた。

「お騒がせしたね。いろいろ悪かった。勘弁してくれないか」

風見は百合香に詫び、橋爪と中津宅を出た。

二人は所轄署の覆面パトカーを見送ってから、レンタカーに乗り込んだ。風見は助手席のドアを閉めるなり、成島班長の携帯電話を鳴らした。

「ご苦労さん！　関西で何か収穫があったかな？」

　班長が先に口を切った。風見は経過を伝えた。

「湯原が関西に移ってから、塙正敏という偽名を使ってたんなら、元脚本家が結城圭輔を〝別れさせ屋〟に仕立てて、妻か愛人と縁を切りたがってた男たちを見つけてたんだろう。湯原は、結城が自分には内緒で依頼人たちを強請ってたことを知って、劇団を一緒に復活させる気がなくなったんじゃないのか。それで、結城が秘匿《ひとく》してた汚れた金を横奪《ど》りして、俳優と脚本家の養成塾の運営費に充《あ》てる気でいるんだろう」

「おれも、最初はそう思ったんですよ。しかし、塙正敏の偽名で〝別れさせ屋〟ビジネスの客を探すのは、無防備すぎるでしょ？」

「そうか、そうだよな。その名前は、湯原が書いた映画シナリオの主人公名だった。そのことは、早晩、捜査関係者に知られてしまう」

「ええ、そうですね。誰かが湯原を陥れたくて、塙正敏と称してたにちがいありません」

「そう考えるべきだろうな。湯原の映画シナリオの主人公の名が塙正敏だったことを知ってる者となると……」

「映画関係者だけじゃなく、昔の劇団仲間たちも知ってたでしょうね。結城や湯原と親しい樋口さんに限らず、『青い麦の会』の多くのメンバーが」

「だろうな。しかし、かつての芝居仲間が湯原浩一に何か恨みを持ってたという証言は、これまでの捜査資料にはまったく記述されてない」

「ええ、そうでしたね。殺された結城圭輔も、昔の劇団仲間には憎まれても恨まれてもいませんでした」

「ああ、そうだな。しかし、結城と湯原は裏で悪事に手を染めてた。劇団を復活させたくて、手っ取り早く資金を調達したかったんだと思うが……」

「成島さん、結城と湯原はダーティー・ビジネスで大金を得たら、劇団を復活させる夢なんかどうでもよくなったんじゃないですかね？　で、二人は相手の弱みをちらつかせて、隠し金を自分の物にしようとしたのかもしれませんよ」

「湯原は自分の隠し金を結城に脅し取られそうになったんで、第三者に元俳優を始末してもらったという推測はできるよな。しかし、その湯原がゴムマスクを被った男たちにワンボックス・カーに押し込まれて、どこかに連れ去られたんだ。そのことは、どう説明すればいいんだね？　結城殺しを請け負った奴が湯原の隠し金のことを知って、それをそっくり奪う気になったんだろうか」

「そうじゃないんでしょ？　結城が秘匿してた億前後の金のありかも不明なんですよ」

「そうだったな。湯原に雇われた殺し屋がいたとしても、そいつが結城の隠し金を横奪りはしないだろう。湯原から結城の秘匿金を聞いてたとしても、その隠し場所まではわからないはずだ」

「と思います。塙正敏と自称してた〝別れさせ屋〟ビジネスの共謀者なら、結城の隠し金のありかを知ってた可能性はあるな」

風見は頭を巡らせ、そう閃《ひらめ》いた。

「ああ、そうだな。湯原が結城を〝別れさせ屋〟に仕立てた謎の男の正体を知ったんで……」

「そいつは、ゴムマスクの男たちに湯原を拉致させたのかもしれないな。そうだとしたら、正体不明の男が変質者の犯行を装って結城圭輔を刺し殺したんじゃないだろうか」

「それ、考えられるな」

「ええ。班長、湯原を連れ去った奴らのワンボックス・カーが幹線道路を利用したとは思えないが、一応、関西全域のNシステムのチェックをお願いします」

「わかった。不審車輌の走行ルートが判明したら、すぐに連絡するよ」

成島が通話を切り上げた。風見はモバイルフォンを折り畳み、上着の内ポケットに戻した。

「三十五、六メートル後方の路肩に駐車中の灰色のアリオンは、天満組の事務所の近くで見かけてるっすよ。風見さん、見覚えがないっすか?」

橋爪がルームミラーに視線を向けた。風見はルームミラーとドアミラーを交互に見た。

運転席に坐った女性は、大きなファッション・グラスをかけていた。

「記憶にないな」

「そうっすか。自分は、見た気がするっすね。追尾されてたのかどうか、ちょっと確認してみるっす」

橋爪が言って、ごく自然にカローラを走らせはじめた。

風見はミラーに目をやった。アリオンも発進した。橋爪が故意に加速する。すると、怪しい車もスピードを上げた。尾行されていたのかもしれない。

「少し先の脇道にレンタカーを入れてみてくれ」

風見は相棒に指示した。橋爪が指示に従った。

少し待つと、後続のアリオンが脇道に入ってきた。たまたまカローラと同じルートをたどっていたとは考えにくい。尾《つ》けられていたことは間違いなさそうだ。

「橋爪、車をガードレールに寄せてくれ。おそらく気になるアリオンも路肩に寄せられるだろう。そうしたら、猛スピードでバックさせてくれないか」

「アリオンのナンバーを読んで、ドライバーをよく見たいんすね？」

「そうだ」

「了解っす」

橋爪がレンタカーをガードレールに寄せる。

アリオンも四十メートルあまり後ろの路肩の真横に停まった。橋爪がギアをR《リヴァース》レンジに入れ、勢いよくカローラをバックさせた。

風見はミラーに目を向け、アリオンのナンバーを読んだ。数字の頭に、わの字が見える。レンタカーだった。女性ドライバーは三十代の前半ではないか。

アリオンが急発進し、かなりのスピードでカローラを追い抜いていった。

「追うっすね」

「いや、いい。尾行者の正体は、すぐに割れるさ」

「班長にナンバー照会してもらうんすね？」

橋爪が言って、にんまりと笑った。風見は懐から官給携帯電話を取り出し、成島にナンバー照会を頼んだ。

「すぐに照会して、コールバックするよ」

成島が早口で告げ、電話を切った。コールバックがあったのは、数分後だった。

「当該《とうがい》車輌は、新大阪駅の近くにある阪神レンタカー大阪営業所の物だ。ついでに営業所に問い合わせて、借り主を教えてもらったよ」

「何者だったんです？」

「百瀬玲実《ももせれみ》、三十二だ。現住所は豊島区南大塚《みなみおおつか》一丁目で、職業は会社員だね。家庭教師派遣会社に勤務してるようだ」

「班長、岩尾・八神班に百瀬玲実の交友関係を洗ってもらってください」

「ああ、そうしよう。例のワンボックス・カーは兵庫県内と大阪府内の幹線道路を走ってなかったよ」

「そうですか。拉致グループは湯原を連れ去って間もなく、別の車輛に乗り換えたんでしょう」

「そうらしいな。大阪府警から何か情報を得られるかもしれないから、風見と橋爪は夜まで大阪に留《とど》まってほしいんだ」

「わかりました」

風見は終了キーを押し込み、成島から聞いた話を橋爪に伝えはじめた。

4

エレベーターが停まった。

本部庁舎の六階だ。函《ケージ》の扉が左右に割れた。

風見は欠伸《あくび》を嚙み殺しながら、ケージから出た。上《のぼ》りの最終の新幹線で大阪から帰京した翌朝である。

十時を過ぎていた。もっと早く登庁するつもりでいたが、智沙と午前三時ごろまで肌を貪《むさぼ》り合うことになった。

たった一泊の出張だったが、智沙は淋《さび》しかったのだろう。ベッドに入ると、すぐに積極的に身を寄せてきた。風見は煽《あお》られ、智沙を情熱的に抱いた。

前夜、風見たちコンビは最終列車に乗り込むまで、大阪府内でワンボックス・カーの目撃情報を集めてみた。しかし、何も手がかりは得られなかった。

依然として、湯原浩一の安否《あんぴ》はわからない。おそらく拉致に使われたワンボックス・カーは、盗難車だったのだろう。ナンバープレートを外しておけば、車の所有者の割り出しには時間がかかる。マイケル・ジャクソンのゴムマスクで顔面を隠した男たちは、犯罪のプロと思われる。

犯行はスピーディーで、無駄がなかった。手口は実に鮮やかだった。拉致犯グループの雇い主は、結城を〝別れさせ屋〟に仕立てた塙正敏と自称していた男なのだろう。だが、その正体が透けてこない。

風見は大股で歩き、特命遊撃班の刑事部屋に入った。

成島班長が長椅子に坐って、煙草を吹かしていた。考えごとをしていたようだ。

「色男、きのうはお疲れさん！」

「いいえ。橋爪はまだ来てないのかな？」

「便所で唸《うな》ってるよ。大阪の水が体に適《あ》わなかったんだろう。下痢気味らしい」

「締まらない奴だな。岩尾さんと八神は？」

「代々木の家庭教師派遣会社『共進友《きょうしんとも》の会《かい》』の周辺で聞き込みをしてるはずだ」

「百瀬玲実の勤務先の近辺で地取りか」

風見は、班長の正面のソファに腰かけた。

「岩尾・八神班のきのうの調べで、百瀬玲実のことがだいぶわかったよ。玲実は愛知県の出身で、都内の女子大を卒業して第三生命《だいさんせいめい》に入社した。二十六まで調査部で新規顧客の情報を集めてたようだね。だが、妻子持ちの上司との不倫が発覚したんで、法律事務所の嘱託《しょくたく》調査員になったんだ。でも、収入があまりよくなかったんで、二十九歳のときに現在の職場に転職したんだよ」

「所属セクションは？」

「企画課だよ。調査の仕事をしてるんではないだろう」

成島が短くなった煙草の火を消した。

「でしょうね。『共進友の会』には縁故入社したのかな？」

「いや、求人広告を見て応募して採用されたようだな。『共進友の会』を四年半前に設立した三宅雅也《みやけまさや》社長、三十六歳は学者になれなかった工学博士らしいよ。三宅は修士号や博士号の資格を有する高学歴就職浪人を積極的に採用して、名門私立中高校をめざす子供の家庭教師として派遣し、驚異的な合格率を誇ってるみたいだぞ。創業二年ちょっとで、競《けい》売物件《ばい》の五階建ての自社ビルを即金で買い取ってるんだ」

「合格率がどんなに高くても、短い間にビルを買い取るほど儲かるものだろうか」

「ひょっとしたら、三宅社長は法に触れる錬金術で荒稼ぎしてるのかもしれないな。家庭教師の派遣ビジネスで、そんなに儲かるとは思えないからね」

成島が言った。

「おれも、そう思います。三宅という社長は裏で何か危《ヤバ》いことをやってるんでしょう。そのことを結城圭輔が何らかの方法で知って、巨額の口止め料を要求したんで……」

「元俳優は殺されることになった？」

「そういう推測もできそうですね。湯原は結城から三宅の悪事を教えられ、強請ろうとした。で、元脚本家は自宅マンションの近くで拉致されてしまった。そう考えれば、一応、ストーリーはつながるな」

「風見の読み通りだったとしたら、百瀬玲実は三宅社長の命令で関西へ行って、拉致犯グループが依頼通りに湯原を引っさらうかどうか確認したかったんだろう」

「班長、それだけじゃないはずですよ。百瀬玲実は、浪友会天満組の事務所の近くにいたんです。おれと橋爪の捜査がどこまで進んでるか知りたかったんでしょう」

「なるほど、そう考えるべきだろうな。三宅雅也は捜査当局が結城の事件《ヤマ》の真相に迫ったかどうか、気になって仕方がなかったのかもしれないぞ」

「ええ、おそらくね。一介の女性社員である百瀬玲実を動かすとは思えないな。多分、三宅社長と玲実は親密な関係なんでしょう」

「そうなのかな。岩尾・八神班の報告によると、三宅は二年前に大学講師の女性と結婚して、一女をもうけてるんだ」

「金を握った男たちは、ほとんど浮気をするもんでしょう。生活に余裕が出ると、オスの本能が頭をもたげるんだろうな」

「風見もリッチになったら、複数の女たちを周りに集めたがるんだろうな」

「いまは智沙一筋ですよ」

「本当かね。そっちはモテるし、女好きだからな。話が逸《そ》れてしまったが、三宅社長と百瀬玲実は男女の仲なんだろう」

「学者志望だった三宅雅也は、裏でどんな闇ビジネスをしてるんだろうか。班長、おれと橋爪は三宅の動きを探《さぐ》ってみますよ」

風見は言った。

「そうしてもらおうか。三宅の自宅は、世田谷区北沢四丁目二十×番地にあるんだ。親の家なんだが、父親は六年前に病死してる。母親は現在、東京女子医大に入院中らしい。駅の階段から転落して、腰と大腿部《だいたいぶ》の骨を複雑骨折してしまったそうなんだ」

「そうですか」

「奥さんの名はいつかで、三十三だよ。娘は一歳数カ月で、陽菜《ひな》って名前だ」

「三宅は毎日、何時ごろに会社に出てるんです？」

「正午過ぎに出社することが多いということだったな。この時刻なら、まだ北沢の自宅にいるだろう」

成島が口を閉じた。

それから間もなく、橋爪がアジトに入ってきた。腹を押さえている。

「腹の具合が悪いんだってな？」

風見は相棒に声をかけた。

「ええ、ちょっとね」

「待機寮に戻って、寝てたほうがいいんじゃないか？」

「もう大丈夫っすよ。下痢止めの薬がだいぶ効いてきたみたいっすから」

「でも、あまり無理をするなよ。おれが独歩行で捜査活動をしてもいいわけだからさ」

「自分、そんなに役に立たないんすか？　それなりに役に立ってると思ってたっすけどな」

「いつもの自信というか、うぬぼれはどうしたんだ？　おまえらしくないぞ」

「体調がよくないと、なんか気弱になっちゃうんすよ。でも、自分、足手まといにはならないっす。便意は堪《こら》えられると思いますんで、寮に戻れなんて言わないでくださいよ」

「わかった。一緒に『共進友の会』の三宅社長の動きを調べてみよう」

「自分に予備知識を与えてくださいよ」

橋爪が風見の横に腰かける。

風見は、班長から聞いた話を相棒に伝えた。さらに自分の推測も付け加えた。

「風見さんの読み筋、ビンゴだと思うっすね。結城圭輔は三宅の裏仕事のことを種《ネタ》にして、口止め料を要求したんでしょう。三宅は、いくらか払ったんじゃないのかな。それで味を占めた結城は、多額の金を脅し取ろうとしたんでしょう。とことんたかられたら、丸裸にされるかもしれない。で、三宅は自分で結城を殺《や》ってしまった。そうじゃないとしたら、ネットの裏サイトで殺人を請け負ってくれる奴を見つけたんじゃないっすか？」

「ああ、どちらかなんだろうな」

「結城から三宅のダーティー・ビジネスのことを聞いてた湯原は友人の仕返しをしたい気持ちと金銭欲の両方で、『共進友の会』の社長を強請ったんでしょう。それだから、三宅は正体不明の男たちに元シナリオライターを拉致させたんすよ。ええ、きっとそうにちがいないな」

橋爪が自信ありげに言った。

数秒後、班長席の警察電話が鳴った。成島が長椅子から立ち上がり、自分のデスクに駆け寄った。

受話器を耳に当てた班長の表情が、みるみる暗くなった。湯原浩一の死体が発見されたのではないか。風見は、そう直感した。

「桐野さんからの電話だ。湯原浩一の溺死体が荒川下流の船堀橋《ふなぼりばし》付近の杭《くい》に引っかかってたそうだよ」

成島が受話器をフックに戻し、風見に顔を向けてきた。

「中流あたりの橋の上から荒川に投げ込まれたんですかね？」

「そうなのかもしれない。湯原は両腕を樹脂製の結束紐《ひも》で縛られ、両足首もきつく括《くく》られてたらしいよ」

「そうですか。元脚本家が殺害されるとしたら、阪神地方の山の中かもしれないと思ってたが……」

「拉致した湯原を東京まで連れてきたということは、三宅雅也が直《じか》に自分の手を汚したんじゃないだろうか。憎らしい相手を他人《ひと》に殺《や》らせたんじゃ、スカッとしないだろうからな」

「所轄の小松川《こまつがわ》署はもちろん、本庁《うち》の機捜初動班も臨場してるんでしょ？」

「理事官は、そう桐野さんに報告したそうだ。五係の文珠係長も部下を引き連れて、現場に向かってるらしいよ。湯原の死は、捜査本部事件とリンクしてると読んだんだろう」

「ええ、そうなんでしょう」

「文珠が事件現場に出向いても、すぐに真犯人《ホンボシ》にたどり着くことはできないだろう。風見、焦《あせ》ることはないからな。いつも通りのペースで捜査をつづけてくれ」

「わかりました」

風見はうなずいた。成島が上着の右ポケットを探り、捜査用携帯電話を取り出した。

「八神から三宅の写真メールが送信されてきたんだったな。二人とも、三宅の面《つら》を頭に叩き込んどいてくれ」

「助かるっすよ」

橋爪がすっくと立ち上がり、成島の携帯電話のディスプレイを覗き込んだ。

風見も腰を浮かせ、『共進友の会』の社長の顔を見た。大学の准教授っぽい印象を与える。理智的な顔立ちだが、抜け目がなさそうな目をしていた。

早く学者になりたくて、力のある教授たちの顔色をうかがいつづけていたのだろうか。目に卑《いや》しさが出ている。

「岩尾・八神班から新情報がもたらされたら、すぐ教えるよ」

成島が風見に言って、画像を消した。

「わかりました」

「橋爪の腹の具合がよくならないようだったら、待機寮まで送り届けてやってくれ」

「そうします」

風見は答え、相棒の背を軽く押した。二人は小部屋を出て、エレベーターで地下三階の車庫まで下《くだ》った。

「おれがドライバーを務めよう」

「風見さん、自分、ちゃんと運転できるっすよ」

「いいから、おまえは助手席に乗れ。便意を催《もよお》したら、すぐ教えろよ。車の中で漏《も》らされたら、後始末が大変だからな」

「ガキじゃないんすから、お漏らしなんかしませんよ」

橋爪が口を尖《とが》らせ、スカイラインを回り込んだ。風見は運転席に腰を沈め、すぐさまエンジンを始動させた。

北沢に向かう。

三宅の自宅を探し当てたのは、およそ四十分後だった。立派な邸宅だ。

敷地は百四、五十坪はあるだろう。庭木に囲まれた洋風住宅は、かなり大きい。間取りは6LDKぐらいか。

カーポートには、黒いジャガーと白っぽいシーマが見える。三宅はまだ自宅にいるようだ。

風見は、三宅家の隣の民家の石塀の際《きわ》に覆面パトカーを停めた。エンジンを切り、張り込みを開始する。

美人警視が風見に電話をしてきたのは、十数分後だった。

「出張、お疲れさまでした。湯原浩一の溺死体が発見されたことを班長から聞いたの。それから、風見さんの推測もね」

「そうか」

「『共進友の会』の三宅社長が裏であこぎに儲けてる可能性はあると思うわ。競売に出されたビルが安かったとはいえ、会社設立して二年数ヵ月で一括購入してるんですから。だけど……」

「八神、おれに遠慮することはないぞ。こっちの読みは外れてると思ってるわけだな？」

「わたしは、そんな気がしたんですよ。三宅は非合法な手段で裏収入を得てたんでしょうね。でも、殺された結城には三宅雅也とは何も接点がなかったんですよ。元俳優は、どうやって三宅のダーティー・ビジネスを知ったんです？」

「多分、『共進友の会』の元社員と結城は面識があったんだろう。その元社員は三宅社長に悪感情を持ってて、裏ビジネスのことを結城に教えたんだと思うよ」

「岩尾さんとわたしは、『共進友の会』に関わりのある人たちの交友関係をあらかた調べたんですよ。その結果、結城と結びついてる者はひとりもいなかったことがわかったの」

「そうなのか。それじゃ、おれの筋の読み方は間違ってたようだな。きのう大阪で見かけた百瀬玲実は出社してるのか？」

風見は訊いた。

「ええ、社内にいます。百瀬玲実は三宅社長と不倫の間柄と睨んでたんですけど、そうじゃないようでした」

「何か根拠があるのか?」

「ええ、まあ。社員たちの話を総合すると、三宅社長は大変な愛妻家で、奥さんと娘さんが写ってる写真を携帯の待ち受け画面にしてるらしいんですよ」

「愛妻家の振りをして、うまく不倫してるんじゃないのか」

「そうだったとしても、百瀬玲実が三宅社長と不倫の仲だとしたら、なんか気分がよくないでしょ? たとえ、家庭が大事だと三宅社長が芝居をしてたとしてもね。わたしが百瀬玲実だとしたら、そんな神経のラフな男には惹《ひ》かれません」

「百瀬玲実と三宅雅也は、いわゆる男女の関係じゃないのか」

「わたしは、そう見てます。彼女、同僚たちに私生活のことはほとんど話したがらないそうだけど、女性事務員のひとりにタワーマンションの3LDKの部屋を購入するかもしれないと秘密めかした声で打ち明けたことがあるらしいんですよ」

「百瀬玲実は三宅の不倫相手なんかじゃなく、脅迫者だったんだろうか。社長の裏ビジネスの証拠を握って、多額の口止め料をせしめたのかもしれないぞ」

「そうなんですかね。そうだとしたら、彼女がわざわざ大阪に行って、レンタカーで風見さんたち二人を尾けるのはおかしいわ」

「確かに変だな。百瀬玲実が三宅社長を恐喝した事実の裏付け《ウラ》は取ってないんだ、おれたちのチームは」

「ええ、そうですね。なのに、百瀬玲実は関西まで出かけて、風見さんたちの捜査の進み具合を探ってたみたいなんでしょ？」

佳奈が確かめるような口調で問いかけてきた。

「ああ、そう見受けられたな。こじつけに聞こえるだろうが、湯原浩一は何らかの方法で三宅雅也の裏仕事のことを知って、口止め料を要求してたんじゃないだろうか。恐喝のライバルがいたら、百瀬玲実は落ち着かなくなるだろう」

「落ち着かなくなる？」

「そう。百瀬玲実はライバルに自分が恐喝したことを知られてしまうかもしれないし、三宅を自分だけの〝貯金箱〟にはできなくなるわけだよな？」

「ああ、そういう意味ですか。それで、玲実はゴムマスクの男たちに元脚本家を拉致させて始末してもらったのかな。そんなふうに推測すると、結城の事件とは何もつながりがなくなってしまうわね」

「八神、一連の犯罪《ヤマ》はそれぞれリンクしてるんだと思うよ。つながり方がはっきりと見えてこないがな。おれたちは、三宅の闇ビジネスが何なのか探ってみる」

風見は電話を切って、手がかりの断片をつなぎ合わせはじめた。

5

夕闇が濃くなった。

間もなく午後五時になる。三宅は、いっこうに自宅から出てこない。

「きょうは三宅、オフィスには出ないんじゃないっすか？」

助手席で、相棒が言った。

「そうなのかもしれないな」

「風見さん、張り込みを切り上げて、自分らも百瀬玲実をマークしたほうがいい気がしますけどね。玲実は三宅社長の裏ビジネスのことを知って、口止め料をせしめたにちがいないっすよ。それだから、女性事務員に近いうちにタワーマンションの一室を購入するかもしれないと言ったんでしょ？」

「五時半になったら、南大塚の百瀬玲実の自宅に行ってみよう」

「了解っす」

「橋爪、もう腹は大丈夫なのか？」

風見は訊いた。橋爪が顎を引いたとき、三宅宅の車庫のオートシャッターが開いた。

すぐにシーマが滑り出てきた。ハンドルを握っているのは、三宅だった。カジュアルな服装だ。オフィスに行くのではなさそうだ。

「粘った甲斐《かい》があったな」

風見は、シーマが遠ざかってから覆面パトカーを走らせはじめた。

三宅は数十分シーマを走らせ、新宿中央公園の外周路にパークさせた。十数メートル先には、濃紺のRV車が見える。

風見は、シーマの三十メートルほど後方にスカイラインを停めた。

そのとき、RV車の運転席から三十歳前後の男が降りた。体軀《たいく》が逞《たくま》しい。勤め人ではなさそうだ。どこか崩れて見えるが、暴力団関係者ではないだろう。

男は軽く頭を下げ、シーマの助手席に乗り込んだ。三宅が一方的に男に喋りつづけた。何か指示をしているようだ。

「シーマに乗り込んだ奴が、三宅の裏仕事のリーダーなんじゃないっすかね？」

橋爪が言った。

「そうなのかもしれない。二人がここで別れるようだったら、RV車を追尾しよう。三宅を揺さぶってみても、ダーティー・ビジネスのことは吐かないだろうからな」

「ええ、そうでしょうね」

会話が途切れた。

その直後、三十絡みの男がシーマを降りた。シーマはすぐに発進し、十二社《じゅうにそう》通りから青梅《おうめ》街道に向かった。筋肉の発達した男がＲＶ車に乗り込む。

風見は車間距離を詰め、ＲＶ車のナンバーを声に出して読んだ。橋爪が、すぐさま端末を操作する。

「盗難車かもしれないな」

「そうっすね」

遣り取《やと》りが終わらないうちに、照会センターから回答があった。

やはり、ＲＶ車は半月ほど前に中野区内の月極《つきぎめ》駐車場から盗まれた物だった。車の所有者を怪しんでも、時間の無駄だろう。

ＲＶ車が走りだした。

風見は充分に車間距離を取ってから、捜査車輛のギアをＤ《ドライブ》レンジに入れた。ＲＶ車は青梅街道から明治通り経由で、新宿通りに乗り入れた。内堀《うちぼり》通りをたどり、そのまま晴海《はるみ》通りを直進している。

「まさか三宅は、麻薬か銃器の密売をやってるんじゃないだろうな。晴海通りの先は東京湾でしょ？　横浜の本牧沖《ほんもくおき》あたりで品物《ブツ》を艀《はしけ》に移して、それを晴海埠頭から……」

「そういう密輸《ネス》は堅気がやれるもんじゃない。学者志望だった三宅が闇の勢力と共謀するなんてことは考えられないよ。そんなことをしたら、しまいに骨までしゃぶられる羽目になるからな」

「そうっすね。三宅はどんな闇商売で荒稼ぎしてるんだろう？」

「いまにわかるさ」

風見は相棒の言葉を遮《さえぎ》り、運転に専念した。

シーマは道なりに走り、月島《つきしま》四丁目の朝潮《あさしお》運河に架かった朝潮橋の手前で路肩に寄った。

「男の様子をうかがってくる」

風見はスカイラインをRV車の後方に停めて、さりげなく運転席を離れた。

通行人の振りをし、RV車の真横を通り抜ける。体格のいい男はスマートフォンを耳に当てていた。

風見は朝潮橋の中ほどで立ち止まり、運河を見下ろした。水面《みなも》は黒々としていた。凪《な》いでいて、岸壁を洗う水音も耳に届かない。

前方の朝潮大橋の向こうは、晴海運河だ。

朝潮大橋の手前の護岸にモーターボートと水上バイクが舫《もや》われている。人影は見当たらない。

風見は違和感を覚えた。

モーターボートはともかく、この運河に水上バイクが浮かんでいるのは妙だ。

ＲＶ車を運転していた男は、営利誘拐組織のメンバーなのではないか。むろん、組織を取り仕切っているのは三宅雅也だろう。

三宅は配下の者たちに資産家の子女を引っさらわせ、血縁者に高額な身代金を要求して荒稼ぎしてきたのではないか。もちろん、人質の保護者が警察には協力を求められないよう脅迫したにちがいない。

おそらく身代金は橋の上から投げ落とされるのだろう。紙幣《しへい》束が濡れないよう防水され、バッグかケースには古タイヤを括りつけろと指示したにちがいない。

橋の下で待ち受けていたモーターボートか水上バイクの操縦者が手早く身代金を回収し、少し離れた桟橋から逃亡する段取りなのではないか。警察の特殊捜査班が身代金受け渡し場所に張り込んでいなければ、成功率は高いはずだ。

風見はスカイラインに戻り、自分の推測を橋爪に語った。

「それ、ビンゴっすよ。『共進友の会』の社長は裏で営利誘拐組織を動かして、あこぎに儲けてたんでしょう。百瀬玲実は三宅から多額の口止め料をせしめたんすよ。ええ、間違いないっすね。今夜、きっと身代金の受け渡しが行われるにちがいないな。ＲＶ車の男は早めに現場に来て、特殊捜査班の連中が周辺に潜《ひそ》んでないか確かめてるんすよ」

「そうなんだろうな」

「風見さん、班長に報告を上げましょうよ」

橋爪が急《せ》かす。風見はすぐに成島に電話をかけ、事の経過を伝えた。

「三宅が営利誘拐で荒稼ぎしてると考えてもいいだろう」

「班長、特殊捜査班に支援要請すべきでしょうか？」

「いや、それはやめとこう。警察が下手に動いたら、人質が殺されてしまうかもしれないからな」

「ええ、その心配はありますね」

「岩尾・八神班をそっちに向かわせるから、四人で人質をなんとか救出して、三宅を自供に追い込んでくれ。百瀬玲実が社長から口止め料をせしめてるとしたら、彼女を揺さぶってみてくれないか。玲実とつながりのある人間が結城圭輔と湯原浩一の事件に関与してるかもしれないからな。とにかく、岩尾たち二人を月島に行かせるよ」

成島が通話を切り上げた。

そのすぐあと、RV車が走りだした。気づかれたのか。風見はそう思いながら、捜査車輌をスタートさせた。慎重にRV車を追う。

RV車は海に向かって進み、晴海橋交差点を右折した。公団晴海団地を抜け、晴海三丁目交差点を右に曲がった。清澄《きよすみ》通りに出ると、また右折した。月島図書館の先を右に折れ、朝潮橋の袂《たもと》で車をガードレールに寄せた。

「人質の家族が警察に通報したかどうか確認したんすよ」

「そうみたいだな」

　風見は、またスカイラインをRV車の後方に停めた。手早くライトを消し、エンジンも切る。

　岩尾と佳奈が到着したのは、十七、八分後だった。二人はスカイラインの後部座席に乗り込んできた。風見は上体を捩《ねじ》って、状況を説明した。

「人質の家族が身代金を持って、そのうち来るんだろうね」

　岩尾が風見に話しかけてきた。

「それは間違いないでしょう。岩尾さんたち二人は運河の向こう側に車を回して、モーターボートと水上バイクの動きを探ってくれますか？」

「わかった、そうしよう」

「よろしく！　おれたちは、人質の家族が橋の上から身代金を運河に投げ落とすのを目認《もくにん》します。ですが、相手に声はかけません。RV車の男も、しばらく泳がせるつもりです」

「身代金を誰が持ち去るか確認してから、その人物をチームで追うんですね？」

　佳奈が話に加わった。

「そうだ。身代金が運ばれた場所に人質がいると考えられるからな」

「ええ、そうでしょうね」

「まず人質を保護してから、犯人グループの身柄を確保するという段取りでいこう」

「了解です」

「八神、すぐ覆面《メン》パトを移動させてくれないか」

風見は指示した。

佳奈が短い返事をして、岩尾とスカイラインを降りる。二人は灰色のプリウスに乗り込んだ。運転席に坐ったのは佳奈だ。

プリウスが運河を渡り、左に折れた。運河沿いに走って、朝潮大橋の手前で停止する。ヘッドライトは、すぐに消された。

清澄通り方面から走ってきた黒塗りのセルシオが橋の中央に停まったのは、午後八時数分前だった。

トランクリッドが開けられ、運転席から五十代後半の紳士然とした男が降りた。人質の家族だろう。

風見の官給携帯電話が鳴った。発信者は美人警視だった。

「モーターボートと水上バイクがゆっくりと朝潮橋に向かいはじめました。どちらの操縦者も黒いフェイスキャップを被ってるんで、顔は判然としません。体つきから察して、二人とも二十代でしょうね」

「そうか。八神、電話を切らないでくれ。相互に犯人グループの動きを伝え合おう」

「わかりました」

「人質の血縁者と思われる五十七、八の男が、車のトランクから茶色いボストンバッグを取り出した。ボストンバッグには、黒っぽいチューブが括りつけられてる。バッグの中身は身代金だろう」

「でしょうね。モーターボートが先行しはじめました。水上バイクは斜め後ろにいます」

「ボストンバッグが橋から投下されたよ」

「目認できました。バッグは河面《かわも》に浮かんだままです。水上バイクの男がフック付きの棒でバッグを引き寄せ、それをモーターボートの中に放り込みました」

「モーターボートは運河を抜けたら、右手の月島埠頭か左手の晴海埠頭に回り込むだろう」

「車をUターンさせて、東京国際貿易センター方向に向かいます」

「いや、RV車が動きだしたら、岩尾さんと八神は人質の身内に接触してくれ。おれたちはRV車を追尾する。ボストンバッグは、RV車の男が回収するんだろう。いったん電話を切るぞ」

風見は終了キーを押した。

RV車が走りはじめた。風見もスカイラインを発進させた。セルシオの男は橋の反対側に走り、運河を見下ろしていた。

モーターボートと水上バイクは、すでに遠のいているにちがいない。

ＲＶ車は晴海橋交差点を右折すると、次の交差点を右に折れた。黎明橋《れいめいばし》の袂で車を急停止させ、水上バス発着所に向かって駆けはじめた。

「モーターボートは桟橋《さんばし》に横づけする気っすね。風見さん、ＲＶ車の男を取っ捕まえちゃいましょうよ」

「逸《はや》るな。人質が殺されたら、悔んでも悔み切れないじゃないか」

風見は若い相棒に忠告した。

数分経つと、体格に恵まれた男が駆け戻ってきた。濡れたボストンバッグを胸に抱えている。チューブは切り離されていた。モーターボートを操《あやつ》っていた男が紐を切断したのだろう。

ＲＶ車が急発進した。

風見は追走しはじめた。ＲＶ車は都内を走り抜けると、川崎市宮前《みやまえ》区に入った。

ちょうどそのとき、橋爪の携帯電話が着信音を発した。

「岩尾さんか、八神からの電話だろう。早く電話に出ろ」

風見は相棒を急《せ》かせた。

「あっ、岩尾さんっすね。ええ、風見さんは運転中なんすよ。セルシオに乗ってた男は、ひとり娘を三日前に犯人グループに誘拐されて、一億五千万円を要求されたんすか。で、親父《おやじ》さんは要求額を払ったわけだな」

「橋爪、通話は簡潔に済ませろ」

「はい」

橋爪がてきぱきとした受け答えをし、終了キーを押した。そして、連絡内容を風見に伝えた。

誘拐されたのは、大手精糖会社の創業者の孫娘の香取直美《かとりなおみ》だった。二十三歳で、名門女子大の大学院生だという。身代金を橋の上から投下させた香取頼近《よりちか》は創業者の長男で、ひとり娘を溺愛していたらしい。身代金を上限なく払うと犯人側に訴えつづけたそうだ。

「特殊捜査班のメンバーが到着したら、岩尾さんたちは自分らと合流すると言ってたっす。人質が監禁されてる所がわかったら、自分、岩尾さんか八神さんに連絡するっすよ」

「ああ、そうしてくれ」

風見は応じて、RV車との車間距離を少し延ばした。住宅街に入ってからは、ぐっと車の量が少なくなっていた。

RV車は住宅街を抜けて、畑と雑木林が目立つ地域に入った。その奥に、モダンな造りの二階家が建っていた。敷地はだいぶ広い。近くに民家は見当たらない。

RV車が、その家屋の敷地に入った。車寄せには、見覚えのあるシーマが駐《と》められている。三宅の車だ。

風見はスカイラインを雑木林の横の暗がりに停めた。二階家の三、四十メートル手前だ。

筋肉質の男がRV車から降りた。ボストンバッグを抱えて、家の中に消えた。

風見たちは静かに覆面パトカーから出て、中腰で二階家に接近した。階下の広い居間には白いレースのカーテンが引かれているだけで、室内は丸見えだった。

三宅雅也がリビング・ソファに腰かけ、若い女性と談笑している。話している相手は、香取直美なのか。それとも、別人なのだろうか。

話し相手が大手精糖会社の創業者の孫娘だとしたら、誘拐事件は仕組まれた狂言だったのではないか。

「三宅の前にいる娘《こ》が人質だとしたら、『共進友の会』の社長は狂言誘拐に協力して、身代金の何十パーセントかを謝礼として貰ってるんじゃないっすか？」

橋爪が声をひそませた。

「おまえも、そう思ったか。実は、おれも同じことを考えてたんだ」

「そうっすか。二人の遣り取りを聞き取れれば、それはすぐわかるんすけどね」

「住居侵入罪になるが、敷地内に忍び込もう」

風見は言った。橋爪が即座にうなずいた。

そのとき、RV車に乗っていた男が居間に入った。若い女性がソファから立ち上がって、笑顔で男を犒《ねぎら》った。

ボストンバッグがコーヒーテーブルの上に置かれた。娘がファスナーを開き、防水袋の中から無造作に札束を取り出し、三宅の前に積み上げはじめた。

「おれたちの読み通りみたいだな。橋爪、行くぞ」

風見は姿勢を低くして、二階家の内庭に忍び込んだ。橋爪が追ってくる。

二人は居間のサッシ戸の横に立った。リビングの会話がはっきりと耳に届いた。

「これで、直美さんはインドネシア人留学生との駆け落ち資金ができたね」

「三宅さんのおかげです。お約束した五千万円の協力金を差し上げます」

「ええ、いただきます。ただし、領収証は切れませんよ。狂言誘拐のプロデュースは犯罪になっちゃうからね」

「わかってます。両親を欺《あざむ》くようなことはしたくなかったんですけど、父の人種差別がどうしても赦《ゆる》せなかったんですよ。父は白人男性との恋愛や国際結婚は認めるけど、ボルネオ出身の男との交際は駄目だの一点張りだったの」

「グローバル化時代だというのに、考え方が保守的すぎるね。しかし、多くの成功者は頭が古いんだ。わたしは直美さんと同じように理解のない親に反発した令嬢たちを十六人も引っさらって、お客さんの希望額を身代金として手に入れてやったんですよ」

「どなたにも、三宅さんは感謝されてると思います。法律に触れてるわけだけど、三宅さんは人助けをしたんですもの」

「そうなんだが、後ろめたさもあるよ」

「そんな疚《やま》しさを感じることはないと思います。父は、二億でも三億でも身代金を出すと言ったんでしょ？」

「ああ、そう言ってたね」

「どうせ勘当されることになるなら、身代金は三億にすればよかったな。そうしてれば、三宅さんにも一億円の謝礼が入ったわけですから」

「なんなら、これから追加分を香取氏に要求するか」

「ええ、かまいませんよ」

香取直美が真顔で応じた。三宅が考える顔つきになった。RV車を運転していた男が口を開いた。

「三宅さん、あと一億五千万円を追加要求しましょうよ。身代金が多ければ、おれたち汚れ役を引き受けた人間の取り分も増えるわけだし」

「そうするか。会社の百瀬玲実の彼氏は広域暴力団の理事らしいから、三億の上前をはねただけでは納得しないだろう。どうせ今後も、無心しつづける気でいるんだろうから、直美さんのお父さんにあと一億五千万を出してもらうかな」

三宅が言葉に節をつけて言った。

風見はサッシ戸に腕を伸ばした。内錠は掛けられていない。サッシ戸を荒っぽく開け、レースのカーテンを横に払う。

「警察だ。みんな、動くな」

「無断で他人《ひと》の家に入り込んでもいいのかっ」

三宅がソファから立ち上がって、風見を怒鳴りつけた。とっさに風見は言い繕《つくろ》った。

「家宅捜索令状を持った同僚が、追っつけ来るよ。我々は、あんたをずっと内偵中だったんだ」

「えっ!?」

「あんたは家庭教師派遣会社を経営しながら、狂言誘拐の片棒を担いで荒稼ぎして、競売物件のビルを一括購入した。それで、怪しまれることになったんだよ。社員の百瀬玲実に裏ビジネスのことを知られ、彼女の交際相手に口止め料をせびられたんだな?」

「立ち聞きしてたんだなっ」

「百瀬玲実の彼氏は、やくざの幹部なんだって?」

「百瀬も本人もそう言ってたから、間違いないだろう。ただ、わたしは相手と電話で喋っただけで、一度も会ったことはないんだ」

「口止め料は、百瀬玲実の口座に振り込んだわけか」

「そうなんだ」

「ついでに訊くんだが、あんた、結城圭輔という男に裏ビジネスのことで強請られたことは？」

「ない、ないよ」

「湯原浩一という奴に脅迫されたこともないね？」

「おたく、何を疑ってるんだ？　わたしは狂言誘拐の手助けをして、それなりの謝礼を貰ってただけだ。ほかの事件には何も関与してないっ」

「そうらしいな。担当捜査員が来るまで、おとなしくソファに坐ってろ！」

「なんてことなんだ」

三宅がぼやいて、ソファに腰を落とした。

香取直美はうなだれたまま、顔を上げようとしなかった。RV車を運転した男は両膝をフロアに落とし、放心した目を天井に向けている。

「班長に電話して、特殊捜査班の出動要請をしてくれ」

風見は若い相棒に指示して、三宅たち三人を監視しはじめた。

少し経《た》つと、橋爪が自分の携帯電話を差し出した。

「要請をしたっす。班長が風見さんと直《じか》に話したいそうなんで……」

「そうか」

風見は相棒のモバイルフォンを右耳に当てた。

「理事官の情報によると、百瀬玲実は法律事務所で働いてたとき、『東都リサーチ』で何度か浮気調査のアルバイトをしたことがあるらしいんだ。結城や湯原の昔の劇団仲間だった樋口稔と接点があったわけだよ。それからな、樋口は結城にダーティーな手段を用《もち》いても、劇団主宰者の植草仁の遺志を継ごうと事あるごとに説得してたらしいんだ」

「班長、結城を〝別れさせ屋〟に仕立てて、依頼人を捜してきた自称塙正敏は樋口稔だったのかもしれませんよ。樋口なら商売柄、女関係の派手なリッチマンを知ってる可能性があるでしょ？」

「それは考えられるな。樋口は、同じように湯原も唆《そそのか》したのかね。湯原は、大日向になりすまして勝手にホームページを開設し、大企業の不正や各界の名士のスキャンダルを暴いて、関西の総会屋に高額な〝削除料〟を脅し取らせ、相応の分け前を貰わせてたとも考えられるな。それで、樋口は結城と湯原のダーティー・マネーの何割かを劇団復活資金として供出させて、預かってたのかもしれないぞ。彼自身は百瀬玲実から三宅の裏仕事のことを聞いて、恐喝《カツアゲ》をやらかした」

「そうだとすれば、最初は三人とも植草仁の遺志を本気で継ぐ気だったんだろうな。しかし、それぞれが錬金術を覚えてしまったんで、微妙に気持ちが変化してきて、相手の隠し金が欲しくなったのかもしれない」

「風見の読み筋が正しければ、結城と湯原は共謀して、樋口の汚れた金を奪おうとしたんじゃないのかな。それで、樋口はかつての芝居仲間の二人を抹殺する気になったんだろうか」

「そうなんだろうか。百瀬玲実が大阪までおれたちを追ってきたことを考えると、彼女は樋口とは特別な関係なんでしょう」

「その裏付《ウラ》けが取れたら、二人に任意同行を求めよう。風見、特殊捜査班の連中が到着するまで三宅たちをしっかり見張っててくれな」

「ご心配なく」

「頼んだぞ」

成島が電話を切った。風見は橋爪に携帯電話を返し、新事実を伝えはじめた。

逃亡されたのか。

風見は悪い予感を覚えながら、樋口稔の自宅から離れた。

疑念を抱いた男は、まだ帰宅していなかった。『東都リサーチ』の社員たちの証言によると、樋口社長は夕方にはオフィスを出たらしい。

すでに午後十一時を過ぎている。風見はスカイラインに歩み寄って、運転席に坐った。

相棒は同乗していない。

風見たちコンビは三宅の身柄を本庁捜査一課特殊犯係に引き渡すと、いったんアジトに戻った。チームメンバーで遅い夕食を摂《と》った直後、またもや橋爪は腹を下《くだ》した。班長の命令で、ルーキーは先に待機寮に帰っていった。

そんなわけで、風見は単独で樋口に鎌をかけてみる気になったのだ。だが、その樋口は忽然《こつぜん》と姿をくらました。逃げたのだとしたら、捜査本部事件と湯原の死に深く関わっているにちがいない。

岩尾・八神班は、南大塚一丁目にある百瀬玲実の自宅付近で張り込んでいる。玲実は、まだ帰宅していないそうだ。不倫相手の樋口と高飛びしたのだろうか。

一抹の不安が胸を掠《かす》める。風見は気を取り直して、勢いよくイグニッション・キーを捻《ひね》った。

エンジンが始動して間もなく、佳奈から電話連絡があった。

「十五分ほど前に百瀬玲実が帰宅したんで、接触できました。彼女はキャリーケースに衣類や貴重品を詰めはじめたとこでした」

「高飛《ジャンプ》びする気だったんだな、樋口と一緒に？」

「いいえ。ひとりで明朝、沖縄に逃げるつもりだったと供述してます。玲実は『東都リサーチ』で浮気調査のアルバイトをしてるときに樋口に口説かれて、いわゆる不倫の間柄になったんだそうです。樋口が妻と別れるって言ったんで、ずるずると関係がつづいてたようですね」

「そうか。玲実は、いずれ樋口と別れようと考えてたのかな？」

風見は訊《き》いた。

「ええ、そうする気だったそうです。樋口から手切れ金を貰えそうもないんで、彼女は三宅社長が狂言誘拐のプロデュースで荒稼ぎしてる証拠を握って、それで樋口に恐喝させ、約一億円の分け前を……」

「その金で、百瀬玲実は億ションを一括購入するつもりだったんだろう」

「ええ。すでに乃木坂《のぎざか》の分譲マンションの手付金を五百万円ほど払ってるみたいなんですが、いずれ捜査の手が自分の手に伸びてくるような気がしたんで、とりあえず沖縄にしばらく潜伏する気になったんだと言ってました」

「樋口は、三宅雅也をずっと金蔓《かねづる》にする気だったんだろうな」

「そうみたいですよ。格闘家崩れやスポンサーの付かなくなったアスリートたちを使って狂言誘拐のプロデュースをやってた三宅の犯罪は、発覚しないだろうと樋口は高を括《くく》ってたようです」

「樋口は初めのうちは本気で『青い麦の会』を復活させて、常設劇場をこしらえたいと考えてたんだろうか」

「結城や湯原には、そう見せかけてたみたいですね」

「かつての芝居仲間を騙《だま》してたのか、樋口稔は。そうなんだろうな。そうじゃなければ、〝塙正敏〟なんて偽名を使って、〝別れさせ屋〟ビジネスの依頼人を探したりしないだろう」

「ええ、そうですよね。樋口はアンフェアな裏仕事のことが問題にされたときのことを考えて、湯原浩一の通称を使ってたんでしょう」

「悪い野郎だ。樋口は湯原に関西の総会屋と共謀して、大企業や各界の名士から金をせしめろと唆したんだろうか」

「そこまで知恵を授《さず》けたわけではないようですよ。ただ、樋口は結城と湯原にまともに働いてたんじゃ、恩人の遺志を継げないと言いつづけてたらしいの。そして、自分も何か非合法ビジネスをやると言ってたようですよ」

佳奈が答えた。

「結城が秘匿してた一億前後の金は、どこにあるんだろうか」

「玲実は額まではわからないそうだけど、樋口が結城と湯原が貯えてた汚れた金の一部を預かってたはずだと言ってました。夢を実現するための資金としてプールしておくと結城たち二人を納得させたんでしょう」

「そうなんだろう。ところが、結城と湯原は樋口に不信感を抱くようになったんだな？」

「ええ。玲実の話だと、結城たち二人は樋口が頁岩《けつがん》採掘会社の株をせっせと買い集めてることを知ったみたいなんですよ」

「頁岩というのは、シェールオイルと呼ばれてる泥炭の層に含まれてる油のことだったよな？」

　風見は確かめた。

「ええ。確かシェールオイルの開発は、二〇〇九年ごろからアメリカで本格化したはずです。詳しいことはわかりませんけど、岩盤に大量の水を注入して亀裂を作って油を染み出させる技法が確立されたんで、世界最大の石油消費国のアメリカが〝脱中東〟をめざすことになったようです」

「日本でも、秋田県由利本荘市《ゆりほんじょうし》でシェールオイルが見つかったんじゃなかったっけ？」

「そうなんですよ。市内の鮎川《あゆかわ》油ガス田が開発予定地になってて、来年には初の試験生産が開始されるはずです。生産が軌道に乗ったら、採掘会社の株価は急上昇するでしょうね」

「樋口は金儲けの才があるんだろう」

「そうなんでしょうね。結城と湯原は自分たちの隠し金が株の購入資金に充《あ》てられたと疑い、二人で樋口に詰め寄ったようです。樋口は自分のダーティー・マネーを見せ金にして、その場を取り繕《つくろ》ったみたいだけど……」

「結城たち二人は、樋口を疑いつづけてたんだろう。心理的に追いつめられた樋口は自分の裏切りを隠すために、かつての仲間たち二人を殺《あや》めてしまったにちがいない」

「そうなんでしょう。班長の指示を仰《あお》いで、百瀬玲実を捜査本部に引き渡すかどうか決めます」

佳奈が通話を切り上げた。

風見は終了キーを押した。ほとんど同時に、着信ランプが灯《とも》った。電話をかけてきたのは、相棒の橋爪だった。

「風見さん、すみません。自分……」

「橋爪、何があったんだ？」

風見は早口で問いかけた。短い沈黙があって、聞き覚えのある男の声が耳に届いた。

「若い相棒を預かった」

「あんた、樋口だな？」

「そうだ。チームのルーキーを待機寮の近くで生け捕りにしたんだよ」

「あんたが結城と湯原の二人を始末したんだなっ」

「仕方がなかったんだ。成り行きでな。変質者の仕業に見せかけようと結城のペニスと片方の耳を切断したんだが、細工は無駄だったわけだ。湯原の始末には手間取らなかったよ」

「夢よりも銭を選んだわけか」

「子供っぽいことを言うなよ。『青い麦の会』を復活させても、特にメリットはない。それどころか、赤字経営で悩まされるに決まってる。そんな暮らしは、ご免だからな」

「悪党め！」

「チームメンバーを全員集めて、夢の島《ゆめのしま》マリーナに来い！　命令に従わなかったら、結城を始末したときのナイフで人質の喉を掻《か》っ切るぞ」

「仲間たちは別件の潜入捜査中で連絡が取れないんだ」

「下手な嘘をつくもんだ。いいだろう、おまえだけが先に来い。人質が二人なら、かえって好都合だからな」

「マリーナのどこに行けばいい？」

「桟橋《さんばし》の端に係留中の『バネッサ号』というフィッシング・クルーザーの船室にいるよ、人質と一緒にな。中古で買ったクルーザーだが、外洋にも出られるんだ」

「三宅雅也から巻き揚げた金で中古クルーザーを買ったのか？」

「まあな。一時間以内に、こっちに来られるか？」

「ああ」

「では、待ってる」

樋口が電話を切った。

風見は覆面パトカーのサイレンを高く響かせながら、江東区をめざした。夢の島マリーナに着いたのは、三十数分後だった。

風見はスカイラインを降りると、桟橋まで突っ走った。人の姿は目に留《と》まらない。ヨットと小型クルーザーが十数隻、係留されていた。

風見は『バネッサ号』の甲板《デッキ》に跳《と》び移った。フィッシング・クルーザーがかすかに揺れた。

「樋口、デッキに上がってこい！」

風見は船室《キャビン》の扉を開けた。

返事はない。濃い血臭《けつしゅう》が船室から這《は》い上がってくる。血溜《だ》まりの中に横たわっているのは、橋爪だった。両手足を針金で縛《しば》られていた。身じろぎ一つしない。

風見は相棒の名を大声で呼びながら、梯子段《はしごだん》を下《くだ》った。

橋爪は喉を真一文字《まいちもんじ》に切り裂かれ、心臓部も刺されていた。すでに息絶えている。

風見は、血塗《まみ》れの橋爪を抱き起こした。そのとたん、視界が涙でぼやけた。

「おまえの人生は、これからだろうが！　糞《くそ》を垂らしながらでも、どこまでも逃げりゃよかったんだ。橋爪、なぜそうしなかったんだよっ」

風見は、ひとしきり亡骸《なきがら》を抱きしめた。生意気な相棒だったが、いつか敏腕刑事になれそうな素質はあった。その死が惜《お》しまれる。

縛《いまし》めをほどき、遺体を仰向けにして合掌する。怒りと悲しみが交錯して、頭の芯《しん》が熱い。

風見は立ち上がった。

そのすぐあと、キャビンの出入口に樋口が姿を見せた。火の点いた煙草をくわえ、白いポリタンクを両手で抱えている。

「中身はガソリンだな？」

「ああ、そうだ。相棒と一緒に黒焦《こ》げにしてやるよ。ほかのメンバーも、近いうちに火達磨にしてやる」

「そうはさせない！」

風見は床を蹴った。そのとき、ポリタンクが傾けられた。

玉虫色に光る粘っこい液体が、梯子段とフロアに撒《ま》かれた。すぐに樋口が油溜まりに喫《す》いさしの煙草を投げ落とした。

鈍《にぶ》い着火音が響き、炎が躍《おど》り上がった。

風見は視線を巡らせた。消火器はシンクの上にあった。風見は消火器を摑み上げ、手早くフックからノズル付きホースを外した。

レバーを強く握ると、ノズルの先から乳白色の噴霧《ふんむ》が迸《ほとばし》りはじめた。

まず遺体の周辺の炎を消し、燃えはじめている梯子段の火を鎮《しず》める。

「き、きさまーっ」

樋口が空になったポリタンクを投げ捨て、ベルトの下から血みどろの大型ナイフを引き抜いた。刀身は脂《あぶら》でぎらついている。

風見は、残りの消火液を樋口の顔面に噴射した。

樋口が声を発し、梯子段の下まで滑り落ちてきた。刃物は弧《こ》を描《えが》いて宙を泳いだ。船室の端に落下する。

風見は消火器を樋口の胸板に叩きつけ、腰から手錠を引き抜いた。

「裏取引しないか。金なら、あるんだ」

樋口が両手で目を擦《こす》りながら、猫撫《な》で声で言った。風見は無言で樋口の顎を蹴り上げた。

骨が軋《きし》み音をたてた。樋口は唸《うな》りながら、体を丸めた。唸り声は長く尾を引いた。

憤《いきどお》りは収まらなかった。

風見は樋口を容赦なく蹴りつづけた。場所は選ばなかった。胸底で、殺意が揺らぎつづけていた。冷静にはなれなかった。

二週間後、樋口稔が恐喝と三件の殺人容疑で起訴された。

その晩、特命遊撃班の四人は『春霞』の小上がりで殉職した橋爪を偲《しの》んでいた。グラスを傾けながら、誰もがしばしば言葉を途切らせた。風見も涙ぐんだ。

しんみりとした打ち上げだった。

「橋爪は明るい奴だったから、飲んで騒ごうや。それが供養《くよう》になるはずだ」

成島班長が部下たちに言って、美人女将に酒と肴《さかな》を追加注文した。

女将が下がって間もなく、旧メンバーの佐竹義和巡査部長が店に入ってきた。幻覚なのか。思わず風見は我が目を疑った。だが、紛《まぎ》れもなく佐竹本人だ。

「これが今夜のサプライズだ。みんなには黙ってたが、今朝《けさ》、桐野刑事部長から佐竹をチームに復帰させるという内示があったんだよ」

「班長、なんで隠してたんです？」

佳奈が笑顔で詰《なじ》った。

「きょうは橋爪を偲ぶ会でもあるんで、めでたい話はなんとなく言いだしにくかったんだ。故人も、それなりに活躍してくれた仲間だったんだからさ」

「そうですね。橋爪君の思い出話をしながら、少しずつ盛り上がっていきましょうか」

「そうだな。それなら、橋爪もむくれたりしないだろう」

「わたしも、そう思います」

岩尾が班長に同調した。佐竹が小上がりの前で深々と一礼し、神妙な顔つきで喋った。

「また、仲間に入れてもらえることになりました。よろしくお願いします」

「佐竹、いいから、早く弔《とむら》い酒と祝い酒を交互に飲め！」

風見は、かたわらの空席を平手で叩いた。

そこは故人の指定席だった。

著者注・この作品はフィクションであり、登場する人物および団体名は、実在するものといっさい関係ありません。

危険な絆

一〇〇字書評

切り取り線

購買動機（新聞、雑誌名を記入するか、あるいは○をつけてください）	
□（　　　　　　　　　　　　）の広告を見て	
□（　　　　　　　　　　　　）の書評を見て	
□ 知人のすすめで	□ タイトルに惹かれて
□ カバーが良かったから	□ 内容が面白そうだから
□ 好きな作家だから	□ 好きな分野の本だから

・最近、最も感銘を受けた作品名をお書き下さい

・あなたのお好きな作家名をお書き下さい

・その他、ご要望がありましたらお書き下さい

住所	〒				
氏名		職業		年齢	
Eメール	※携帯には配信できません	新刊情報等のメール配信を 希望する・しない			

この本の感想を、編集部までお寄せいただけたらありがたく存じます。今後の企画の参考にさせていただきます。Eメールでも結構です。

いただいた「一〇〇字書評」は、新聞・雑誌等に紹介させていただくことがあります。その場合はお礼として特製図書カードを差し上げます。

前ページの原稿用紙に書評をお書きの上、切り取り、左記までお送り下さい。宛先の住所は不要です。

なお、ご記入いただいたお名前、ご住所等は、書評紹介の事前了解、謝礼のお届けのためだけに利用し、そのほかの目的のために利用することはありません。

〒一〇一－八七〇一
祥伝社文庫編集長　坂口芳和
電話　〇三（三二六五）二〇八〇

祥伝社ホームページの「ブックレビュー」からも、書き込めます。
http://www.shodensha.co.jp/bookreview/

祥伝社文庫

危険《きけん》な絆《きずな》　警視庁《けいしちょう》特命遊撃班《とくめいゆうげきはん》

平成24年10月20日　初版第1刷発行

著　者　南《みなみ》　英男《ひでお》

発行者　竹内和芳

発行所　祥伝社《しょうでんしゃ》

東京都千代田区神田神保町3-3

〒101-8701

電話　03（3265）2081（販売部）

電話　03（3265）2080（編集部）

電話　03（3265）3622（業務部）

http://www.shodensha.co.jp/

印刷所　堀内印刷

製本所　ナショナル製本

カバーフォーマットデザイン　芥　陽子

Printed in Japan ©2012, Hideo Minami ISBN978-4-396-33795-7 C0193

祥伝社文庫の好評既刊

祥伝社文庫の好評既刊

南　英男
異常手口
シングルマザー刑事と殉職した夫の同僚が、化粧を施された猟奇死体の謎に挑む！

南　英男
嵌《は》められた警部補
麻酔注射を打たれた有働警部補。目を覚ますとそこに女の死体が…。誰が何の目的で罠に嵌めたのか？

南　英男
立件不能
少年係の元刑事が殺された。少年院帰りの若者たちに、いまだに慕われていた男がなぜ、誰に？

南　英男
警視庁特命遊撃班
ごく平凡な中年男が殺された。ところが男の貸金庫には極秘ファイルと数千万円の現金が…。

南　英男
はぐれ捜査　警視庁特命遊撃班
謎だらけの偽装心中事件。殺された男と女の「接点」とは？　異端のはみ出し刑事、出動す！

南　英男
暴れ捜査官　警視庁特命遊撃班
善人にこそ、本当の〝ワル〟がいる！ジャーナリストの殺人事件を追ううちに現代社会の〝闇〟が顔を覗かせ……